王　琰　著

天才歧路

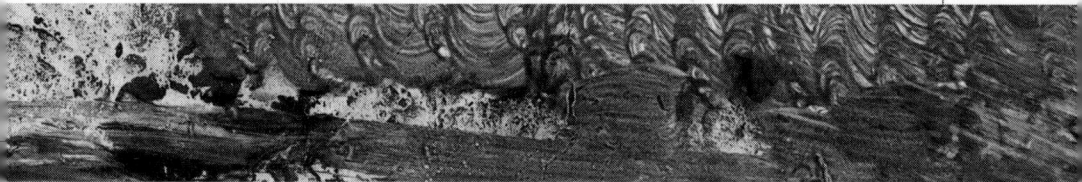

百花洲文艺出版社

目 录

引子

许游，许泳，是酷爱游泳的父亲给双胞胎儿子取的名字。当年，两个名字在云镇颇为时髦。男孩名字中带"勇"的纷纷改成和勇谐音的"泳"。这股"泳"字热潮持续一段时间，即随小许泳的突然死亡而终结。

许泳因急性脑膜炎死在青城医院，享年三岁。

弟弟死后的很长一段时间，许游只要一听外面有声音，便跌跌撞撞跑出去，钻进人群东张西望，好像在寻找着什么。每次，他都失望而归，心底空空落落的，脚步摇晃得更厉害了。一天，再次失望的他眼睛迷糊，恍恍惚惚感到脚下土地的松动，身体慢慢往下沉。下沉的感觉真好。他用拳头将嘴里的惊叫堵住，直直倒了下去。

他平躺在云镇坑坑洼洼的泥土地上，倒下时用力过猛，地上灰尘四起。枣树下正在悠闲觅食的小鸡们咯咯地惊叫着，飞跳起来。和他同龄的几个小伙伴被他丑态逗得尖声大笑。他们围住他，一边起哄，一边往他脸上撒土。他一动不动。那一刻，感觉自己正躺在弟弟的小棺材里，亲人们正是这样往棺材上掘土的。如果不是母亲及时出现，阻止了孩子们的闹剧，他还将更多体验被活埋的感觉。

父母并不相信许泳的死会给许游留下阴影。三岁，一个三岁的孩子能有什么记忆？

云镇不大，一座石头拱桥架在河流上，把云镇分割成东西两镇。许游不再有弟弟了。许游从三岁那年，开始了在云镇的游荡童年。

弟弟总像影子似的跟在身后，悄无声息。有时，仿佛已听到轻微的呼吸声，猛回头，幻觉中的他浑身发出一种柔和光泽，静静地伫立。

他的心颤抖得要跳出胸膛，过度的惊喜使他两眼湿润，一伸手，扑了个空。他下意识揉揉眼睛，四周静悄悄的，一只蜜蜂嗡嗡叫着，穿过树丛飞走了。

他一屁股跌坐在地。土窑顶上杂草丛生，那些清凉柔软的叶子簇拥身边，几乎掩没双腿。一阵风过，它们你推我捅，在空中散布欢快热闹的气氛。小鸟飞过来了，翅膀在太阳中掠过一道金线。许游陷在柔和的光泽里，如痴如醉地回头呆望。自然的语言和幻想中的境界融为一体。他激动莫名，有股新生的醉意荡漾心间。

他从草地上一跃而起。他不能让这感觉流失，他要紧紧抓住它们。他嗅到了野菊花的清香；听到了土窑下面一对婆媳粗俗的对骂。枣树底下的芦花公鸡又在咯咯地你呼我唤。云镇石桥上，有个男孩子几次做出跳水动作，终因胆怯放弃；其他男孩早已嬉闹着扑进河中。河水被他们搅得混浊一片。天空也像感染了游泳者们的热情，着了火般，把男孩踟蹰孤独的身影染得通体发亮，把整个云镇照耀得如火如荼。

他贪婪地捕捉这一切，体内某种东西被燃烧起来，随之，许多美妙的意象在脑海翻腾：它们像音乐，像闪电，争先恐后地冒出来。这是前所未有的一种体验。他完全被控制住，两眼放光地看着四周，景物在他热烈的眼神中已染上神奇色彩。

我是谁？我还是我吗？他浑身颤抖，呜咽着，自言自语，一直说个不停。不知道什么叫灵感，更不懂什么叫诗，只知道让他莫名兴奋的感觉一来，便似着了魔，不知生在何处。

奶奶许氏是镇上唯一的知识分子。年轻时读过大学，还做过翻译，是一个真正见过世面的女人。

奶奶的目光聪慧神秘，那头经树叶洗涤过的头发乌黑油亮，垂落胸前。某天许氏边用手指梳理长发边讲故事。许游呆呆地看着她，突然用手轻轻触摸她的头发，赞叹道：奶奶，你的头发像风信子的颜色。它在我眼里闪烁着墨蓝色的光芒。

游子，你说话的语调已经像个诗人了。

1.少年游

青城是座古老的城市，一条运河穿城而过。高大的拱形石桥横跨运河，几乎每隔几条街就有一座。一眼望去，青城没什么高楼大厦，全是一排排平整低矮的白房子，白墙黑瓦，宁静得近乎肃穆。青城人爱走路，边走边聊天，语速平淡缓慢，落进小巷深处，很快被一巷的幽静吞噬。

许氏祖孙最初落脚的地方，是在城北下只角的一条运河边上。那些临河而筑的房子也算白墙黑瓦，大多已陈旧不堪，给人简陋、破烂、寒酸之感。

他们的房间总共只有九平米，前后没有窗户。刚搬进去，许氏一个人忙前忙后，在房子中间拉了块花布，告诉他这是城里，城里的房子都小。

那年许氏五十六岁。许游十二岁。十年动乱刚刚结束，许多冤假错案等待平反，各行各业在重新调整中。大学时代的同学，大部分受到冲击，命运并不比她好多少。回想当年，她因病中止工作重返云镇时，只觉自己即使不被病痛折磨死，也要活活压抑而死。结果，她没死，死在前面的是身强力壮的丈夫、儿子、儿媳和一些才华横溢的同学。

命啊。她曾悲叹命中的阴差阳错。现在看来，正是这阴差阳错使她得以在云镇安静地度过天翻地覆的十年。可身边的亲人一个个先她而去，活着还有什么意思？如果没有孙子许游——

当然，这个假设是不成立的。她没有理由自寻烦恼。必须尽快帮助许游适应城里生活。她回到青城的第一件事就是四处找关系，把许游转进最好的一中读书。许游并没听从奶奶把心思放在学习上，脑海里太多的幻觉常把他折磨得坐立不安。

青城房子一幢挨一幢，到处是人群到处是嘈杂声，许游无处游荡也无从逃避。烦恼过一阵，选择书店。手里拿一本书，随便找个角落，一坐一个下午。大部分时间，眼睛盯着书，脑袋则胡思乱想，并随手在纸上涂抹一些句子。这些你可以称之为"诗"的东西，大都在走出书店的途中被他撕得粉碎。如果不是一套《水浒传》连环画，这种散漫状态不知还要持续多久。

那天，放学回家的他喝了两大碗冷水。喝水时，一眼瞥见街对面的书摊前人头济济。书摊供人阅读各种各样的连环画和侦探小说。交一角钱，随便翻阅，时间不限。他一向不喜欢热闹，可那天，几个少年坐阳光里专注看书的背影使他莫名心动。他不假思索地走过去。摊主立刻神秘地使个眼色，示意他进屋。

这是新到的《水浒传》，抢手着呢，想不想看？说着已将厚厚一整套连环画往他手中一塞。

许游呆站片刻，心不在焉地读了起来。开始，对打打杀杀的情节不感兴趣，直到"林冲雪夜上梁山"一集，注意力才高度集中。林冲火烧草料场，孤身一人，在茫茫雪夜艰难跋涉。那股苍凉和悲情力透纸背，强烈地震撼着他。

外面六月酷暑，许游坐在书摊边，仿佛身处雪地。他噙着眼泪，身体一阵阵发抖，恨不能将高太尉碎尸万段。年幼时接触太多神话，当被某个凶残恶魔吓得目瞪口呆时，奶奶就笑着宽慰他道：神话里的人住在另外一个世界呢。

高太尉不是神话，他有名有姓，是历史人物，怎么反倒比恶魔更阴险无情？他又想起神话里的珀尔修斯。假如，林冲脚上穿的是珀尔修斯的凉鞋该多好啊，只要想报仇，凉鞋就会指路，带他翻山越岭。想到神奇的凉鞋，林冲成了用火做成的英雄，这样的英雄，命里注定要经受危险和争斗。这样的英雄怎么可能是凡胎之躯？

如此反反复复地联想，激发出强烈的阅读兴趣。读书一旦上瘾，就像在云镇时的漫游，简直到了废寝忘食、如饥似渴的地步。每次书摊关闭，店主都得把许奶奶请出来，才能叫动许游。

许氏见孙子把东游西荡的精力花在读书上，阅读水平已远远超出同龄人，一时冲动，从床底拉出一大捆中英文藏书。

许氏年轻时在语言方面很有天赋。大学读的西语系，心里并没把学好外语当一回事。在她眼里，真正有价值的东西永远是灵感和创造，所以，除学好外语外，一有时间就看小说。那一箱藏书是她年轻时读的文学经典。

猛一见这么多书，许游如获至宝，他这一本摸摸，那一本翻翻，放鼻子下嗅嗅，好像这样一来，便能迅速领悟其中所包含的各种各样的思想和精神。

奶奶，你说写这些书的人都已经不存在了吗？他难以置信地问。

不存在的只是他们的肉体。许氏眼里闪烁着仰慕的光芒。一位作者感到最幸福的是，即使他自己变成了灰，由他创造的思想和情感，仍能通过作品，一代代流传下去。

假如他们的肉体能和他们的作品一样不朽，该多有意思啊。他低下头，盯着一位作家的简介，若有所思道，昆虫被嵌进琥珀得以永恒，人死了干吗非得进坟墓？为何不能也像昆虫那样，装进一个类似琥珀的东西，流传百世？他说到这里，有些呆了。假如真能这样，便随时可以看到父母和弟弟了。

许游常说，他三岁那年就有写作冲动。装殓弟弟遗体的黑色长方形物体，母亲凄冽的哭声，以及许多骚乱不成形的阴影，早已浸透灵魂。等他知道用文字消遣排忧，这些梦境和意象，便以无限的生命力，在脑海蜂拥浮动，使他气喘、颤抖的同时，激情迸发。他曾躲在云镇土窑写下许多分行文字。这些他认为是奉献给亲人的祭文，都在当时被埋进土里。如果，青城也有一块泥土地，任他埋葬诗稿，他的创作兴趣也许不至于这么快从诗歌转移到话剧。

初中三年级，正是准备考高中的关键一年，许游不可救药地迷恋上话剧。

《丹心谱》讴歌了人民敬爱的周总理。总理不幸逝世，十里长街，百万群众挥泪相送。仍记得奶奶在家折叠花圈时，几次伏案痛哭。课堂上只要一朗诵起悼念周总理的诗歌，老师和同学们眼里便饱含热泪。"周总理啊，你在哪里？"周总理真的就此化成灰飘进了大海？人类是不是都在用相同的问话表达对死亡的疑虑和困惑？他可怜的弟弟、他的父母就此一去不复返了？

许游不相信死亡，他仍在等待。他站在青城山坡顶上，眺望天地，那份痛苦中交织希望的心态使他激动万分。

许游创作独幕剧《围棋》时，对西方五六十年代盛行的意识流、超现实主义文学及荒诞派戏剧一无所知。完全凭直接经验，执迷于梦境和幻觉的记叙。剧中的围和棋是一对双胞胎。棋三岁失踪，围时时感觉到他的存在，最终和棋合而为一，由此结束了漫长的等待。剧中，人物意识流动的轨道成为主线。剧情支离破碎，带有很大跳跃性和随意性；再加上大段语无伦次的独白及梦魇特征等细节，使初读此剧的同学摸不着头脑。只有表演班汪老师对此欣赏不已。他从围对棋永无休止又毫无希望的等待中，读到某种和《等待戈多》相似的东西。

天才，真是天才。汪老师曾是上海人民艺术剧院的话剧演员，表演经验及戏剧理论知识相当丰富。通过他，许游知道自己的创作源泉来自属于生命冲动的下意识领域——即梦和幻觉等超现实生活。通过他，许游还知道了早在五十年代初，西方戏剧史上就因《等待戈多》的出现，产生真正的革新。

戈多会来吗？

没有什么事会发生

没有人来

也没有人去

剧中两棵光秃秃的枯树，流浪汉痴痴地站在树下。戈多永远也不会来，又永远在被等待之中。等待构成了现代人的命运，从而揭示世界的荒诞和人生的痛苦。

戈多说他今天不来了

明天准来，

许游在汪老师声情并茂的朗诵中如痴如醉，流浪汉对戈多的等待，多么像他对弟弟的等待啊。

戈多永远不会来。可未来的事几个人能预测？他不是让棋最终和围相遇了吗？

2.灵感

中考成绩公布那天，许游洗个头，端一盆脏水走出家门，隔壁新娶的媳妇问他，许游，还想读书吗？许游把水泼出去的时候，坚定果断地说：不读了！

他的确不想再读书，半年恶补数理化的结果仍一败涂地，他真没那个脑子。至于初中毕业后干什么，他还没完全想好。反正只要有书，就不着急。中考一完，他迷上《红楼梦》，整天躺在床上，废寝忘食地看，不过里面有些东西他似懂非懂，模模糊糊。譬如，什么叫"云雨"？他默想片刻，心跳加快，眼里不知不觉浮上一层湿润晶亮的光。凝眸处，隐约浮动两个美丽幻影，"一个是阆苑仙葩，一个是美玉无瑕"。

"仙葩"，"美玉"，这些形容女人的词汇，触动了他心灵深处最温柔最隐秘的地方。从云镇到青城，身边女同学无数，仔细想来，没有一个配得上这些超凡脱俗的字眼。

许游沉迷小说时，许氏走进一中校长家门，准备挽起衣袖帮搬煤球，被校长阻止道：不是我不帮忙，许游的成绩进一般高中都难，你说再让他升一中？我这个校长今后还怎么当？

许游进不了一中，已成铁板钉钉的事实。许氏不气馁，使出初来青城锲而不舍的劲，教育局、文化局，到处找关系，托人说情。最终只把许游努力进一家职业高中。

白雁是光明职业高中校花，就读于服装设计班，比许游高一届。开学没多久，许游在操场和她擦肩而过，身边男生用胳膊肘朝他一捅：快看！他条件反射地回头，看到一个穿白衣服的背影，身材娇小苗条，脑后扎一根松松的马尾巴，随着她走路的幅度，在空中一颤一颤，跳舞似的。

同样是走路，许游第一次发现，女孩可以把路走得如此轻盈，若风中之柳。他的心不由一动，朝背影多瞧两眼。大美人白雁。男生也一起回头，眼神恋恋不舍。

自此，男生们聚在一起，话题中心是白雁。他们对白雁的议论不知不觉成为一种生理需要，不那么过一下瘾，一天便觉少了什么，很难过去。

独来独往的许游，本不屑和他们搅缠一起。那天操场之后，事情却发生转变。只要一听有关白雁的议论，会身不由己地站起来。先还装模作样，找什么东西似的在地上东张西望。后来，干脆站人流外围，做个专注听众。

白雁来自上海。这是相互传递的白雁档案必不可少的一句话，说时声音颤抖，带着难以遏止的渴慕之情。

白雁不光来自上海，还是上海一位小有名气的作家的女儿。那个姓白的作家据说在"文革"时被整成瘫痪，生活无法自理。白雁母亲在她上初三时，突然患病去世。她这才背井离乡，投奔到青城外婆家。

一天课间休息，他们像平常一样簇拥在走廊上，先你一句我一句议论昨夜看的日本或巴西连续剧，讲到某些爱情场面，流露出无限憧憬的样子。当时，有人控制不住，双手扶住楼杆，探出半个身子，对楼下狂叫一声：白雁！空气凝固了，大家不再说话，情不自禁朝楼下望去。

服装设计班在一楼。据说，白雁刚从上海转学过来没多久，有个装潢设计班的男生在二楼喊她，她急匆匆从教室跑出来，仰起脸问：谁叫我？设计班男生立刻笑嘻嘻调笑道，是哥哥我呀。自此，白雁不再上当，任凭你喊破嗓子，她也无动于衷。这次看来又是白喊一场。正当大家若有所失之时，另一个男生泼冷水道，昨天那个谁看见白雁去舞厅了，坐在一个男人的自行车后座上。一个男人。他强调"男人"两字，并伸开五指示意道，估计有二十五岁。反正，听说她很会利用男生，早已不是什么纯情少女。泼冷水的男生匆匆做此总结，昂头走进教室。

上课铃响，许游慢吞吞走在最后。步入教室前，他再次朝空空荡荡的楼下凝望片刻。

一天上珠算课，白雁出现在窗外时，许游正把手放在算盘上，装模作样拨动。白雁翩然而至，先被剧烈的算盘声吓了一跳，接着，好奇观望。许游开始没把她和白雁联系起来。这个皮肤白皙、五官纤巧的女孩似乎并没过人美貌。是一袭雪白的衣裳点燃了某种记忆。她对白色情有独钟，衣服是白的，头上扎的丝绸手帕也是白的。一阵风过，手帕在脑后舞动，像两只白色蝴蝶。好几次，它们在许游眼里，跟真的一样，奋力翻飞，似要挣脱束缚，冲向蓝天。他看出神，手停在算盘上不再移动。

白雁，白雁。身边的同学也瞧见了，压低嗓音激动地喊。很快，男生们纷纷像被念了魔咒，望着窗外发呆。教室里突然安静了。白雁面对珠算老师询问的眼神，大方说出来意，主要找文艺委员商量国庆演出之事。

文艺委员和白雁离去后很长一段时间，珠算声仍处散乱状态。许游仔细回忆白雁相貌。想来想去，若说美艳，不及同班的黄红；若论气质，稍嫌成熟，和心目中姣花照水的仙姝形象有区别，便觉大名鼎鼎的白雁也不过如此。

从白雁出现窗外那天起到国庆演出，中间隔了整整两个星期。这两个星期许游过得很不安。当其他男生再次用手扶住栏杆，朝楼下喊白雁，他坐在教室里，兴致很好地吹两声口哨。口哨吹得很动听，有人怂恿他去吹给白雁听。他立刻故作不屑地摇了摇头。口哨声中，一遍遍回味所读小说的某些爱情章节。记忆最深刻的首推《红楼梦》。贾宝玉第一次见到林黛玉时，便说，这个妹妹好像在哪里见过。可见，爱情首先是一种缘分，那是精神上或外貌上的似曾相识之感。

白雁呢？她的外表对他来说无疑是陌生的。这样想着，不免沮丧，决定把她从脑海中彻底排除。不过，他很快发觉不想和这个女孩有关的事，日子简直枯燥无聊。尤其是讨厌的珠算课，他常在噼噼啪啪的算盘声中起身，对老师要上厕所。

厕所在另一幢楼，他咚咚跑下楼，经过服装设计班时，故意放慢速度，昂起头，做出很骄傲的样子，眼睛余光似见白雁扭头回望，正像自己望她时的动作一样，心里油然升起一股奇异的满足感。他又翻江倒海地找出一些爱情片段来回味。先试着拿里面的女主人公和白雁做比较，渐渐，他和白雁双双成为男女主人公。每次想到脸红、情难抑制时，便竭力贬低白雁，贬低得越厉害，白雁的形象反倒越真切。

十六岁的许游时而狂热，时而冷静，把自己一反常态的情感反复咀嚼，直到国庆文艺演出，听了白雁的诗朗诵《我看不见你》，才真正被抓住，找到答案。原来，她和他在精神上有似曾相识之感。

我看不见你/窗外有一对眼睛，忧伤地/凝视着我，为什么/你不说一句话？/只让眼泪流在那/无边无际的黑夜里？

这是一首白雁自己创作的诗歌。题目一出来，许游的心即被紧紧攫住。多么相似的痛苦和等待啊。他不知道她想看见谁。这首诗很明显因思念而作。

诗，诗，当他赞叹奶奶的头发像风信子的颜色，奶奶说他已经是一个诗人了。奶奶说诗人就像一位抒情歌者，他总在孤独幽寂中歌唱预言，歌唱时间、永恒和死亡。有段时间，他坐在土窑顶上，太阳的光辉把他从头到脚染成金黄，仿佛看到神话里的半人半马族喀戎，手中抱一把黄金制的竖琴，边弹边唱，浑身闪烁金色光芒。他多么渴望手中的笔是喀戎怀里的竖琴，能让灵感永不枯竭，能让他不知疲倦地尽情倾吐。

听了白雁的诗朗诵，许游再次想起这则神话。神话色彩连同往事都已黯淡。他略带遗憾地想，自己首先应该是一个诗人，而他却在返城的三年间，把最美好的岁月消磨在剧本上。

国庆演出后是假期，许游足不出户，以前折磨他的那些暧昧情绪也被诗歌气息吹散。他再次祈祷手中的笔是喀戎怀里的竖琴，引领他走进一个美妙王国。

提笔前，多么胆怯啊，迟疑着，生怕平淡粗俗的语言破坏诗歌的圣洁性。结果，国庆三天假期，他在纸上涂涂抹抹，没写出一句让自己满意的诗。

返回学校第一天，在校门口看见白雁，她正从自行车上下来，她下车的动作优雅极了。许游望着这个纤尘不染的白衣少女，一阵愉快的战栗蓦地掠过全身。他双手扶住自行车龙头，怔怔地盯着前方。啊，是谁在孤寂中倾听自己的声音呢？是她。真的是她。激情迸发，灵感的源泉喷涌而出，它不是来自喀戎怀里的竖琴，而是来自一个叫白雁的女孩。

他将自行车推倒在草地上，撒腿狂奔。奔跑中，眼中司空见惯的一切染上了神奇色彩。缪神的启示不再对他缄默，她洞悉他心灵的所有秘密，知道他从三岁那年起的所有等待和渴望。

许游写诗了。当他认识到诗歌就在这所他不屑一顾的中学里，就在他深恶痛疾的珠算课上，就在楼下一个叫白雁的女孩身旁，他欣喜若狂，奋笔疾书。

学校操场后有片树林，他在那里写下大量诗歌。一天下午，他像往常一样溜出自习室，快步下楼，习惯性地朝操场走去，身后传来呼喊：喂，同学——

许游以为不是叫他，高昂着头，置之不理。

喂，我叫你呢。一位女孩气喘吁吁跑到他面前，把手中的一摞诗稿递给他，说：从你口袋里掉出来的，我捡了。

这是从练习本上撕下的三页纸，正反两面全是诗。早在一个星期前，他把它们按信封形状折叠好，准备寄给白雁，走到邮局又没了勇气。

风起了/我要去运航/亲爱的/请把你的心，系在/我的船桅上。

他在诗中如此要求他的恋人，骨子里感到一股甜蜜。他不再孤单，不再叹息，因为有个愿意为他交付一切的灵魂，正在默默地等待着，等待着……

你写的诗？你是从一中过来的许游？女孩在他出神之际，飞快偷觑一眼诗稿，两眼放光地凝视着他。

许游愕然，头一仰，那对深陷的黑眼睛，直勾勾地盯着女孩：你……你是……

我是颜晓慧，高三财会班的，还有三个月就毕业了。颜晓慧在他的凝视中，脸颊蓦然一热，自我介绍。

颜……颜晓慧?

刚入学那会，同学告诉他，光明职高有两大女明星：一是美女白雁，另一个是才女颜晓慧。学校入口处的玻璃橱窗里，大篇幅报道过颜晓慧的优秀事迹。许游并无触动。

你的诗写得真好。颜晓慧伸手摸了摸胸前的辫梢，衷心赞叹道：难怪他们说从一中来了个写作天才，你果然名不虚传啊。我对文学也很感兴趣，什么时候我们约个时间好好聊聊，怎么样？颜晓慧见他沉默不语，主动提议道。

好，当然好。许游连连点头，发出两声毫无热情的回音。颜晓慧微笑着告别了。

许游当即决定把诗寄给白雁。

3.初恋

白雁接到诗稿，很快回了封热情洋溢的感谢信。她的写作能力很强，虽然，诸如"慕名已久""受宠若惊"等形容词用得过于浅显，许游读了，仍觉飘飘然，初次感受到一个名人的非凡效应，随即又给她寄去两组诗。白雁再次回信，提出拜他为老师，学写诗歌。许游故意推托一番，把她的诗瞎吹一通。

他把白雁的信揣在口袋里，课间休息时，在男生中间高傲地昂着头。又有人对楼下叫白雁。他真想把信拿出来，叫他们都死了这份心。

他和白雁有了第一次约会。本来，建议去操场后的小树林，白雁怕被老师和同学看见，不敢答应。最终决定在白雁外婆家中。外婆吃过午饭，通常去邻居家打麻将。学校下午一点上课，从十一点到一点，整整两个小时，他们在外婆家边吃饭边讨论诗歌，时间绰绰有余。

白雁家离学校很近，走路十分钟，骑自行车最多五分钟。那是一间低矮的平房，坐落在一条胡同尽头。屋子不大，两间房，格局都很小，加起来总面积和许游家差不多。

许游一走进去，差点被一张倒在地上的矮脚凳绊住，身体趔趄着，走在前面的白雁及时扶住他，把凳子往边上一踢，说：当心，我家里晒不到太阳，暗着呢。

经她这一说，许游才发觉室内阴暗凌乱，鼻子一吸，吸进一股酸腐、霉烂的味道，心里不由一凉。总以为他和奶奶住的房间是青城最差最小的了，没想到还有更糟糕的。不过，这家也实在太乱、太破旧。进门时被绊，以为紧张所致，定神后才发现，简直像站在煤球店。吃饭桌底下及煤炉旁边，到处堆满煤球。许游看着这些煤球，不由想起初进青城时，他和奶奶给一中校长家搬的煤球。

这些煤球，都是谁帮忙搬的？许游做梦也没想到，和白雁在一起，率先说出的会是这么句毫无诗意的话。话一出便后悔。唉，管他谁搬的煤球。要吃饭就得生火，要生火就得用煤球。哪个家少得了这些乌黑溜圆的东西？

请表舅搬的。白雁见问，详细地回答道：表舅工作忙，住得又远，好不容易来一次，恨不能把一年的煤球都帮忙搬好。她带他绕过煤球，叹口气道：真不好意思叫你过来，我外婆家太不像个家。当心，别踩着水泥。这里的墙壁漏了。

白雁朝身边的墙一指，那里，水泥石灰掉了一地，墙角早已残缺不全，露出里面锈迹斑斑的钢筋铁条。许游再次感到触目惊心。他环顾四周，感慨地想：人和人真是不同，他和奶奶住的房子也旧也破，但奶奶总把小小的家收拾得干干净净。墙壁黑了、漏了，会及时叫工人修补粉刷。白雁的外婆呢，未曾谋面，已大概知道这位老人的生活习性。

你在想什么？我外婆懒得很，有时间只知道出去打麻将，你看家里乱成这样，她也不管。她不管，我也不管。反正，我大部分时间待在外面。

白雁对他，一个刚见面的男同学数落着，口吻是怨恨的、赌气的，表情则正常得有些麻木，眼角眉梢甚至还荡漾着一丝促狭的笑，似乎四周的一切都和她无关。

她的确也像朵亭亭的莲，出污泥而不染。没进她家之前，谁曾料到被男生们仰慕的公主，是从这么个蓬门荜户走出去的呢？他不禁叹一口气。白雁飞快斜睨他一眼，问：后悔了？后悔来我外婆家了？

没有啊。许游勉强挤出一丝笑，掩饰道。

那你为何老叹气，不说话？白雁不依不饶地追问。

我……

说呀。白雁撒娇地一扭身子，头一昂，将一张鲜艳滋润的唇绽开，露出一口令人心跳的白牙。那神情举止，好像他们早已是老相识。许游从来没和哪个女孩如此接近过，本来性格拘谨内向的他，心里只觉蓦然一热，一股想要将她紧紧抱住的欲望，霎时攫住他。

白雁很快感知到了他的欲望，身体掠过一阵轻微战栗，这战栗，似导了电，把他击得摇摇欲坠。他僵持着，全身肌肉绷得坚硬。白雁等待片刻，见他毫无动静，妩媚地笑着，拉住他的手道：看你，紧张成这样，我外婆不在家，就我们俩，你自然点好不好？

许游的手被她轻轻抓住，只要他稍一用力，她就会扑进他怀里，对他踮起脚尖。这是最常从国产片里看到的恋爱镜头之一。许游的手被白雁抓住的刹那，一时下不了决心该怎么办。周围一片寂静，他们谁也不敢望谁，僵持着，更没谁愿意打破沉默。

终于，白雁发出一声轻轻的咳嗽，手指微微动了动。许游一惊，低垂的视线落到脚边一个个蜂窝眼上，它们乌黑闪亮，对他闪着嘲弄的光。他这才略显尴尬地缩回手，跟着咳嗽两声，坐也不是站也不是，一副手足无措的样子。

白雁红着脸笑了，说：叫你别紧张还是紧张，你就没见过女人。她把他带进卧房，指着桌子旁的一张方凳：随便坐吧，我看你斯斯文文的样子，一点不像个热情浪漫的诗人。

诗人，热情浪漫。难道她希望他像电影里的男人那样将她紧紧抱住？是的，一定是的。不然，不会把他带到这里。她曾一再暗示他别紧张，屋里就他们两个。她还主动拉住他的手。可惜，他让这些机会一个个从眼皮底下溜走。现在她把他带进卧房，虽然，两张床上被褥凌乱。接下去，她打算干什么？像他们预计的那样共进午餐，然后讨论诗歌？许游环顾四周，激荡的心渐渐冷却，打定主意不谈诗歌。在这脏乱不堪的房间里讨论诗歌，实在是对缪斯女神的亵渎。

要不，我们吃饭吧？白雁提议道，随手脱去春秋外套。她穿一件白色羊毛衫，胸前梅花点点，也是纯白的，把她的脸衬托得娇嫩无比。许游那颗好不容易平静下来的心又怦怦跳动。听她说吃饭，双手在书包里乱摸，摸到饭盒。

先让我看看，你饭盒里有什么好吃的。白雁不由分说，打开他的饭盒。哇——她贪婪地盯着饭盒，惊叹道：你真幸福！

许游那天的午餐是米饭、青菜和红烧狮子头。每天早上，奶奶起床后的头等大事，便是替他准备午餐。男孩子十六七岁，正是长身体的时候。许氏宁可自己节衣缩食，也要让孙子吃上荤菜。许游看了看饭菜，也有点得意，问白雁：你吃什么？

我……我吃面条。我外婆懒得很。她再次抱怨，脸上笑容黯淡，嘴巴也情不自禁嘟起：她只会下面条，每天吃面，除了面还是面。我吃得胃里直泛酸水。

她从厨房端出一碗清汤面，眉头微蹙。许游见此，不假思索地说：干脆我们换了吃。我这几天正想吃面，偏偏我奶奶胃不好，吃不得面食。

你奶奶一定很爱你。白雁羡慕地说。

那还用说。许游骄傲道：我是她的命根子。因为这世界上只剩下我们祖孙俩相依为命。

哦，这么说你也是独自跟老人住在一起的。白雁喟叹一声。

嗯……许游低下头，嗓子被卡住了，只发出一连串含糊不清的音。白雁没再说话，眼里充满同病相怜的神情。许游用筷子挑了挑面，往嘴里送，并催促她吃狮子头。两人这才摆脱思想中那些暧昧欲念。他们吃着对方的午餐，感觉很新鲜，你一句我一句，话题绕着对方身世问个没完。白雁问得多，说得少。许游从云镇谈到青城，伤心处，白雁眼眶红了；愉快时，两人开怀大笑，毫无顾忌。

自此，两人经常在一起共进午餐，当然，地点不再是白雁外婆家，而是由许游精心挑选了附近另一所中学的食堂。那里谁都不认识他们。吃完饭，他们尽可以躺在操场附近的草地上，谈天说地，享受两人共处的自由时光。许游的饭菜比平时多出一倍，许游的脸色和精神也达到十六年来的顶峰状态。奶奶以为是饭菜的功劳，更绞尽脑汁，每天换花样。她又怎会知道这些浓油鲜酱的菜肴，大都被一个叫白雁的女孩分享了呢?

白雁吃着许游给她提供的免费午餐，再不提拜他为师学写诗歌之类的话，相反，带一些港台言情小说，在饭后声情并茂地朗读给他听。

不知不觉到了五月，天空又高又蓝，春夏交替时所特有的安谧，仿佛使一切生物蒙眬入睡了。他们仰靠在一棵柳树下，身边的绿树和青草散发出一阵阵清香，偶尔风过，一两条柳叶慵懒地拂过脸颊。白雁怕痒似的躲避着柳叶的触摸，轻笑着，手在空中舞动，半个身体便靠在了他的身上。

哎呀，多美啊! 她转动那对明亮的眸子，睨他一眼，声音也像涂了层蜜，空气里到处是温馨的、令人心醉的气息。

许游的心哆嗦一下，胸中涌起一阵又一阵冲动。他努力克制着，手指抠进草地。体内的血液流得太快了。

他喘了口气，仰起头，只见不远处的树梢上，有片翠绿的嫩叶在阳光中颤动。叶片通体透明，似看得清周身的纹络。它好像有生命似的，在他灼热的目光中羞涩地战栗。多美，多美啊！他突然渴望抚摸，舌尖似尝到了嫩叶青涩的汁液。

你看，我嘴唇这边是不是被圆珠笔画了一条？白雁把脸凑近。她的嘴唇上跳跃着阳光，皮肤像婴儿般透明。周围的一切隐灭了，许游呆呆地瞪视她片刻，嘴里发出一声含糊不清的呻吟，两人几乎在同一时刻朝对方扑过去。他吻她的眼睛、眉毛、鼻尖，当他的吻终于落在她的唇上时，一阵战栗袭来，使他几乎窒息。他倏地离开她，浑身颤抖得难以自持。白雁迅速把他从草地上拉起来，双臂围绕在他的脖颈上，嘴里吐出一阵阵灼热的气息。亲爱的！她学着言情小说里的语言，身体紧贴住他，踮起脚尖……

许游就此把自己一股脑儿地扔进爱之中。他的世界只有白雁。白雁想吃什么菜，一定让奶奶现买现煮；白雁想看电影，再重要的考试都可以置之不理；白雁爱逛商场，他必陪伴左右。时间一长，发觉白雁爱逛商店胜过爱看电影。电影票两毛钱一张，上下集最多五毛钱。一套女式时装，对他来说可是个天文数字。当然，这些时装在他眼里等同于明星礼服，怎么可能适合女学生穿？所以，每次白雁在名牌前流连忘返，他都跟在旁边指指点点，好像纯粹为观赏而来。

你看，这条白色连衣裙多漂亮啊。

一天课后，白雁拉他走进刚开张的中亚商场。两眼放光地站在一个穿白色连衣裙的模特儿面前：想象一下，我穿上这条裙子会是什么模样？她双颊绯红，问完，已率先陶醉地闭上了眼。

这条裙子的确很美，是最新潮的荷叶领。两片阔大的荷叶，打着精美的小百褶，将会把她的脸衬托得如出水芙蓉般娇嫩。嗯，很美。好像专为你设计的。他赞同道。

那——把它买下来？她征询地望着他问。

当然啦，你喜欢就买啊。许游说这话时，两只手插在口袋里一动不动，他根本没考虑钱的问题。白雁等待片刻，略显失望地咬了咬嘴唇，转身冲出商店。

哎——许游着急地追出去，把白雁堵在一个角落，不解地问：我说错什么了？你喜欢，你买啊。白雁被逼急了，露出哭相：我买，我拿什么买啊？要十八块钱呢。

许游心一沉。他囊中空空，一分钱都没有。奶奶在这一点上把关很严。

离开白雁，许游思量着如何跟奶奶要钱，一颗激荡的心渐渐冷却，并产生诸多疑问。他预见了索要钱的困难性。十八块钱对一个学生来说不是笔小数目。一本平装小说最多一块五。他说买书，奶奶顶多给他三元钱。除此，若想拿到额外的钱，简直比登天还难。他该如何得到剩下的十五元钱？他摸着干瘪的口袋，一旦开始算钱便觉无聊、庸俗。难道他的初恋竟要"会花钱"才能得以进行？

白雁是一个爱钱的女孩吗？他如果明天没有十八块钱，白雁会是什么态度？

第二天见面，他若无其事地东拉西扯，她眼里那点亮光随即黯淡。

你怎么啦？他早已打好腹稿，只等对方开口，即把有关爱的信念一股脑儿地倒给她。

我头痛，你别烦我。她啪地合拢书本，态度冷淡，完全变了个人。还没等许游回过神，拎起书包头也不回地走了。

哎——我说你这人，怎么这样啊？许游心底的火腾地一下蹿了上来，紧追两步，对着她的背影责问。

我这人怎么啦？白雁一听，蓦然止步，脸色煞白地回过头：我说我头痛，头痛，我的头被劈开来了似的痛。你还要我怎样？强颜欢笑地取悦你？你不觉得太自私了？真没见过你这么不通情理的人。你——根本不配做男人。

如果给你买了连衣裙就配做男人了？他被强烈地刺伤了，当即以牙还牙，怒火冲天。

白雁一听，恼羞成怒，高声叫嚷：如果你连一条连衣裙都买不起，你还能买得起什么？我真可怜你，枉为男人。她脸色铁青，鄙夷地瞥他一眼，扬长而去。

不就一条连衣裙吗？用得着如此恶语伤人？他在她身上的付出，难道可以用金钱来衡量？

那段时间，两人相互怄气，谁都不理谁。白雁不和许游在一起的时候，班里又有人瞧见她坐在其他男人的自行车后座上。他们又唱又笑，旁若无人。男人把自行车骑得飞快，简直像玩杂技。白雁一点不害怕，反笑得更来劲。这个小妖精，她是专门从上海跑来吸青城男人的血呢。如此议论传进许游的耳朵，他坐立不安，尝到了思念和嫉妒的双重痛苦。

一个星期后，两人在老地方再次见面。许游带上她最喜欢吃的红烧带鱼和狮子头。白雁吃得心满意足，也就不计前嫌。两人虽然和好，气氛远没当初和谐。吃完饭的白雁，立刻流露出心不在焉的神情。下午？没空。我要和朋友们讨论摄影小说，我是女主角，他们不允许我迟到，更不允许我缺席。

白雁说她结交了一帮文艺爱好者。他们在搞摄影小说。她被一位朋友推荐去演女一号。

朋友们二十出头，刚离开校园，大都是来自社会底层的工人。他们留着长发，穿着膝盖有破洞的牛仔裤，聚在一间类似仓库的旧房子里，热情洋溢地策划着什么，想在苦闷的现实中另辟一条蹊径来。

文体院校专业考试在春季进行。转眼便迎来第二年春天，白雁追随一个叫陈舟的文艺爱好者去考电影学院了。自此，白雁一去不回，杳无音讯。

好多年以后，某次同学聚会，大家说出的感觉竟和许游一样：每次进电影院前，必先留意演职员名单，生怕这个从生活中绝迹的白雁，突然出现在银幕上，当然，他们每次都失望了。

4.编辑池茉

自古以来，诗人的遭遇有幸和不幸之别。许游写诗，不是特意为读者写的，反而感动了读者。诗出来后，也根本不考虑发表问题，一个天生的经纪人诗扬却自己送上门来，帮助他从读者中寻找更多的喝彩和掌声。

诗扬曾是味精厂的广播员，和当时正在材料科实习做会计的许游一拍即合，创办厂报文学副刊。诗扬目光远大且有野心，希望副刊能走出味精厂。报纸走出厂门后，社会上一些文学爱好者纷纷写信，畅谈阅后感想。不久，收到高中生来稿。接着，给青城大型文学刊物《青城文学》投稿的作者，有的也将退稿转寄给他们。然后是《青城晚报》和《青城文学》的编辑同时看中许游的诗稿，择优发表。许游的创作才华一经慧眼识中，很快在作者群中崭露头角。精明的诗扬看准时机，随即鼓动许游趁热打铁，举办诗歌沙龙。

诗歌沙龙的诞生，吸引了青城的大小诗人。诗人会诗人，谁是粗才，谁是俊才，只需读诗便知结果。有些只懂模仿的，矜持地认为自己已颇得某名家之风，最终只落得个画虎类犬之名；还有些志大才疏、心浮气躁的，把诗歌作为成名捷径，每每口出狂言，妄自称大，所写诗歌则毫无意境。

许游，作为年轻主持人，诗如其人，是一样的幽静俊逸。他的诗每首读来，都能感动人。人们不得不承认，在青城众多的业余诗人中，只有许游的诗才像是出自一个真正的诗人之手。

诗人许游在沙龙成立半年不到的时间里，很快迎来了生命中的第一次笔会。笔会由《青城文学》主办，特邀上海知名文学刊物《流芳》的两名编辑池茉和项飞参加。

池茉那年二十九岁，对文学已有很高的鉴赏能力。她说自己不是一个天生的作家，却生来是个批评家。她能很快从作品中获取和作者相同的感受，从而切入理地加以分析，使作者尤其是初习者受益匪浅。她健谈善辩，思维敏捷，对于作者，喜欢先观其貌再读其文。在编辑部上班，她频频与作者面谈，有些稿件看着可以，人一到面前或言之无物，或形貌粗鄙，她干脆连人带稿一起打入冷宫。时间一长，作者抱怨了，说竟有这样以貌取稿的编辑，简直变态。编辑部里，假如大家不是知道她早已结婚，还真以为她假公济私，借选稿之名给自己择偶。然而，大家都知道，池茉婚是结了，却徒有其名，丈夫两年前去澳大利亚留学，至今未归。两年来，她深得总编厚爱。年届五十的总编毫不掩饰对她的欣赏之情，无论到哪都爱带上她，同事中有人已酸溜溜地叫她副总，私下里更有一些不堪入耳的谣言。她听了，淡淡一笑，照样我行我素。

这次玉湖笔会，听说青城出了个天才诗人，她按捺不住好奇心，非得亲自一会。临走，总编请她吃饭，喝得有点高，拉住她的手久久不放，说出版局领导找他谈话，要提升他去出版社任副社长。他走了，总编这个宝座谁来坐呢？小池，你替我参谋参谋。他颇含深意地盯着她。他在等她上钩，他一点都不着急，只要把这块王牌甩出去，事情已有八成把握。果然，池茉将身体依偎过来，含糊地说：等我笔会后再做决定。两人都知道所谓决定的真正内容，总编情不自禁捧起她的脸，亲了一口，很克制地说道，都已经等了这么久，还在乎多等一个笔会？去吧，去好好玩玩吧，这一阵工作够辛苦的，正好借这机会放松一下。池茉纠正：我不是为玩为放松而去，青城的确出了一个很有天分的诗人。总编笑而不答，将她的手拉进怀里，不停地揉搓：柔若无骨，真是柔若无骨啊。他陶醉地低语，眼神已经迷离。池茉轻笑两声，既无厌恶也无冲动，心想这就是权和色的交易，这场交易已有序幕，等她从玉湖回来，将正式开场。为什么非要等到从玉湖回来？她的心异样地跳动了两下。

池茉和老编辑项飞离开上海去青城那天，许游被派去接站。有意思的是，他竟举颠倒了写有池茉和项飞大名的牌子。人流从站口汹涌而出，很多人奇怪地盯了牌子一眼，又匆匆离去。池茉微笑着从黑压压的人潮中挤出。第一次见许游，她心上涌过一阵惊喜和感动之情。君子性喜清幽。他微皱着眉站在那里，看不出是焦虑还是兴奋，肢体语言已提供了她所能想象的一切色彩，那便是天才的色彩。

带着这种先入为主的印象，她前脚踏进青城旅店，还未来得及洗去脸上风尘，便索要稿件。许游说没带。她立刻回驳，一个天生的诗人还用诗稿？你难道不能随口吟咏？许游其实很喜欢朗诵诗歌，无论是自己写的，还是书本上的，他随写随吟，过目不忘。刚开始见到两位编辑，有些拘谨放不开。一经鼓动，来了激情，把自己最好的三首诗，一一朗诵出来。池茉听得两眼放光，项编辑也不时点头赞叹。

我没看错，你是一个天才诗人，你会很快在诗坛上扬名的。池茉预言。项编辑忙对许游说，要想得到我们池大编辑的首肯，可是很难的哟。池茉显得很兴奋，就许游的诗歌畅所欲言，她先把好话都说了，然后才是分析和评论，最后指出不足之处。许游创作至今，哪听过如此专业的点评？他一边心悦诚服地听，一边暗暗观察，心想，这个池编辑最多也就比他大六七岁，理论知识倒一套一套的，说得入情入理，头头是道。听她一席话，还真有胜读十年书之感呢。

笔会前后三天，地点安排在有山有水的玉湖镇。编辑中除上海的池茉和项飞外，还有周边一些市级刊物的编辑。其中一位姓刘的编辑，三十出头，身材高大魁梧。因其风流多情，与女作者和女编辑之间的花边新闻层出不穷，同行见了他，干脆叫他"留情"。假如，这次笔会没邀请他，许游肯定能如愿以偿，从池茉那里学到更多东西。可惜，刘编辑的出现使笔会的性质出现转变。

刘编辑和池茉其实早在某次笔会上就认识了。当年，刘编辑身边美女如云，他应接不暇，只抓住机会邀请池茉跳了一支探戈。他们的身体一个雄健一个娇柔，亲密地搂在一起，十分愉人眼目。跳完舞，刘编辑随即把她扔下，急切地邀请其他女人去了。池茉在舞池外围找个阴暗角落坐下，脸颊滚烫。那次舞会，刘编辑不知换了多少女人，每次都以同样的坚硬寻找突破。池茉既恶心又晕眩，越恶心，越要看。和他共舞的女人退下舞场，个个波澜不惊，用手在额前轻轻一抹，即优雅地投进另一怀抱。

她们能做到若无其事，她为何不能？及时行乐，逢场作戏，才是现代人的生存哲学。池茉的丈夫去澳洲留学的前一晚，久久抚摸着她的身体，只喃喃重复三个字：不放心。他长久地低吟，不放心啊，真不放心啊。池茉知道三个字后的潜台词。心想，男女之间的情感绝对是厮守出来的。离，只能越离越远。所以，当她试图说服丈夫放弃出国计划不成之后，已预见日后名存实亡的婚姻状况，便很少对外公开已婚身份。刘编辑就不知道她的婚姻状态。刘编辑从不招惹已婚女性，所以才敢对她如此放肆。

笔会第一天早餐，定在玉湖的依情酒店。编辑和作者们下楼去餐厅，个个睡眼惺忪。昨晚直接坐车过来，吃完夜宵匆匆大睡，对酒店环境一无所知。这是什么地方啊？身边不时传来这样的对话，池茉也东张西望地观赏。她一手搭在栏杆上又似乎在想什么心事。笔会的编辑名单中有刘编辑，在青城却没遇见他。他来还是不来？池茉潜意识里盼望着，又不愿承认。不期一个声音，从身后响起：池编辑，你知道这座酒楼叫什么名字吗？

是他，那个到处留情的混蛋。池茉毫无防备，脸蓦然一红，随即将身子一闪，和他保持一定距离。

刘编辑并不在意她的冷淡，兀自介绍起来：它叫依情。嘿，它竟敢叫依情。我怀疑这家酒店主人，曾和一个叫玛侬的风尘女子私奔过。

你的想象力也太丰富了。池茉一抬头，与许游清纯的目光不期而遇，对刘编辑冷笑一声道：这里是中国，不是法国。即使真有风尘女子，也不会在名字里带个"侬"，更不可能叫玛侬。亏你想得出来。

《玛侬·莱斯科》是18世纪法国普莱服神父写的一部恋爱小说，读过几部外国名著的人都知道小仲马在《茶花女》中曾以玛侬比玛格丽特。书中的玛侬最后死在一个真心爱他的情人怀里。池茉实在没料到他会有此联想，一时又捉摸不透这番话的用意。

我不是想象力丰富，而是有感而发。刘编辑追上几步，和她并肩，饶有兴致地谈论道：也许侬情在这里并无深意。我读它却不能不有所感触。想当初玛侬死在荒凉的沙漠，但她一点不寂寞，身边有情人陪伴，并且还为她挖好墓穴。唉，人生能得此真情，有何遗憾？

哈，对不起，我是一个很迷信的人。池茉打断他：一大早起来，没心情跟你讨论死亡、坟墓还有沙漠。再说，我对你提到的这本书毫无兴趣。她加快脚步超过他，走进餐厅。

餐厅里座位已经排好，编辑和作者们也大都到齐，三五成群站着闲聊。池编辑，坐我们这边吧。几个女作者前呼后拥过来，把她拉进一张靠窗有阳光的圆桌旁。她站在新鲜的太阳底下，才感觉到一丝春天的暖意。许游也过来，很注意地倾听她说的每句话。池茉忽感兴奋，妙语连珠随之滔滔不绝，心情到这一刻才彻底大好。

一位女作者问她年龄，她笑而不答，女作者便自说自话，先说池编辑比她还年轻，后来又说不会超过二十三岁。池茉笑得愈发妩媚，接近三十的女人被看成二十出头，本身就有一种得意。

小池。刘编辑阴魂不散，在另一桌招呼。来，过来，我们这边还有空位。池茉装作没听见。女作者们伸长脖子朝他看，再交头接耳几句，飘到池茉耳边，尽是有关风度、气质、帅之类的赞美。刘编辑迎着她们的目光，走过来，毫不客气地坐在两位女作者中间，说既然池大编辑舍不得离开群众，他也来体验体验。他说"体验"两字时，刻意瞥她一眼，好像带有某种心照不宣的秘密。

早餐过后，每个编辑带三名作者去宿舍讨论作品。本来，许游被分到刘编辑一组，池茉把他抢过来，说他的诗我喜欢，把他给我。这样一来，刘编辑手下全是女作者。当他被她们簇拥着上楼时，浑身的骨骼仿佛已被拆散，脚步轻飘，声音更是轻飘。不用紧张。只听他安慰那个最不自信的女作者说，这次选不上，继续努力，修改后寄给我。只要是你寄来的稿子我一定照顾。还有我的呢？我的？另两名女作者也不甘落后，争相邀宠卖乖。刘编辑哈哈大笑，一口一个没问题。他左顾右盼，把手伸向空中，落下来时，很潇洒地搭在女作者们的肩膀上。他像喝醉了酒似的挪动脚步，把重量全部压在她们身上。

什么德性？池茉对项飞说：我真不明白，这种素质的编辑竟然成了红人，每次笔会少不了他。你看看，笔会才刚开始，那副色迷迷的样子，哪像是来挑选稿子的？

那你还把许游换过来？项飞说：这样一来，他不来得正好？

我才不让许游受他的毒呢。哼，他来得正好跟我们也没关系。反正他也不是我们编辑部的，他堕落是他的事，跟我们没关系。笔会一结束，谁还会记得谁？池茉铁青着脸，发过一顿牢骚，便对自己愤激的行为惊讶不已。她可从来不爱管闲事的呀。况且，这个刘编辑还不是她同事，要她生哪门子膀胱气？男编辑爱占女作者小便宜，这很正常，并不就他姓刘的一个人不健康。项飞这么一大把年纪，看到漂亮的女作者还常以改稿为借口频繁见面呢。不过，这次笔会项飞输惨了。来自上海的名杂志又怎么样？风头全被刘编辑抢去。难怪他也有抱怨。看他领着三个小伙子，垂头丧气的样，池茉忍不住笑了。

池茉带领许游和其他两位作者上楼，经过刘编辑房间时，只听得里面欢声笑语不断，刘编辑，晚上真能开舞会吗？

当然，不开舞会岂不浪费这无限春光？"舞会"两字使池茉的心脏一阵痉挛。刘编辑见他们过去，满面红光地从屋里追出来，叫，池编辑，我正跟她们商议晚上开舞会的事呢，你觉得怎么样？池茉停住脚步，回头，眼睛在她们脸上轮流转一圈，说，我们只有这三位宝贝女将，男生总人数却是十。你看男女比例正常吗？总不能让三个男的搂一个女的跳吧？大家听了大笑道，各拉一只胳膊解解馋也行啊。

就这样，刘编辑期待的舞会，终因池茉和项飞的坚决反对，没有开成。跳舞不成，刘编辑别出心裁，提议游泳，这个建议得到众多作者的拥护。他们午觉起来，在下午两三点钟的时候出发，去附近湖边游泳。

池茉被刘编辑的口哨声吵醒时，正睡得昏昏沉沉、似醒非醒。梦里，有位长相酷似总编的男人把她带进一个两人包厢，门一关，即卸去伪装迫不及待地搂住她，撩起裙子。两人正要行动，她却清晰地听到了刘编辑的口哨声。她用力将眼睛一睁，身上已完全湿透。

池茉在床上换个姿势，正打算详细回味一番梦中情景，门被推开，是那三个年轻女作者。她们手上各拿一大沓稿件，脸上闪烁着羞涩兴奋的光，要她看稿，提意见。她们的要求一点不过分。笔会嘛，就是来看稿、来谈和创作有关的话题的。无奈，和丈夫已分居整整两年的池茉，却在这个下午被一色情之梦搅动得欲罢不能。

两年了，从二十七到二十九，女人生命中最圆润、最丰腴瓷实的两年，她却让它在寂寞中悄悄流失。丈夫如果不是因为事业受挫，根本不可能离开她。说离不开，其实换句话说是离不开女人。他在澳州早已跟其他女人同居。上次在电话里把话都已挑明，叫她遇到合适的别有太多顾虑。人想要真正健康，光吃饱穿暖没用，还得有生理和心理的双重满足。自此，池茉开始幻想能带给她生理健康的另一个男人。

总编是最早传递求爱信息的男人。他外形刻板，语言枯燥，身体四四方方，像堵水泥墙壁，这样的身体怎可能给她带去激情和色彩？只和他有过一些搂搂捏捏的小插曲，不过都是几个朋友在一起喝酒、瞎玩、找刺激而已。她的乳罩扣子至今还没有被其他男人解开过，她知道一旦被解开，便覆水难收。

梦中那只撩起她裙子的手灵活、充满欲望，他搂住她时，竟然绕过乳罩，直奔主题。她为何会穿裙子赴约？一个女人穿着裙子赴一个男人的约会，本身就带有挑逗性。她就那样光着两条大腿，连丝袜都不穿，走进包厢。他说什么？她记得他说很多人都在沙发上把那事情做了。他说得色情大胆，怎可能出自总编之口?

池茉被迫从床上起身，思绪仍然恍惚。她一手拿着稿件，一手抵住额头，脑子昏昏沉沉，一个字都看不进。终于，她无法再忍受这种窒息，匆匆起身，在作者们惊愕的注目中，独自跑了出去。

玉湖镇依傍在风光宜人的玉湖河畔，居民房屋低矮，门前挂着张大大的渔网。这里的居民主要以捕鱼为生，一艘艘渔船里家什杂物一应俱全，妇女在船上做饭、洗衣，甚至生孩子。船成了他们的另一个家。池茉一出酒店，远远瞧见空中高耸的船桅和白帆，精神一爽，清醒了。她信步朝湖边走去，下午三四点钟，水面平静得像镜子一般。船只悠悠地飘荡于水面，有些晚饭吃得早的居民已开始做饭，一缕缕炊烟若隐若现，弥漫在小镇上空。池茉走走看看，小镇特有的气氛使她那颗骚动不宁的心渐渐平静。想起稿件，她在湖边的一张石凳上坐下，埋头专注阅读。

池编辑！

才翻动两页稿纸，刘编辑带领一支游泳队伍，从东面浩浩荡荡而来。他们个个打着赤膊，一条浴巾挂在脖子上，湿淋淋的游泳裤紧贴臀部。是刘编辑眼尖，老远见了，情不自禁叫她一声。她一抬头，他已离开队伍，独自走到她身边。

他裸露的上半身，湿漉漉的，被太阳一照，像涂了层金，散发着一种原始野性的光芒。他叫她时，两片微厚的嘴唇被滋润得十分肉感。池茉穿一条无袖连衣裙，裙摆在膝盖之上，坐下后，裙子紧绷大腿，淡黄色的内裤隐约可见。刘编辑低垂的目光便只停留在池茉两条性感的大腿上，眼角眉梢荡漾着一股毫无掩饰的色欲之情，与此同时，池茉感觉到他的身体正以惊人的速度膨胀，她蓦地起立，呼吸非常急促。这个性感得像野兽似的男人，粗俗，低级。他随时随地都在寻找女人。池茉转身想走，被他一把拽住。

明天晚上树林里见。他约她，眼看成功在望，反倒不着急，把约会定在第二天傍晚。

池茉，接近三十的池茉，在对性的渴求中到处乱闯，已接近忍耐极限。

　　他们约会的时间，正是傍晚最朦胧的时刻。那时，太阳还没完全下山，月亮已悄悄升出树梢，雾霭像轻纱一般在小镇和酒店后面大片的田野上空飘荡。空气里到处是泥土、青草和食物的气息。偶尔有一两个动物的叫声，落在空旷的田地里，反倒衬托得四周更加安静。

　　许游是继刘编辑后，第二个发现这一带的幽静和美的人。一望无际的田野使他想起云镇的山山水水。那天吃过晚饭，许游本来想看日落的，谁知被一文友拉住，谈个没完，等他抽身而出，太阳已完全西沉。

　　许游在田野上信步漫游之时，刘编辑已把池茉带进一片甘蔗林里。结果和刘编辑想象中的完全一样，池茉一言不发，任他行动。刘编辑嘴里喃喃诉说一些情话，听来和梦中相差无几，这下，池茉崩溃了，眼里的泪和身体里的液体汨汨地流淌出来。刘编辑嘴里发了声类似野兽的号叫。声音在寂静的田野飘荡，传出去很远，听着令人毛骨悚然。许游正是被这声音吸引，来到了甘蔗林。他寻声而进，亲眼目睹了刘编辑撩起池茉裙子的全部动作。刚开始没认出紧搂在一起肉搏的男女，是那条眼熟的黑白斜纹连衣裙使他认出池茉。

　　他呆住了，难以置信，揉揉眼再看，两人的身体造型又有新变化，池茉也开始号叫。池茉的叫声却如电流般，在许游身上游走。

　　许游不知道自己是如何退出甘蔗林的。重返田地的刹那，耳朵里灌满了池茉的叫声，这声音暧昧，使他体验到一种从未有过的焦虑和饥饿之感。他都看到了什么？他用力抹一把脸，四周景色依旧。

　　他再次迟迟疑疑地朝身后张望，甘蔗的宽大叶片在空中簌簌颤动。许游眼前闪过刘编辑伸进池茉裙子里的那只手，感觉既厌恶又迷惑，同时，血液奔流的速度加快。他最后不得不以奔跑来驱散这个印象。

　　那天晚上，他梦见了白雁。这个他为之献出初吻的女孩已如黄鹤，一去不复返。梦中，他回到他们频频约会的小树林里，白雁踮起脚尖和他接吻，也穿着连衣裙，一条白色的连衣裙，腿上还有长筒丝袜。他的手搂着她的纤腰，不敢用力。他试图模仿刘编辑撩起白雁的裙子，终究因胆怯还有羞耻感而作罢。

5.颜晓慧

才女颜晓慧当年中考失利，只进了光明职业高中，许多人为此扼腕痛惜。许氏感慨之余，还曾以此减轻许游没能直升一中的遗憾。

颜晓慧到底是颜晓慧，职高三年，不负众望，毕业时被保送进上海财大。一晃又是三年，许游已头戴诗人桂冠，颜晓慧也已进入大四学习阶段。比许游整整大两岁的颜晓慧，那年二十三岁。同宿舍五个女孩大都有了恋人。颜晓慧也不完全形单影只，正在读研究生的傅青，早在半年前就对她展开猛烈攻势。颜晓慧不为所动，只把他当成一般异性朋友。如果不是他写的情书太好、太动人的话，颜晓慧恐怕连这点机会都不会给他。

傅青二十五岁，学着金融会计，并对理科保持深厚兴趣。他在遇见颜晓慧之前，已不单纯，初恋对象是中学时代的物理老师。物理老师刚从师范大学毕业被分配到他们中学时才二十二岁，一张莲花般纯洁的脸，挂着淡淡微笑。她平时话不多，课却上得十分精彩。她说物理世界里有一对相互吸引的正反粒子，它们的相互吸引能产生美丽共振。傅青听了，把他和她幻想成一对能发出美丽碰撞的正反粒子。

高中毕业，他送给她一本精美的日记本，扉页上写的便是那句有关正反粒子的话。这以后，他开始写情书，他对物理老师说刚跨进大学门槛，也曾遇到过其他粒子的干扰，可她们不是因能量低不能接近，就是因为相差太远而擦肩而过。只有你，我最亲爱的老师，才是那个能对我产生吸引力的粒子。如此情书一封接一封，发出去，石沉大海，没一点回音。傅青毫不气馁，把对方的沉默视为鼓励，奋笔不辍。转眼便到了大学三年级暑假，傅青对她的追求因两人在邮局不期而遇，而有了质的突破。

物理老师当时正在办理出国手续。两人第一次单独相处，即省略恋爱过程的所有前奏。傅青事后感慨，这三年的情书到底没有白写，它们早已俘虏了物理老师。物理老师还是不爱说话，把自己宝贵的第一次给了傅青，仍没有表白。她总是微微地笑着，眼神略带羞涩。这略带羞涩的微笑，在她不辞而别的整个夏天，像谜一般围绕着他。

三个月后，物理老师从法国来信，她在信中又给了他一条物理原理，即测不准原理。测不准原理指的是物体的面貌会因观察仪器的不同而不同。书信强调，人各有志，她对科学兴趣浓厚，并将朝此目标奋斗终生。她还说她虽然长相柔弱，骨子里却不喜男女之情。和傅青在一起的初夜是个尝试，结果不言自明，她徒有女人之貌却无女人之情，自然难以享受女人之欢爱。从此，她将远离情色诱惑，潜心科学研究。物理老师的书信，不啻当头一棒，使傅青很长一段时间陷在那个测不准原理中，神思恍惚。他想测不准，真是测不准啊，物理老师亭亭然如出水芙蓉，想来定是柔情似水，谁知她竟是个禁欲论者。她不正常，他却正常。一夜的尝试，使他蜕变成真正的男人。从此，他看女人的眼神和感觉总好像和生理上的欲望有所联系，变得有所图谋起来。

颜晓慧就是在这样一个危险时刻进入他的视野。二十三岁的颜晓慧身材发育得十分丰满，胸脯高挺，衣服穿得再宽松，也是引人注目的。还在高中时，当其他女孩还是小荷才露尖尖角，她的已像两只打足气的气球，沉甸甸的成为身体一部分。为此，男生停留在她身上的目光，总使她有不干净的感觉，便尽量遮掩，久而久之，几乎成为心病。进大学后，颜晓慧从不和同班女生一起进澡堂洗澡。她刻意避开傍晚高峰，把时间定在人流稀少的星期六早晨，以为万无一失，谁料还是被同宿舍的小金撞上了。

喜欢早锻炼的小金那天出汗实在太多。她进澡堂时，颜晓慧正在全神贯注地给身体上肥皂。浴室空旷极了，也安静极了。颜晓慧站在最靠天窗的一个淋浴器下，四周水雾氤氲，她的裸体若隐若现。小金蹑手蹑脚进去，先没意识到洗澡女子的身体有何特别，是颜晓慧反复在胸前揉来搓去的动作引起她的注意。那时的颜晓慧仿佛已入无人之境，她微眯着眼，在乳房四周擦出很多泡沫。

哇——颜晓慧，原来是你啊。小金认出颜晓慧，大叫着过去，毫不掩饰眼里的惊羡和赞叹，脱口道：天，每个男人都会为你的身体发疯的。

这以后，同宿舍的女生都知道颜晓慧身材最棒最性感，竭力怂恿她改变穿着习惯。其实，颜晓慧只需把衣服的尺码稍微买小一点，便能尽显风韵。

那年，她准备报考研究生，初步选定的导师正是傅青的导师。去找导师那天，恰好傅青也在，猛一见她，傅青仿佛很受震动。两人最初的话题和报考研究生有关，傅青热心找来前两年的专业考题，并帮她联系外语和政治考研班。颜晓慧心存感激，在圣诞节前，给他寄张音乐卡。傅青接到卡片喜出望外，当夜挥笔，给她寄去第一封真正意义上的情书。他说：当我久久凝视着卡片上那个头戴草帽、扎两小辫的女孩时，心中涌起千万种要拥抱你的柔情。一位艺术家曾说过，一件艺术品在其模糊孕育的过程中要比它诞生到人间更美丽。我现在越来越能体会这句话的意义。在我的想象中，有我对你无穷无尽的柔情。

这是颜晓慧二十三年来接到的第一封情书，感动之余，不免有些遗憾，心想，假如这封情书出自另一个他该多好啊。他是她在光明职高时的暗恋对象，那时，他只需朝她不经意地一瞥，便足以令她兴奋一整天。这份暗恋自离开中学、进入大学以来仍在持续。因有这段情愫，傅青再出色，情书写得再动人，她也无法全身心投入。

傅青用情书猛烈追求过一段时间，见效果不明显，旋即改弦易张，频频光顾女生宿舍。同学见了，都说他长得帅，有男人气。颜晓慧并不表态，虚荣心得到满足，对他提出的约会半推半就。傅青自作主张给她报名上某所大学的英语考研班。开课第一晚，他骑自行车带她过去。颜晓慧也没拒绝，往车后一坐，两手自然伸出去搂住他。如此亲密地在校园内公开亮相，她毕竟忸怩不好意思，因为还没找到恋爱感觉。傅青却很得意，把她送进教室，即在门外等候。

两个小时，对于心中有所牵挂的他来说并不漫长。他在垂柳依依的小湖边来回徘徊，看着湖面是如何在薄暮中黯淡，罩上夜的帷幕。他会在某个瞬间想起物理老师和她的测不准原理。他想，她到底不是一个女人，而是一种理想的化身。她的肉体因此毫不温柔，就像夜幕下这一片凝重、死静的水面，仅给他传递可怕的分离和隔阂。颜晓慧不一样，她同样不苟言笑，浑身上下则洋溢温情。他见她的第一眼就知道，只有和这个女孩在一起，才能抹去物理老师带给他的孤独之感，从而享受完美的女性温柔。

"女性温柔"四个字使他浮想联翩，激情难抑。是的，对于女性肉体已不再陌生，他渴望的是一种细腻的、海浪舐岸式的幸福感。唯有如此享受才能使他彻底蜕变成火焰，在黑暗深处燃烧。

傅青独自胡思乱想，小湖边的空气仿佛也感染到他的欲望，带上几分妖娆的神秘魔力。离他不远处，有块造型怪异的石头，已被一对学生模样的恋人占据。女生坐在男生双膝之上，低下头，边吻边扭动身子。喘息声清晰可闻。傅青吃一惊，这边人影尚在模糊难辨之际，不远处又有一对，同样的扭动和喘息。湖对岸黑影憧憧，露水鸳鸯似乎更多。他好不容易平静的心跳再次加剧。难怪同学中早有传闻，说这所学校男女恋爱成风。家境富裕些的，已公开在外租房同居。学校对此睁一只眼闭一只眼。从这所学校走出的女生，没一个是处女。假如，他们财院有这一半的放任……他不由心猿意马，幻想中他和颜晓慧也开始了同样频率的扭动和喘息。

嗨，你在想什么？出其不意地，他肩膀上被拍一下。颜晓慧不知何时已站在他身边，黑暗中，时而流曳的几道光线在她脸上跳跃，使她像幻影般不真实。傅青身子一颤，本能地朝她扑过去。颜晓慧动作比他更快，往路边一跳，率先跑开。

回去已近深夜，傅青一言不发，自行车骑得飞快。在湖边看到的几对恋人，他们的亲密和浓情，深深地折磨起他来。他身上的阳刚之气，渴望着另一个厚实的温柔之躯。这渴望来得如此强烈，强烈得竟使他有点恨车后的颜晓慧。

你在想什么？颜晓慧再问，思绪仍停留在老师布置的写作上，正想跟他讨论讨论，谁知他一反常态，变得沉默焦躁。他把所有的力量都使在脚踏板上。车子骑得有点像飞，夜风呼呼地从耳边刮过。她向来惧怕速度和高度。先用手揪住他的衣服，再闭上眼睛，还是不行，人在旋转，心里的恐慌感越来越重。她终于忍不住张开嘴，想叫他骑慢点，一个"啊"字还没出口，人已结结实实地摔在水泥地上。车子被横在路中央的一块石头绊倒。同样倒在地上的傅青呆呆地瞪了她片刻，身体里腾地燃起一股欲火。

多美的夜晚啊，空旷的街上阒寂无人。他们挨得如此之近，她那两条光滑的大腿在月下泛着水银般洁白的光亮，胸前纽扣掉了，大半个乳房似要从里面跳出来。她呻吟两声，呻吟声听来却像色情召唤。他瞪着她，像扑食的老鹰，鼻子呼呼直喘粗气，眼里流露饥饿的光。哎哟。颜晓慧的两条腿在他眼皮下水蛇般扭动，他终于抛开所有顾虑，一头扑了过去。

还没从摔倒的震惊中回过神来，颜晓慧只觉自己的手刚被抓住，一具身体就朝她压过来。她被他紧紧压在身下，一个又一个狂乱的激吻使她窒息。她气疯了，手得一空隙，伸出去死命抵抗。也许是她的抵抗唤醒了他的理智，渐渐地，他身上的力量被耗得差不多了，人也清醒许多。他松开她时有些狼狈，说他是真的喜欢她，情难自禁。

喜欢就非得这样？虽然事后他检讨得很深刻，颜晓慧仍觉受伤和委屈，想：这种男人实在自私，骑车摔了她，非但不关心她的疼痛，反急着占便宜，算什么男人啊？幸亏她没头脑发热，让他便宜得成。自此，颜晓慧见他就躲，想和他彻底结束这种不明不白的关系。同宿舍的小金那段时间正好感情空虚，扬言要追傅青。她说干就干，可人家傅青却利用她给颜晓慧带话，六个字：今生非你莫娶。

同学都说，看不出颜晓慧这么好福气，这年头还能遇上如此痴情的男人。颜晓慧气咻咻地嚷，就是他死她的怜悯心也不会被他唤醒。当然，也有同学看出，号叫，有时并不一定是仇恨的标志，它不过是一时的保护伞而已。不出一个月，颜晓慧肯定回心转意。

　　颜晓慧和傅青言归于好是在寒假之后。寒假，颜晓慧考完试，早早收拾行李，返回故乡青城。前两年放学回来，她既不看报也不看地方新闻。在她好高骛远的心灵里，只有大都市上海才具有代表一切的权威。青城的时装、文学、体育不过跟风，缺乏自我。她买书、买衣服都在上海。所以，回到青城的她只躲在家里看书、看电视。一出门便不知东西南北。说出去根本不像个青城人，连家门口那个老少皆知的路名也记得稀里糊涂。你可真是一个青城人呐？奶奶总这样嗔她。她将头一歪，认真地对奶奶说：奶奶，我才不满足于做一个青城人甚至上海人呢，我的梦想在美国。美国，就是表姨妈去的国家，你知道吗？家里人听说她的梦在美国，都说是痴人梦话，不去理会。

　　这年，颜晓慧带着心事回到青城。高中时代的好友庄琳一见她便嚷，我们光明职高出大名人了。许游，还记得吗？许游成名人了。他的诗不光青城有名，全国都有名。你看看，这是他的最新诗集，我排两个小时队，才等到签名。颜晓慧一听，反倒若有所失。庄琳走后，另一位女友又来告诉她一些关于许游的桃色新闻。她煞有介事地透露，许游能有今天，多亏了一个叫什么诗的老姑娘。两人早已同居。说罢，还吐了吐舌头，做出很厌恶的神情来。这两则消息都不是颜晓慧所希望听到的。许游名气越大，两人之间的差距也就越大，走到一起的可能性微乎其微。许游已和其他女人不清不白，她颜晓慧爱得再深，不会去做第三者。这是她的生活原则。她是一个非常理智的女孩，从来不会让感情牵着鼻子走。就这样，最早回青城的颜晓慧又成了最早返校的学生。她心灰意冷，走进宿舍楼，管楼道的阿姨看见她明显一怔，从她的小房间里晃出了一个男人的身影。颜晓慧逃也似的跑上楼。宿舍冷冷清清，这冷和空更加剧寂寞。谁都有伴，就她一个人。

她无聊地转几个来回，突如其来的孤寂几乎把她压倒。这时，她想到了傅青。何不找他过来聊聊？

家在上海的傅青一个小时之后，风尘仆仆地赶过来。他憔悴许多，眼神与她一对，眼眶红了，嗓音沙哑地说：我是真的爱你，爱你。颜晓慧被他憔悴的外表打动，心底有个声音低低地叫：就他吧，就他吧。可不知哪个环节出了差错，她爱不起来。她任由他拥抱，却不让他碰嘴唇。傅青把脸深深埋在她胸前，发热病似的辗转着，热烈倾诉：你不知道你有多美，你有多美。颜晓慧想起小金在浴室的话，身体内部再次产生那股奇异的酥软感。所以，只要傅青行动并不出轨，仅限于搂搂抱抱，颜晓慧出于自身享受需要，一般都愿意接受。这样半推半就、半冷半热过了两个月，傅青真有点忍耐不住，频频把约会地点定在校园树林深处。颜晓慧毫无经验，也无提防之心。每次走进树林，均能碰上几对偷偷摸摸的情侣。傅青抓住时机在她耳边乞求：让我吻你一下，就一下，就一下。话音刚落，嘴唇压住她的嘴唇。颜晓慧倏地闭紧唇，抵触情绪又回升了。她干脆推开他，问：我们为什么不能好好说会话？

我们是恋人吗？傅青却问。

颜晓慧身子一动。

我们是吗？傅青痛苦地问。

颜晓慧一言不发，扭身就走，被他从身后及时抱住。他再次将嘴唇凑过来，在她细腻的脖颈上温柔地吻，从脖颈到耳朵，再到脸颊和头发，他吻得理智吻得小心翼翼。颜晓慧在他温存的爱抚中放松，陶醉地闭上眼，喃喃道：这样很好，我喜欢这样。我们永远像这样好吗？她握住他的手，询问般地盯住他。傅青不再回答，带着一阵阵渴求的欲望吻她。她的皮肤太好了，雪白柔嫩，似乎稍一用力，能掐得出水。一个"掐"字使他浑身骨骼着了火，嘴唇炙热异常，从她的脖颈深处蜿蜒而下，直入衣领。他用牙齿咬开纽扣。颜晓慧情不自禁放出一声欢愉的叫，体内的欲望被唤醒了。她在他的亲吻中颤抖。

那个晚上是他们交往以来进展最显著的一次。第二天中午，两人不谋而合，竟在通往学生食堂的林荫道上相遇。颜晓慧正拎着饭盒，若有所思地走。从背影看，身材一点不苗条，走路的样子也不美，不像其他女孩，挺胸收腹。不过，她的胸够挺了，用不着再挺。傅青眼神有些迷离。他嘴唇发干，愣了片刻，快步冲过去，从身后一把将她拽住。颜晓慧一惊，见是他，震惊虽有所缓和，态度则冷冷的，甚至还带着难以抑制的失望。她随意地瞥他一眼，好像第一次发觉，他是一个身体强壮的男人。这强壮，在太阳下，却暴露了粗俗。她怎么会爱上他呢？她向来喜欢文弱瘦高的男人。许游的诗意和敏感，许游的忧郁和柔情，才是她寻觅和渴望的真爱啊。

你怎么啦？他问。爱人的心最敏感。她的冷漠使他缺乏自信。颜晓慧一言不发，快步走进食堂。

老地方见。傅青对她背影喊。颜晓慧恍然未闻。当然，那个夜晚，她让他在树林里白等了两个小时。傅青这次采取冷处理，没着急找她。一个星期后，他再约她，她的态度倒暧昧起来。习惯了他的抚摸和亲吻，独自一人的夜晚对她而言已变得漫长空荡。意识到想他时，有点瞧不起自己又有点弄不明白。难道骨子里也像小金，离开男人就难受？她的脸颊滚烫，想起小树林里亲热的点点滴滴，又忘了他太阳底下暴露的粗俗。于是，当他终于出现在宿舍门口，用那对欲火中烧的眼睛凝视着她时，她立刻妥协了。当然，妥协归妥协，原则还是要守的。两人在小树林只能重复做着相同的动作，亲吻、抚摸，然后急流勇退。傅青有次动作十分粗鲁，带着难以抑制的怨和恨，说：杀了我，杀了我吧，你这狠心的女人，你杀了我，我就解脱了。颜晓慧听了这话，朦朦胧胧地知道他一直在乞求什么。但她并不需要，她还不想把自己毫无保留地奉送给他。因为，她无法在他的爱抚中做到彻底忘我。

三月份，学校有几天春假。傅青约颜晓慧坐海轮去普陀山玩，颜晓慧不假思索地答应。临走前夜，例假来了。小金叹口气道：你看你这大姨妈早不来晚不来，偏偏挑这日子来搅你们的好事。颜晓慧听了不明其言，以为好事指春游，还笑道，好事哪那么容易被搅？小金哈哈大笑，道：好你个颜晓慧，真是母狼下山奋不顾身啊。小金她们这些过来人话中带话，颜晓慧听得一知半解，只跟着傻笑。不过，和傅青在普陀山独处的第一晚，她很快明白小金话里的所有内容。

普陀山风景胜地，附近很多农家旅店，住宿无需证件。一间屋两张床，五十元钱一晚。两人或十个人同住，只要旅客没问题，店主永远睁一只眼闭一只眼。颜晓慧在住宿方面毫不妥协，坚决要求各开的房间。傅青只得依她。白天两人在海滩散步、谈话，心情轻松平静。夜晚，颜晓慧走路走累了，傅青假借按摩之名，让她平躺在床上，双手反复在她身上揉捏。捏到关键处，颜晓慧十分清醒地推开他，说：来例假呢。傅青不信，以为她拿此作挡箭牌。让我看看，就看一眼。他低俯在她耳边，满脸潮红，双手已似痉挛。说完，不等颜晓慧表态，动手脱她衣服。颜晓慧边躲边笑，说：你这人怎么不讲道理？说话间，傅青已不顾一切把她按倒在床。当颜晓慧那对肥硕的乳房整个裸露出来时，傅青像被雷电击中。她比他想象的要美一百倍。假如他能彻底占有她，真可以做到万死不辞。傅青在看到颜晓慧的乳房时，已不战自降。他踉踉跄跄走出房间，精液迫不及待地喷薄而出。他啊地发出一声叫，弯下腰捂住私处。颜晓慧听到叫声，飞快从床上起身，跑过去问：你怎么啦？傅青推开她，临走前说：等你那个完了再告诉你。

颜晓慧例假结束，两人已回校园。傅青在一个周末的傍晚带颜晓慧去看双场电影，两部都是法国情爱大片。法国片向来拍得大胆火辣，性爱场面货真价实。电影没结束，傅青的手已在黑暗中不老实起来。那晚，两人一言不发，看完电影直奔小树林。三月份的深夜，春寒料峭，还透着侵人凉意。颜晓慧的身体依偎在他怀里，任他摆弄，嘴里不时吐出几声呻吟。傅青喜出望外，以为成功在即，不由加大动作幅度。可是，紧要关头，颜晓慧再次清醒，试图阻止，傅青却被一股神秘的魔力控制，感到黑暗之中有命运无法抗拒的魅力。他只觉浑身是力，所向披靡。他飞快脱去身上外衣，摊在地上，然后搂过她，强迫她躺倒在地。他不再顾及她的挣扎和尖叫，那时，恍惚的视线里，只有从她双乳高峰上投射过来的万丈光芒。

就在傅青纵情狂欢之时，学校巡逻保卫听到尖叫，飞速奔进树林，将他们双双捉获。颜晓慧羞愧难当。

都是他——她用手朝傅青一指，恩断义绝道：是他强迫了我。

6.追求

颜晓慧和傅青之间一场游戏似的恋爱最终以悲剧收场。因颜晓慧一口咬定强迫，学校开除了傅青学籍，但并未将事态进一步扩大。谁知，三个月后，傅青却真的在公园里强奸了一名少妇，这次人证物证俱在，傅青被判刑三年。

傅青强奸案发生时，颜晓慧还有一个月大学毕业。这个月到底没让她太平度过。强奸案传到校方，校报上很快出现一篇名为《财院里的明星，生活中的罪犯》的报道。文章详细地介绍了傅青在财院五年的出色成绩，提及恋爱之事，知情人一眼就能看出那个女孩指的是颜晓慧。从普陀山之行到周末双场电影，作者似乎对他俩之间的情爱纠葛非常了解，并言辞犀利地指责女方的自私及冷酷。假如，校园事件发生后，她能勇敢地站出来，承认和傅青间正常的恋爱关系，傅青也许不会被学校开除，那么，一切的一切都可因此避免。人啊，文章最后感慨，你的良知何在？你可知道，你的自私，已彻底毁灭了一个家庭？傅青幼年丧父，本来体弱多病的母亲，得知凶讯，一病不起。可怜的傅青，他本该拥有的光明前途，也让你给彻底葬送了……

这篇文章使颜晓慧羞愧难当。她真的这么冷酷无情？她眼里含着泪，一遍遍问自己。过去和傅青交往的点点滴滴回到眼前。她爱他吗？她到底爱他吗？她无法回答自己。她渴望难以言表的亲热，却仍有所保留。这就是她矛盾抑或自私的地方。那天深夜，傅青把她按倒在地之前，她若真要逃脱，也不是没一点空隙可乘。她知道接下去将会发生什么，可惜，她挣扎得并不激烈。潜意识似乎也盼着揭开这神秘一幕，也盼着做这件事，不再追问有没有真爱。有夜色作掩护，她觉得他们之间这层可怕的燃烧之感，已经跟爱差不多了。她唯一做错的地方是不该尖叫。事后回忆，无法确切解释发生尖叫的冲动，到底属于疼痛，属于抗拒，还是为迎合傅青的欲望？颜晓慧不敢深想。也许，应该在校警面前承认和傅青的恋爱关系，承认一切都是自愿的，这样，即使有惩罚，也不致完全落到他一个人身上。可她，她都在校警面前说了什么呀……颜晓慧后悔了。她的眼前闪过傅青被校警带走时的目光——悲哀、痛楚、留恋，唯独没有怨恨。事实证明，傅青为保全她，承担了全部恶名。

颜晓慧在傅青被判刑的那个夏天，已放弃攻读研究生。她回到青城，随便找了份会计工作。肉体没被囚禁，心灵已呼吸不到自由空气，日子过得也像在监狱一般灰暗。工作的同时，着手准备托福考试。对她而言，只有彻底离开，才能忘记所发生的一切。

她把工作挣来的钱做三种安排：一份给父母，一份寄给傅青母亲，最后一份寄给正在服刑的傅青。她定时去邮局，以曾晓忆之名给傅青寄信和钱。信中大都是鼓励话，希望他改过自新，争取提前出狱。每个月只有把钱和信寄走，心头的窒息感才缓和些。这样的日子大约过了半年，就在书店看到许游的诗集。

那天，她像以往一样走进书店，身后传来一声惊呼，是高中时代的好友庄琳。庄琳又来买许游最新出版的诗集，而且不止一本。爱好诗歌朗诵的她，打算在单位举办一场许游诗歌朗诵会。

许游诗歌朗诵会在庄琳所在的医院如期举行。颜晓慧和庄琳各怀心事，望眼欲穿，许游却没有出现。一手策划朗诵会的庄琳，至此心灰意冷，从长达一年零三个月的单相思中解脱出来，接受医院里一位年轻外科大夫的追求。

庄琳和外科大夫热恋期间，颜晓慧数次徘徊在许游家附近，终于，在某个沉寂的午后，她叩响了许家大门。许游出现的刹那，她激动得浑身发抖，几年来久久盘旋在脑子里的幻想，仿佛成为现实。

你是……许游疑惑地望着她。

颜晓慧飞速瞥他一眼，却什么也看不见，听不见。时光倒流，回到光明职高的操场上，那天的阳光也这么美好，带着某种预言似的，把掉落的诗稿照得通体透明。

"风起了/我要去运航/亲爱的/请把你的心，系在/我的船桅上。"她清晰地记得这几句诗，从那时起，就开始在静默中培植初恋。

颜晓慧嘴唇嚅动，说不出话，眼里浮一层泪影。泪眼蒙眬，反倒看真切了。他变了，四年不见，比想象中高出许多，必须仰起脸才能看他。他的眼睛还是原样，带着与生俱来的忧郁。她与他对视的刹那，情感中曾有的阴影，被爱情的气息穿破，心上随之激起一股欲望，一股倾心相许的欲望。那才是她孜孜以求的爱情啊。她一伸手，抹去眼梢的泪花，再抬头，身心俱已远离傅青所带给她的隐痛，散发出纯洁忘我的迷人之光。

许游本是心不在焉的，以为她又是某个诗歌爱好者，来寻求签名。是她眼里那层湿亮的光触动了他，他怔了怔，记忆中闪过一个面影：颜晓慧？他脱口而出，连他自己都吃了一惊。叫完，脸红了，有点不知所措。

谢谢你还记得我。

这声呼喊，使颜晓慧恢复自信，过去的荣誉潮水般漫过脑海。她抿嘴一笑，道：你现在成名人了，还以为早把我们这些校友忘得一干二净呢。许游知道指朗诵会失约一事，赶紧解释，没有，真的没有。我去了的。可惜记错医院名，跑中医院去了。颜晓慧一听，温柔地笑着说，我今天不是来兴师问罪的。刚好有事经过，顺道来看看许奶奶。许游就说，奶奶刚去老年活动中心。颜晓慧噢了一声，探头朝楼底下张望片刻，没离去之意。许游只得把她邀请进屋。

许游这两年写诗写出名，玉湖笔会不久，便被《青城文学》挖走，成为杂志社最年轻的诗歌编辑。刚进《青城文学》那阵子，也着实踌躇满志，以为有了发挥特长的机会，谁知，这年头编辑不好当，除编稿、改稿外，还得会交际，会拉名人稿子及商业广告等。编辑部五个文学编辑，年纪轻一点的，整天在外面跑赞助。这叫以商养文。不这样做，光靠几千册订量，叫我们喝西北风？小许啊，来了快一年了吧？可以行动了，先从附近一些合资企业着手。什么？单位介绍信？哈哈，"许游"两字不就是一张响亮的名片？

主编如此暗示。性喜清静的许游这才怀念起味精厂的日子来。在材料科时，因有吴会计在，他只需做些最简单的工作，大部分时间是自由闲散的。《青城文学》编辑一职，听上去诱人，时间一长，反有不堪重负之感。一年来，他竟很难进入创作状态。书店里陈列的最新诗集，都是以前的诗稿。所以，读者对他热情越高，他越惶恐。人们只看到他头顶的桂冠，却无法感受到他心灵深处的焦虑、无奈和失落。而颜晓慧，在与他对视的瞬间，便从他忧郁的眼神中，捕捉到某种启示。她说，如果不是你这双眼睛，走在大街上我还真认不出你呢。

我的眼睛？颜晓慧进屋后与众不同的开场白，调动起诗人的好奇心，许游问：我的眼睛怎么啦？颜晓慧道：照照镜子不就知道了？许游果真拿起桌上一面小镜子，嘴里说：我照啦，我照啦。颜晓慧被他略带孩子气的举动逗得笑起来。许游放下镜子，也笑。气氛就此融洽而默契。

那天，两人畅谈整整一个小时。许游本来不善言辞，尤其在女生面前更是拘谨。颜晓慧却天生是个演讲家。她知识面广、言之有物，再加性格温柔，善解人意。当她投许游所好，谈诗论画时，大部分时间只巧妙地将话题引出。整场谈话下来，许游惊讶而愉快地发觉，全是他一个人在唱主角。聪明的颜晓慧懂得该在什么时候附和他，或对他的言论添加评论。除诗歌外，旅游是他另一个感兴趣的话题。许游说他专爱在穷乡僻壤探径访幽，往往一座土山丘、一条小河便能激发他的无穷联想。因为景致越平凡，越能感悟生命中的真美。颜晓慧听到这里，及时发出邀请，问他去过城西的怀真桥没有。她说从怀真桥上看月亮，美丽如画，月亮根本不像是人间的月亮。如果哪天晚上有空，她微红着脸约道，我陪你一起去，如何？许游爽快地答应了。

怀真桥是青城众多石桥中的一座，它横跨运河，桥身高耸挺立，远远望去，形状似拱非拱，不大像桥，更像浮在水面上的一座假山。白天登上桥顶，俯视脚下，便有一览众山小的开阔之感；晚上呢，则觉得自己离天、离星星和月亮最近，似乎一伸手就能把月亮里的桂花树枝折下来。

两人约会的第一个晚上，气候温暖，月亮又圆又大，高高地悬挂在天上，把石桥照耀得通体发亮。他们在桥上流连忘返，仿佛置身透明的琉璃世界。看四周景色，瞬息之间也变成另外一副面貌：浑浊河水亮起深邃的、蓝幽幽的光。运河两岸的白房子，则更显得莹白高洁。微风吹来，空气中流溢着一种超逸的神意。许游深吸一口气，面对如此月夜，内心却掀起一股巨浪。他仰起头，来回急速走几步，周围的一切摇晃起来，石桥在动，月亮在动，仿佛又回到云镇的土窑顶上，奶奶甩动一头长长的黑发，他看到无数星星飞下来，在奶奶身边翩翩起舞。他还看到云镇的树枝在月光里闪闪发亮，《等待戈多》中的流浪汉在一片闪亮中招手。戈多明天准来，流浪汉说。

戈多是谁？颜晓慧好奇地问。

他就是许泳，我的弟弟，不过，我现在叫他戈多。许游灵魂出窍之时，听到颜晓慧的发问，这声音及时驱逐梦幻。他茫然地望着颜晓慧，一时不知她是谁，更不知自己身在何处。可夜的寂静柔和，月亮的圆润淡雅，很自然地勾起倾诉欲望。他无法平息翻江倒海般的思念，只有靠夸张的语言和手势。他开始讲初中创作的第一个剧本《围棋》，讲围和棋这对双胞胎最终得以团聚的悲欢离合，还讲《等待戈多》中的流浪汉，讲在很多场合看到流浪汉在树林里招手的情景。那绝对不是幻觉，是他，许泳，他一个人在水边太孤独，他在等着我……

许游神情黯然，话说得又快又急。颜晓慧听来杂乱无章，不知所以。她只能通过对方的语气和神态捕捉信息，再结合自身痛苦，生发感慨：其实，生命并不在于你得到了什么，而在于无数次痛苦之后你体会到了什么。她说，声音带层历经沧桑的无奈，落在深沉的夜里，格外凝重。因为很多事情，并不是你想要怎样就能怎样。所以，失望过后，反倒另有一番体悟，那就是，只要时常能感觉到自己的心，与隐藏在这平凡世界的美丽相吻合，就是幸福。颜晓慧用手一指月亮：就像今晚，虽然我们口袋里没钱，也没有值得炫耀的功名，但我们喜悦知足。因为，我们是抱着旅游的心情出发的。

许游听到此，讶异地抬起头：旅游，你说得多好啊。他的思维回到现实，接过颜晓慧的话，抒发胸臆：是的，我们对待现实的心态，应该像一个旅途中的游客那样，时刻保持轻松的心情，唯有这样，才能尽情享受每一份惊喜。说到这里，声音戛然而止，期待已久的灵感突然降临，他呆呆地瞪着她，双手急速地伸进口袋。颜晓慧抿嘴一笑，手一扬，变戏法似的把纸和笔送过去。许游来不及道谢，飞快接住，弯腰在栏杆上写了起来。颜晓慧静静地伫立在他身后，屏息等待。这样的时刻，对于她来说是神圣的，她甚至不敢大声喘气，怕自身粗俗的呼吸破坏气氛。终于，许游停住笔，眼神闪亮地转过身，问：你怎么知道我需要它们？颜晓慧莞尔一笑，道：跟大诗人出游，难道连这点想象力都没有？你也太小看我了吧。许游被奉承得哈哈大笑。

接下来，许游以十分轻松的口吻谈起工作上的烦恼，以及灵感枯竭时的痛苦。颜晓慧问，想过出国吗？去美国！

美国？许游感到陌生地重复，回头望了望悬挂在他俩中间的圆月，对"美国"两字毫无概念。当然，换个环境的说法倒也刺激，青年人总是不安于现状、渴求改变的。不过，去美国？他想象力再丰富，还没敢到抛家别国的地步。颜晓慧暗暗观察，点到即止，借此把自己准备托福的计划和盘托出，并进一步提出想跟许奶奶补习英文的要求。

退休在家的许氏日子清闲很多，然慕名而来要求补习英文的学生仍络绎不绝。颜晓慧以补习英文为由，骗得了许游可骗不了她。许氏顺水推舟，答应收下这个特殊的学生。颜晓慧虚心拜师之后，频频出现在许家。她来的大部分时间，许游不在家，和许氏十分投缘，两人除学习之外就唠家常。颜晓慧烧得一手好菜，到这时派上用场。她的葱烤鲫鱼、糖醋茭白及麻辣豆腐等为她在许家赢得很高声誉。

一天，颜晓慧替许游整理房间，发现散扔在桌上的诗稿，诗是好诗，可惜字迹潦草，极不端正。她情不自禁拿起钢笔，抄写起来。许氏见了，竭力鼓动颜晓慧替许游重新抄写旧诗稿。因诗稿字迹难认，做这项工作，必须等许游在家时才能进行。而许游在家的时间通常是晚上，这样，两个年轻人便有更多的接触机会。可惜，心无旁骛的许游仅把她当作老同学，神情举止毫无越轨之处。颜晓慧虽和傅青有过一段情，且一直是被他追求着，并不善邀宠献媚之道，也只把对许游的爱深埋心底。

庄琳得知她的心事，立刻酸溜溜地提醒，对付许游这样的男孩不能心急。说着眼神飞快掠过她的胸脯。颜晓慧心虚地别过头，庄琳好像一眼看穿她的真面目——她，早已不是处女。那两只肥硕的乳房也早已不再纯洁无瑕。颜晓慧有点恨庄琳赤裸裸的目光，开始躲避她。然而，和庄琳谈话后的她，突然守不住这寂寞了。和傅青真假难分的情欲一幕幕闪回眼前，搅得她心神不宁。

一天夜晚，颜晓慧坐在许游房里，稿件抄到一半，停下来，假装用开玩笑的口吻说，你看我们这样，不知情的还以为你是我男朋友。上次，那个庄琳，还记得吗？她用大惊小怪的口气问我，是不是正和你谈恋爱。说到这里，心怦怦乱跳，看都不敢看许游。谁知许游笑道，别管这么多闲言碎语，当时在味精厂，把我和诗扬说得比这难听多了，我都不在乎。颜晓慧脱口而出：那是因为你不爱诗扬，所以才会不在乎。许游点了点头，依然带着淡淡的笑容道，是啊，只要自己心不乱，别人根本无法左右你。

可是——颜晓慧想问，可是，难道你对我也没有一点感觉吗？她涨红着脸，艰难地咽回下面的话。室内的空气不再自然。其实，许游对颜晓慧的付出也并非一无感觉，只是有白雁在先。那场无疾而终的初恋曾倾尽他所有情感，他不相信自己这么快又能投入新的恋情。况且，颜晓慧和白雁是完全不同的两种女孩，颜晓慧朴实聪明，做朋友可以，恋人？似乎缺了点浪漫的东西。白雁不一样，纤细的腰那么一扭，便觉得任何付出都心甘情愿。这就是初恋啊。初恋一生不过一次，能那么容易被遗忘么？回忆使许游怦然心动。高中毕业快三年，仍无法忘记白雁。另一个主要原因就是白雁的美，把很多条件出色的女孩都比下去了。

那个夜晚，颜晓慧和许游都失眠了。许游在回忆中长吁短叹，颜晓慧则冷静地分析她和傅青之间的恩恩怨怨。按理，傅青从一开始就处在她目前这种单相思的境地。傅青如何能突破这层朋友关系呢？写情书、看电影、校园散步，再加出其不意的身体接触。人非草木，孰能无情？颜晓慧决定在追求许游上，大胆效仿傅青，邀请他看恐怖片和爱情片。按照想象，两人观看恐怖片，情节到令人毛骨悚然之时，身体定会朝对方靠拢，以此寻求温暖和力量。谁知许游并不害怕鬼片，况且对情节猜测准确无二，吓人的镜头还没开始，他就说，看啊，快看啊，这个女主角绝对是鬼，而且是吊死鬼，马上猩红的舌头就要伸出来了。被他这一说，颜晓慧赶紧捂住眼睛不敢再看，设想中寻求保护的身体动作，直到电影散场都没做成。颜晓慧不气馁，第二个星期改看爱情片。这次，许游算是安静的。颜晓慧在演员情语呢哝之时，颤抖着伸过手去，刚触到他胳膊，他即惊愕回望，问，怎么啦？你怎么啦？颜晓慧虚弱地笑了笑，只得作罢。

看完爱情片不久，颜晓慧被单相思击倒。突如其来的高烧使她头痛欲裂，第一天还支撑着去上班，第二天吃过退烧药后只能在家昏睡。第三天，身体仍是慵懒的，头不痛了。她挣扎起床，铺开信纸，给许游写下第一封情书。

游子，她在信中模仿许奶奶的称呼，写道，一连三天病在家中，看不到你的面影，听不到你的声音，那份煎熬竟比生病还难受。

也许你还不知道，我对你的爱，早在高中时就已开始了。那天，我在操场上捡起你遗落的诗稿，上帝便在我心里埋下爱情的种子。我是如此强烈地爱着你，难道你一点都感觉不到吗？我甚至想把你弥散在空中的气息都收集珍藏。我还想做你终生的奴仆，以此延长和你相守的日子。还要怎样形容我对你的爱呢？这次生病，从梦中惊醒，我突然意识到，在这个世界上，我是仅为你而活的女人。我为你祈祷，为你忧伤，为你欢笑，我是为你而生的女人，而你则是为我而生的男人。我这样说，你同意吗？

游子，如果你还不够爱我，那么，请告诉我，我到底该怎么做才能赢得你天庭般的爱情？

颜晓慧这封情书发出去没多久，许游来了。颜晓慧开门，不及他有何表示，就纵身一跃，投进他怀抱。终于抱住了你啊。她陶醉地低语，拉过许游一只手，按在胸口，红着脸，喃喃道，你摸摸，我的心，它跳得多快啊。许游身体一动，似有挣脱之意，被她搂得更紧。颜晓慧只觉浑身灼热。她昏乱地呓语，突然，没等许游明白怎么回事，他的手已紧紧抓住她的乳房。许游再也无力移动，再也不能解释他无法爱她的理由。

7.海外来鸿

亲爱的游子：

听见我从心里呼唤你吗？恍惚中觉得还在你怀里，现在却一个人坐在飞机上，四周没有一张熟悉的脸。

游子，我的爱人，虽然你最终没有同意在我出国前结婚，我还是要这样称呼你。因为，上帝在造你的同时，就已经把我的生命附属在你身上了。如此亲密的结合，哪是一张薄薄证明所能替代得了的？谢谢你，游子，让我明白了什么是爱。我曾不止一次乞求，让你我永远相聚。写到这里泪水再次模糊了双眼，我仿佛又看见你从人群中慢慢退去的背影。游子，我无法明白，上帝既让我们相爱，为何又不让我们相聚？也许，正像你说的那样，分别是对我一意孤行的惩罚？你怪我为了出国，狠心不顾你的感受和意见吗？其实，我何尝不想和你多待一分钟？是我那可恨的理智在提醒我，只有事业和爱情并存的人生才是最完美的人生。我天生是一个永不满足的人。看着同学朋友们相继漂洋过海，看着时间一天天飞逝，自己的目标不仅没实现，反越来越遥远。这样惆怅的心情你能理解吗？

我想出国，物质是一方面，还有更重要的，是自由和平等。在那里，无论你以前在国内多么显赫，大家机会均等。没见很多明星到美国要从端盘子开始吗？我就渴望这种公平竞争的环境。哪像国内，一考定终生。你看我中考时因为生病，只能进职高，学自己不感兴趣的专业。以为我稀罕财院那张文凭？告诉你吧，游子，我想成为会计师，想在美国开会计事务所。你信吗？

爱你的晓慧（匆匆写于飞机上）

亲爱的游子：

这是我抵达美国的第一天。因为难以接受突然分离的事实，整个飞行过程，我一直昏昏沉沉，眼泪时断时续。表姨去飞机场接我时，我竟把她忘了，差点错过。当然，她最终靠照片把我认了出来，客套几句，就把我直接送到为我租好的学生公寓。她家住在哪里我一无所知。我本来想跟她叙叙旧，看她如此冷淡，也就算了。她对我而言本是个陌生人，我不能指望太多。可为我租的房子太贵，月租费近三百元，我住不起，当务之急是另租公寓。系里导师听说我来了，开车带我出去吃了顿晚餐，并帮我买了些日常用品。和导师同来的还有一位中国学生，得知我想另租便宜公寓，就说不如暂时跟其他同学合租，两三个同学分摊三百元钱应该是合算了。还说他有个朋友正好找房，明天就把她带来等等。这个同学很热心，导师看上去也和蔼可亲。我对即将在美国展开的生活和学习充满信心。

爱你的晓慧

亲爱的游子：

上次写的短信没寄走，因为这几天一直在忙着找房客，找工作，你一定等急了吧？我还是住在表姨最初给我租的学生公寓里，不过如今已不是我一个人住，而是和另外两个女生合租。我住客厅，把房间让给她们。一室一厅的房子住三个人，按美国的标准挤了点，而我们这些刚从中国来的穷学生对此已非常满足。房子问题解决后，我又顺利地在一家中餐馆找到工作，当然是不能让警察发现的黑工。

下个星期就开学了，不知为何，心里突然没了在国内时那种向往的感觉。也许是太孤单了吧。今晚，当我打完工，从餐馆坐车回家，发觉车里就我一个人。车厢空空荡荡，窗外月光皎洁。我把脸贴在玻璃上，望着月亮，想起了我们那天在怀真桥上看月亮的情景。还记得你说过的每一句话。我默默地回味，直到司机提醒我该下车了，才发觉脸上满是泪水。下车时，司机不放心地一再问我是否OK。我逃也似的躲开了他关切探究的眼神。噢，游子，没想到你我相聚的时间竟如此短暂。我独自走在通往宿舍的小路上，好像才第一次明白，你我已远隔万水千山。我突然感到了一股揪心的痛，伴随而至的还有后悔，后悔不该一意孤行，远走他乡。写不下去了，游子，泪水再次模糊了我的眼。我只想问你，有一天，你会陪我在这里看月亮吗？

爱你的晓慧

亲爱的游子：

　　把信发出去后就一直在焦急地等待回音，真不知道为什么时间过得如此之慢。今晚，我又在月光下走了很久。边走边想，如果此时此刻，是你拥着我走在这条小路上，不知会有多幸福呢。想到这里，恨不能明天就飞回去。

　　学校开课了，第一天上课，因为前夜打工，我迟到了，整堂课浑浑噩噩，不知老师在讲些什么。我的心情变得如此糟糕，甚至于我执着追求的事业也成了一个虚弱的支撑。傍晚，室友拉我去操场跑步。跑步曾是我在大学每遇到痛苦时最好的排解方式。可自从在那个春天拥有你以后，我快乐得忘了自己，便再也没有在操场上跑过步。

　　又一次来到跑道上，双腿失去了以前的弹性。我做些准备活动，强迫自己跑步。第一圈下来，还是未能调整步伐和心跳的频率。我的心脏急剧地跳动着，渐渐，喉头干燥难忍，胸口更似被铅块压住了般难以呼吸。我难过地停下脚步，走向路边的草地，弯下腰，用手撑住大腿，想缓和心跳的节律。就在那时，眼前出现了幻觉：我又一次看到你掉在草地上的那沓诗稿，我小心翼翼地捡起它，你蓦然回眸，朝我感激地一笑……

　　我静静地躺在草地上，任凭额角上的汗珠滑落下来。那时，夕阳如针刺一般灼痛着我的眼睛，我紧紧闭着眼。我的心在不停地呼唤着你的名字。游子，我最亲爱的，为什么让我认识你？为什么让我如此深地爱着你？游子，你在听我说话吗？难道你还没感觉到我发自内心的爱？

你的晓慧

亲爱的游子：

　　还是没收到你的信，我发觉自己正变得越来越脆弱，一拿起书本，脑子里就满是你的影子，更糟的是，只要我一独处，眼泪就会不可抑制地淌下来。你真的一点都不想我吗？为什么我听不到你的誓言？怎么啦，亲爱的？是生病了，还是因我的一意孤行，对我丧失了爱的激情？你还在盼着我，等着与我团聚吗？这些疑问使我无法正常呼吸……

爱你的晓慧

亲爱的游子：

出国已整整一个月了，一直都很忙，学习、打工，当然，再忙都无法驱逐我对你的思念。今天学校考试，也许是来自你心灵的电磁波扰乱了我，我无法集中精力。有种强烈的预感催促我快速离开考场。我匆匆做完试题，匆匆跑回公寓，果然，你的信已经在信箱里等着我了。当时，我真想狂呼。我把你的第一封信紧紧捂在胸口，笑着，泪流满面。瞬间，我的眼前不再是苍白的墙壁，窗外也不再是阴霾的天空。我又一次看到了你和我，我们相拥着走进爱的殿堂，我们的影子倒映在湖光山色之中……游子，答应我，我们结婚吧。这里也许更适合你自由的天性。

你说，以商养文必然导致文学的浅薄和媚俗。你拉不到广告，你那颗高洁的心不愿为了钱跟人套近乎，对人低三下四。你说，在编辑部反倒感觉自己离文学越来越远了。这些苦闷和痛苦曾不止一次地听你说起，为何还要在那里痛苦下去呢？游子，我真的不愿意看你硬撑着做自己不愿意做的事情。你有天赋有才华，如果再能给你一片自由的土壤，那么，你那充满诗意的灵魂定会大放异彩。相信我，没有什么地方比这里更适合你的个性了。在这里，没有谁会要求你按照别人的逻辑去思考，你的心便不会在理想和现实的扭曲中受尽煎熬。在这里，你就是你，你该怎样生活就怎样生活。你可以彻底按照你定义的人生去完成生命。当然，除了这些，还有更重要的，那就是爱。

人生的本质到底是什么？谁也说不清楚，但有一点我敢肯定：爱的需求或力量一旦消失，人就成为一个活着的墓穴。我很幸福，终于得到了你的爱，对此我万分珍惜。当你把我送进飞机场，我就默默地对自己说，接下来的事要努力拼搏，争取尽早与你团聚。你呢，游子，如果你真的爱我，还有什么好犹豫的？为何信中只字不提出国之事？是还不够爱我吗？写下这句话时，我心底一阵刺痛。只有真诚才会招致痛苦。我在镜中打量自己，第一次对自信产生了怀疑。如果，有一天我将失去你，生命对我便毫无意义。噢，游子，写到这里，我立刻就懊恼了。我痛恨自己的神经质和胡思乱想。在经历那么多甜蜜的夜晚后，我实在不该再对你的爱和付出有丝毫的怀疑。好了，亲爱的游子，别再折磨我，下一封信就给我一个准确的答案，好吗？

你的晓慧

亲爱的游子：

这两个星期准备期末考试，忙得连你的来信都没时间回，生我的气了吧？今天从早上8点一直到下午4点，都在图书馆复习。晚上5点，又匆匆赶往餐馆打工，回家已近11点，实在疲惫不堪。

为争取拿到下学期的奖学金，我真是开足了马力，利用点滴时间。假如晚上不用赶去餐馆打工该多好啊。打工，身体上的累还在其次，只是看着时间白白溜走，实在心痛。这学期所选的课程中，审计是最难的一门。以前大学时也曾选修过，没认真听。所以这门课基本上从头学起。上次小测验成绩不理想，曾产生过动摇的念头，生怕考不好，影响奖学金计划。后来咬咬牙也坚持了下来，在第二次小测验中得到满分。虽然只是个小测验，我还是挺开心的。因为我又一次战胜自己。我总以为人要想做点有意义的事，就必须时时刻刻和自己性格中的胆怯、懒惰做较量，只有不被困难打倒的人才能收获最终胜利，你说对吗？

写到这里胃里突然一阵翻腾，很恶心，有想吐的感觉。这种感觉近半个月来时常发生。我想是因为餐馆的工作环境太多油腥所致。就写这些吧，实在太难受了。

盼你的晓慧

游子：

我怀孕了。

医生说我已有三个月身孕。这样算来，竟是我们出国前最后在一起的那个夜晚惹出的麻烦。该怪谁呢？我想把孩子生下来。

盼你的晓慧

8.重逢

颜晓慧的最后一封书信，严格意义上不能算信，只能叫通知。它寥寥数语，对许游而言，却胜过以前情书里的千言万语。它更似一种天命，带着不可抗拒的力量，就此瓦解许游不肯出国的决心。

四月的一个下午，许游口袋里装着奶奶硬塞给他的五百美元，抵达纽约肯尼迪机场。这之前，心情淡漠，对即将飞往的国家没有任何诗意的联想。女儿许梦已经一周岁，听来像说书，根本无从体会初为人父的喜悦之情。出国，身边的朋友同事听到"美国"两字时流露出的羡慕和向往，他无法理解。奶奶给他美元，低头看了看，觉得美元比人民币更像钞票，因为颜色是真正的绿色。也许，这才是人们不惜一切代价的真正原因？他随手把美元揉成一团，内心产生一股深深的遗憾和失落。

整个飞行过程，他沉睡在一个冗长的梦里。仿佛又回到云镇土窑顶上，白云触手可及，身体轻飘飘。他双手举过头顶，心底的遗憾这才被一种异乎寻常的满足替代。他不觉咧嘴笑起来，好像意识到，自己终于又自由了。他无需再到编辑部处理稿件，无需为钱搞赞助、拉广告。他可以随心所欲安排时间，想睡多晚就睡多晚，甚至还可以像小时候那样四处漫游。这是自由？这就是自由！

你有天赋有才华，如果再给你一片自由的土壤，那么，你那充满诗意的灵魂定会大放异彩。相信我，没有什么地方比这里更适合你的个性。

许游在梦里清晰地重复了颜晓慧信中的两句话，睁开眼，醒了，飞机正在平稳降落，已身处异地。

他跟随人流过海关，取行李，看着外面湛蓝的天空，听着四周的异国语言，心情新鲜中开始掺杂一股喜悦，试图勾勒颜晓慧的外貌。想来想去，眼前模糊一片，似乎从没真正看清楚过她，就竭力回忆情书段落。

分别两年，颜晓慧在没发觉自己怀孕前，正是靠这一封封情书打发寂寞。她字字含情句句言爱。假如，收信对象不是作家，定会被那些煽情话语感动，譬如：“我献给你的爱情是以生命为代价的。”“有哪一种爱及得了它呢？”“我真不知如何才能让你明白我对你的爱，在这汹涌的感情面前，一切词语的排列都显得苍白无力。”

记得当时，许游读着读着就冷笑起来：既然知道语言苍白无力，还写那么多？过多的表白就会泛滥。他根本不屑回信。

许游站在人生地不熟的肯尼迪机场，再次回味颜晓慧的情书段落，心情却起了微妙变化，并且，产生一种渴望见到她的冲动。

那时的颜晓慧，手里正拎一只北京烤鸭，站在大厅等候。旅客一个接一个出来，没有许游。分别两年，不会就此擦肩而过吧？

她伸手理了理头发。头发两天前刚做过。理发师跟她不熟，从聊天中得知他们夫妻即将团聚，吹头发时格外用力。说，让你老公看看，两年不见是不是更年轻了？

　　想起理发师的话，不由咧嘴苦笑。为省一趟车钱，她提前一天跟系里的便车进城，先去法拉盛买好许游爱吃的烤鸭，然后在街上瞎逛打发时间。许游第二天中午到，接近傍晚，又为省一个晚上的旅馆费，坐机场等。熬过一个黑夜和半个白天，眼看人快到，反没了热情。

　　太累了。她换一只手拎烤鸭，打个长长的哈欠。身旁一位年龄相仿的美国妇女正伸长脖颈张望。

　　这个傻瓜，动作真慢。啊，真急人。他是故意让我痛苦。啊，这个傻瓜，傻瓜。妇女激动不安地自语，长长的睫毛不时颤抖，眼睛水汪汪的。

　　那个傻瓜肯定是她男朋友。夫妻间接站哪来这么大激情？颜晓慧羡慕地望了对方一眼，心中暗暗失落。如果，这次接站发生在怀孕前，她等待的心情肯定不会这么疲倦。唉，是女儿把所有积存的精力都消耗掉了。女儿。回忆把许梦生下来的经历，真是苦不堪言。颜晓慧心底一酸，眼眶模糊。

　　因为有女儿，许游才答应结婚，答应来美国团聚。他们的婚姻便多少带些强迫和交换的性质。许游到底是因为爱还是因为责任？害了十年单相思的颜晓慧，一旦梦想成真，心里反结起一块疙瘩。

　　嗨——

　　不知何时，许游已到跟前，正用那对发亮的眼睛盯着她。他比记忆中瘦了，一头浓密的黑发有些凌乱地散在前额。由于激动，胸脯微微起伏。还是不习惯叫她名字，嘴里只发出一声嗨，就任其张开，再吐不出一个字。

　　他是曾令她魂牵梦绕的游子？他的书卷气、他消瘦的身材淹没在人高马大的美国人中间，毫不起眼。他看上去不堪一击，能承担起家庭的责任吗？

　　她曾预言他的才情将会在此大放异彩。现在想来，这样的预言多么可笑。当她为一块面包拼争过后，才明白做人的天职，即抛弃任何幻想，不惜一切代价地活下去。才情，如果能换回女儿昂贵的入托费，如果能让她颜晓慧免受打黑工之苦，才真叫大放异彩。许游，他能明白这个道理吗？

颜晓慧迎住许游的目光，迫切中带着紧张。恨不得立刻让他知道什么才是真正的"活"。他必须放弃诗歌。他必须重读会计，这才是他在美国唯一的出路。

会计，会计。激情浪漫、耽于幻想的许游，做梦也不可能解读出颜晓慧此时此刻的思想。他一味沉浸在久别重逢的喜悦中，忘记很多隔阂。颜晓慧模糊的泪眼，颤抖的、似要倾诉的双唇，给他传递的是另一种信号。他和她对视，心灵蓦然激起一阵奇特震颤。他冲动地张开双臂，将她紧紧拥住。不远处，有个清洁工正朝她微笑。她的脸因为尴尬燃烧起来。

看你，这里是机场。她躲闪着。手里的烤鸭跟着一起震动，卤汁溢出食品袋，一滴滴往外渗。

你不是说这是世界上最自由的地方吗？许游嘴角流露出一丝痴迷的笑。他声音响亮，神情欢快，带着颜晓慧完全陌生的语调，夸张地强调自由。周围的人都朝他们张望。许游不管，腰部被烤鸭猛撞一下，才松开她，嗅嗅鼻子，问：什么味道？你手里拿的什么？颜晓慧低头一看，坏了，油腻腻的卤汁飞溅出来，把许游的牛仔裤弄脏了。

烤鸭？许游皱了皱眉，大声问：买它做什么？我现在最想吃稀饭和酱菜。

好了，说话小声点。颜晓慧提醒，从口袋里掏出两张餐巾纸，递给他：快擦擦，裤子上溅了卤汁。许游手一挥，谁料动作幅度太大，碰着身边一位旅客。

对不起，对不起。旅客随即道歉。颜晓慧也道歉。旅客走了，许游盯住他的背影出神。

是我碰了他，应该我说对不起。他颇觉困惑。颜晓慧没接话，许游那模样在她眼里傻极了。她一点没觉好笑，况且，卤汁滴滴答答，弄得满手油腻，很不舒畅。

你怎么把它带这里来？扔了，快把它扔了。许游厌恶地瞪一眼烤鸭，好心情倒没受影响。颜晓慧不理，低头扎紧塑料袋，又用餐巾纸擦干净手。

许游也就东张西望一番，然后讲国内形势，讲文友经商，讲得兴致盎然。

机场人群集中，很少像他这么喧哗的。他的声音显得格外夸张刺耳。人们好奇地瞟他一眼，他毫无察觉，继续口若悬河，继续间歇性放出几声大笑。

这是他最为惬意也最放松的时刻。那时的他快乐忘我得像个天使。他极富感染力的谈笑，在国内会影响周围每个人的情绪，也曾使颜晓慧幸福无比。这股魔力竟然说没就没了。颜晓慧很怕正视那道悄然升起的屏障。

哎，走这么快干吗？许游见颜晓慧拎着烤鸭只顾往前走，高呼着紧追几步，不料一个趔趄，差点摔倒。又是身旁的旅客，关心地问：你没事吧？许游连连摇手，一紧张，只会说NO。

学了这么多年英语，临阵开口仅爆出个NO。他不免自嘲，摇了摇头，刚欲议论，颜晓慧离他已一步之遥。

她脸上看不到一点表情。待他走近，才轻声告诫：这里是国外，别动不动就大声喧哗。排队等候去T城的灰狗大巴，又提醒他人与人之间的距离。许游怔了怔，脸上的笑容渐渐僵滞，初抵异国时盲目的热情也稍纵即逝。

他抿紧嘴唇。十岁那年，奶奶带他离开云镇，第一次走近青城，他就被一股陌生的感觉淹没。不过，当时身边有奶奶，内心除恐慌外，没有孤独。如今，他睨一眼颜晓慧，那曾像阳光一样无私奉献给他的身体，正怕冷似的瑟缩在一件灰色风衣里。半个小时前他欲亲吻的唇，已褪去红润，在四月略带寒意的阳光里，微微张着。它们形状陌生，带着一丝游移的冷淡。

他的视线从颜晓慧身上移开。灰狗大巴来了一辆又一辆，都不是去T镇的。身边的人群影子般聚拢又散开。寂静。这种寂静在刚出国的许游眼里，是病态的。它使身边的一切东西都变得缥缈，不具真实感。

许游向前移动两步，正全神贯注地等待大巴的颜晓慧，以为他又要做出什么不得体的举动，身体警觉地一闪。

去T镇的灰狗大巴终于来了，她这才长吁一口气，带他走到最后一排。那里空无一人。她依偎过来，仰起脸，问：累吗？问完这句话，接连打两个长长的哈欠。她嘴里呵出的气味酸酸的，很不好闻。许游眉头一皱，不置一词。

颜晓慧从口袋里掏出一沓女儿许梦的照片，再次打着哈欠，道：都是梦儿的照片。整天跟着邻居安妮，对她比对我还亲。你看，她周岁时拍的，很瘦吧？吃奶粉的孩子都这样，胖不起来。

照片上的女孩理着短发，小眼睛小嘴巴，脸上长满湿疹。湿疹颜色呈玫瑰红，把女孩的脸涂抹得又丑又怪。

这是他女儿？许游毫无感觉。硬着头皮看第二张，看着看着，便从她黑黑的瞳仁里捕捉到一丝忧郁的、执拗的东西，心弦不觉奇异一颤，激动起来，问：这张什么时候拍的？没听到回答，一低头，颜晓慧靠在他肩膀上睡着了。不过她睡得不沉，灰狗大巴到一新站，就像受到极大震动般跳起，问，到了吗？到了吗？她将脸侧向窗外，眼神略显惊慌地东张西望。片刻，才坐下，咕哝着自语，噢，还有差不多一个小时。我刚才睡着了？她有点不好意思地问。许游眼皮一抬，两人恰好对视。

颜晓慧刚从瞌睡中惊醒的脸，被太阳一耀，衰老的痕迹触目惊心。颜晓慧不是美人，五官拆开看平常，整体效果也无惊人之处。那张脸最大的优势在于白。一白遮百丑，她的肌肤不光白，还像婴儿般洁净无瑕。而今，接近颧骨处布满黄褐色斑点，皮肤变得黄而粗糙，眼角处增添了细碎皱纹。这些变化，在飞机场的大厅内没有注意到，在等待去T镇的车站也没注意到，此刻，却像被阳光放大数倍。

不过两年啊，她生命中属于青春的花季就这样在异国他乡默默凋谢了。

许游暗自感慨之际，颜晓慧从他手里取回照片，低头翻了翻，视线在照片上的女儿和身边的丈夫间来回逡巡。他是她的丈夫，梦儿的父亲。两年来，欢乐和激情在永无休止的颠簸中渐渐消耗。她不光身体麻木，心也麻木，因为，远在天边的他很少回应她的思念。当永恒之爱的信念仅成为她个人的一厢情愿，当潜意识里几乎已认定要失去许游，却突然发觉自己怀孕了。接着，是许游决定赴美的喜讯。

邻居安妮，一位虔诚的基督徒，总对她说，上帝不仅在九天之上，也在我们现实的生活里。是啊，她没有被抛弃，上帝爱的光辉自她踏进美国国土的那一天起已如影相随。虽然，许游来美，更多的是履行他不得不履行的义务，毕竟，一家人团聚了啊。她应该心满意足。她再次把头靠在他肩膀上。他的肩膀有些僵硬。颜晓慧心里的某个地方又像被堵了一下。

车子在行驶过程中剧烈颠簸，仿佛提醒她未来生活的严峻。目前收入来源主要靠打工和较少数目的奖学金，两者加起来恰好够她们母女糊口。如果不是省吃俭用存了点钱，一家三口连生存都成问题，还谈什么其他？

必须尽快帮许游调整心态，选修会计。这里是美国，是什么都讲究效率和竞争的国家。他们没时间也没精力去等去消耗。她喘口粗气，压力很大。于是，接回许游第二天，即试图带他去学校，询问入学申请等相关事宜。

什么？会计？许游难以置信地问。

颜晓慧故作轻松道：这不是你的老本行吗？别紧张，忘了的话我帮你复习。

你——存心的？许游阴郁地盯着她，冷笑一声。

我不明白你在说什么。颜晓慧避开他咄咄逼人的目光，脸皮微微发胀。

你说人尽其才，物尽其用。你说没有什么地方比这里更适合我。你还说我这个充满诗意的灵魂会在此大放异彩。这些话你都忘了？

没忘。我说过。可当务之急是生存。听我说，两年，就两年，等找到工作，你尽可利用业余时间写诗写小说。

两年？不！许游坚决道，职高三年，我已经受够了。假如再上学，也必须是文学或哲学，决不是会计。

先别说那么绝对。颜晓慧强压着内心的失望，开导他：你刚来，还不明白这里的情况。人文类学科很难拿奖学金，况且对语言要求又特别高。托福分不满600根本不予考虑。所以，我的意思是先抓紧时间学一门生存技能。两年制中专时间短、学费少，毕业后大都能找到工作。等生活安定了，再圆你的文学梦，这不很好吗？至于学费，我打工存了点钱——

够了。许游被她最后一句话深深刺伤。钱，堂堂一个男子汉竟落魄到用老婆的打工钱交学费？她把他看成什么窝囊废？她怎么就断定他只能通过会计这一手段挣钱？既如此，他在她眼里还有何特殊意义？曾经被奉若神明的诗歌又有何价值？

许游一方面吃惊于颜晓慧过于功利和现实的考虑，另一方面，为遭到冷遇的文学悲哀。在诗歌里，只有平庸才惹人厌恶。他突然想起这句话。诗歌里的平庸已无法忍受，现实中的平庸、现实中的陈规陋习该如何处置？总以为离开国内的客套和应酬，人生会展现另一种美丽，谁知，现实和理想再次背道而驰。许游不由轻蔑地扫了颜晓慧一眼，想当初，她对待文学的态度是何等的谦卑、何等的诚惶诚恐。如今，开口一个工作，闭口一个安定。她忘了，人世间最有趣、最值得追求的事是理想和信仰。

他心潮起伏之时，颜晓慧也不平静，两年孤身奋斗的经历，已摧毁她所有不切实际的幻想。她懂得只有安宁才是人生最重要的。安宁，也即幸福。在获取它之前，首先必须越过大片荆棘丛生的荒蛮之地。

游子，没有谁能剥夺你写作的权利，除非你自己放弃。她仿佛一眼看穿他的思想，侃侃而谈。她一直是个会引经据典、会讲大道理的人。记住，生活本身是残酷的。在作品没被接受、被卖出去之前，至少得有最基本的生活保障。说白了，只有物质才是精神安宁的基础。我听说过悲愤出诗人，却很少听说饥饿出诗人。你看看，世界上有名的大作家，哪个不身兼多职？

许游背过身去，不再搭理。他从来没像现在这样讨厌她的能说会道。

那天，她照样去中专学校，给许游拿回申请表。申请学校需要原来在国内的中学成绩单。颜晓慧想让奶奶跑一趟中学，找个把熟人，开个全优的假成绩单。许游勃然大怒，拒绝配合。他把奶奶给的五百块钱往颜晓慧面前一扔，赌气道：我的生活费，两个月够吧？等这笔钱用尽，我哪怕去洗碗、扫大街也决不听你支配。

颜晓慧这才有所醒悟，自己也许操之过急。他才来美国两天。这两天，女儿全托给邻居家。不如把梦儿接回，让他们父女俩先试着培养感情。或许，女儿能使他变得温柔、顺从，最终回到这个家庭需要他的位置上来。

9.初为人父

女儿许梦刚过一周岁，走路摇摇晃晃，嘴里嘟嘟哝哝，说一些含糊不清的话。她比照片上惹人怜爱。那天，颜晓慧把她从邻居家接回，故意让她先进门。许游正站在窗口发呆，忽觉腿边一热，还没等有所反应，已被两只柔嫩的小手搂住。

他的心怦地一跳，低头，许梦那张布满湿疹的小脸正仰着，眼睛乌黑、明亮，与他对视的神情专注而又聪慧。许游看着看着，恍惚从她的瞳仁里捕捉到自己那对阴郁的眼睛，抑或弟弟幼小的身影。眼眶湿润了，胸腔里泛滥起一股酸楚的浪潮。

梦儿，这是爸爸，快叫，快叫爸爸。颜晓慧笑着过来，抱起女儿，让他们父女面对面。许梦并不搭理母亲，在父亲的凝视下，大睁着那对又大又黑的眼睛，眼神专注，似乎正在吃力地辨认什么。颜晓慧早已熟悉这一神情，笑着亲她一口。她仍不为所动，着了魔般，任由许游在她的瞳仁里寻寻觅觅。

看她长得像你吗？颜晓慧打破静默，道：人家都说女儿黏父亲，你呀，有她在不会寂寞的。许游仿佛没听见妻子的话，目不转睛地盯着许梦。她来自于他？而他和弟弟是双胞胎，那么，在这个崭新的幼体里，其实也蕴藏着弟弟的生命元素啊。这一突然意识，使许游既激动又伤感，同时有些遗憾。假如她是个男孩该多好。

许梦呢，似乎生来就带着任务，要给父亲圆一个比父女之情更重要、更特殊的梦。从她蹒跚学步的憨样，到发怒时隐忍的烦躁，一举一动、一颦一笑无不与定格在记忆深处的影像吻合。当然，她时而也会迸发一阵突如其来的柔情，在许游深陷往事难以自拔之时，猛叫爸爸，仿佛提醒他角色转换的时间到了。每当这时，许游就怀疑女儿身上有股魔力，它赋予她心照不宣的洞察力以外，还使她肩负起另一层消除父亲心底哀愁的使命。他便以加倍的吻回报女儿。

就这样，许游最初在美国的半个月，因为有女儿陪伴，生活宁静、温馨而充满遐想。那段时间，颜晓慧按计划行事，故意不提托福和申请学校。许游乐得逍遥，很快忘了刚来美国的不快。

他每天带女儿外出散步。这里正是五月，纽约东部的景色已彻底从冗长、阴冷的冬季中苏醒，到处是令人心旷神怡的绿树和鲜花。颜晓慧就读的大学风光绮丽，一进门是大片开阔草地。一天，几个英文系学生在教学楼前的草坪上排演话剧。父女俩恰好经过，便驻足观看。听不懂对话没关系，搞不清来龙去脉也无所谓，只要走近这些舞台人物，即感心弦颤动。

许游一动不动地站着，这个久违的世界再次施展魅力，轻而易举地把他拽进梦境。在那里，他又和少年时代志趣相投的伙伴形影不离。甚至还看到了白雁。白雁正是因为爱好话剧，才从他世界里消失的。想起白雁，心底隐隐作痛，初恋的点点滴滴不期而来，时间已把所有不快洗涤干净，只留下属于美好的部分。

许游在出国最初的日子，写下大量诗篇。梦儿是他唯一的听众。她安静地坐在婴儿推车里，专心观望，似能迅速领悟许游转瞬即逝的思想。她清澈的瞳仁时而布满惊愕，时而笑意盈然，时而忧郁迷惑，如此种种变幻莫测，让许游着迷和感动。这个曾被他忽略的孩子，如今成为他生命中不可或缺的一部分。常常，他停下手中的笔，将女儿紧紧搂在怀中，生怕会被一股力强制分开。

很多年后，许梦在高中选修弗洛伊德课程时，曾一再夸大幼儿时的梦境。爱好幻想的她，从父亲的诗篇里领略过两人共度的短暂欢乐，当然也敏锐地发现了父亲内心隐伏的忧郁和黑暗。都是那条该死的蛇！许梦对幼时曾触摸的青蛇记忆犹新：蛇被她冰冷柔软的小手一捏，倏然回头，与她对视片刻，轻灵地游走了。许游见此，哈哈大笑，笑得纵情、顽皮，仿佛用手捏蛇的是他。回到家，还把它当成一桩好笑事告诉颜晓慧。他丝毫没见颜晓慧惊恐害怕的眼神，笑声依然响亮。这是许梦记忆中父亲笑得最大声最开心的一次。自此，父亲像换了一个人。那条专会制造麻烦的蛇，诱惑她伸出小手的同时，也彻底断送了许游的自由。

还好意思笑，颜晓慧恨声道，万一是条竹叶青呢？看你还笑得出来。我一再跟你说别带梦儿去草地，偏不听。草地上除了有蛇，还有毒蘑菇，有农药。

自摸蛇事件后，颜晓慧又检查出其他问题，诸如尿片更换不及时、奶瓶上顿吃了下顿接着用、随便让孩子坐草地、出门不擦防晒霜等等。这些不讲卫生的习惯会直接影响小孩的身体健康。难怪梦儿屁股上的湿疹日益严重，最近大便也不正常。梦儿交给他带怎么叫人放心呢？

许梦又被送回邻居安妮家。许游则必须准备托福，争取明年春季入学，至于学会计还是文学，两人避而不谈，先通过托福再说。

颜晓慧一早赶去上课，课完了，打工。除餐馆，另在一家俄国人开的诊所打杂。每天，她忙得筋疲力尽，回家还得承揽所有家务。只要许游愿意准备托福，她吃再多的苦也心甘情愿。她总默默地对自己说，当初夫妻分居两地，我梦寐以求的是团聚。如今，我梦寐以求的是尽快完成学业，通过会计师资格考。我四肢健全、愿意付出，我拼命想要开拓新的生涯，就一定会在这块国土上成为现实。可以说，颜晓慧的会计师梦是一针强心剂，给她信心，也支撑她度过无数艰辛的日子。而同在一个屋檐下的许游，一个早已习惯于幻想中的生活的诗人，所追求的东西注定是和她背道而驰的。

许游独自在家复习，才两天工夫，就像得了离乡病，神情怏怏。他手里拿着托福书，眼睛盯着窗外，几天前享受的欢乐和热情，还有那种似已脱离尘世羁绊的精神快感，消失了。世界开始对他露出同一副僵硬、麻木的面孔。每天除了吃、睡就是背托福词汇。这些外文字母和他的生命有联系吗？为什么学它们？难道仅仅为了在这块陌生的土地上活下来？活下来又怎样呢？这样的活有何意义？

仿佛刻意为嘲笑他的尴尬处境，窗外小鸟欢快地在绿树间穿梭，发出一阵阵心满意足的鸣唱。许游先被叫得烦躁，想关窗，很快又羡慕起一个个在天地间自由流窜的生灵来。鸟儿们尚且能在自然界纵情吟唱、自娱自乐，他连一只小鸟都不如？他独自感慨，鸟儿的叫声，渐渐在内心深不可测的地方引起回响，他不假思索地冲出户外。

许游又开始东游西荡，不过前面陪伴他的是女儿，现在换了托福书本。颜晓慧深知他个性，一心二用不可能出现奇迹通过托福。她委婉地提起图书馆宽敞明亮的环境。那几天正好下雨，许游无处可去，只得接受建议，去图书馆复习。

10.同床异梦

T城大学图书馆的藏书量之多远远超出想象。一座座书架排列得井然有序，周围没有一点声音。面对浩如烟海的文学书籍，他心头掀起一股饥饿感，那是对新知识的渴望，对书本的饥饿。

刚随奶奶从云镇到青城，他曾如饥似渴地坐在小书摊前，一读一个下午。他还躲在图书馆的阴暗角落。那时，眼里心里到处是书，心上涌起的正是这股贪婪之感，恨不能自己就是书城主人，恨不能一口气把它们咀嚼进肚。他小心翼翼地从书架上抽出一本书，书上浮积一层薄灰。他带着神圣感，吐出一口气，把它们吹散了。霎时，轻尘弥漫四周，恍惚已穿越时光隧道，和他所景仰的伟人们走到一起。

那个下午，许游在图书馆流连忘返，找到了济慈、惠特曼、艾略特等名家诗集。这些诗篇大多能倒背如流，不过，现在要看的是原著。原汁原味，将是另一种体验和挑战。

奶奶床底下有一整箱英文原著，当时因生词太多失去了耐心。如今不懂的单词仍然不懂，它们似在嘲笑他的浅薄和无知。他突然感到自身的贫乏，意识到自己读书一向全凭兴趣，缺乏系统性。以前所获取的成功，似乎仅靠天赋。奶奶曾惊讶于他的写诗速度。她说，要把写作也当作学问来做，这样写出来的东西才有深度和价值。年少气盛的他，哪听得进这些教诲？有段时间，还在他人浅薄的吹捧中飘飘然，不知不觉把写诗视为消遣和炫耀。现在想来不免脸红。记得《周易》里有句话叫"学以聚之"。这里的"聚"即积累储存之意。知识，只有在锲而不舍的学习中才能提高。

许游面对英文原著，心潮起伏，立刻制定出一系列阅读计划。词汇量少没关系，有字典就行。开头也许进展很慢，只要不放弃，总有一天，他会在这个书海自由翱翔，从中获取新的养分。

这一个月的日子是安宁和平静的。许游每天兴致高昂地去图书馆读书、想问题。颜晓慧还以为他在紧锣密鼓复习托福，十分高兴，生活上对他照顾得也更周全。

一天下午，许游正坐在卧室回味屠格涅夫的《爱之路》。他想，一切感情，包括憎恨、怜悯、冷漠、崇敬、友谊、畏惧甚至蔑视，真的都可以转化为爱情吗？从《爱之路》，忆起味精厂的诗扬。两人第一次见面，他正在看屠格涅夫的散文诗集。诗扬抓住时机约稿。之后，一起办报，开设诗歌沙龙。他们之间非同寻常的友谊，按照屠格涅夫的理论不是很容易转化为爱情吗？许游嘴角泛起一丝愉快和胜利的微笑，得意地想，他对诗扬自始至终心无杂念。可见，爱情就是爱情。一切能从其他感情转化为爱情的，就像酒里掺了果汁，涩中带甜，能喝，却无法让脑子如纯酒精般燃烧起来，进入如痴如醉的疯狂状态。

爱情，爱情。"爱情"两字使他出神。他望着远方，似在强烈地渴望或期待什么。

游子。身后蓦地传来呼唤。他极不情愿地回望，颜晓慧已如旋风般冲过来，将他搂住。

她嘴唇湿润，眼神迷离，手在他身上摸索。屋里很暖和，她胸前的纽扣已全部解开。许游被这突然袭击搞得目瞪口呆，试图抗议，喉咙里却被什么东西堵住，发不出一个字。颜晓慧已将身体紧紧压在他的腿上，飞快脱去衣服。

许游不再抵触，不再追问什么是爱情。颜晓慧则被一股突如其来的肉欲控制着，紧张而又颤抖，身体里似有东西要炸开。她不顾一切地替他解皮带扣子，边解边气喘吁吁地说，待会还得去接梦儿，讲好的时间，差不多了。快点。

许游猛张开眼睛。

你怎么啦？

颜晓慧因解不开皮带，抬头看他的眼神里带着轻微的责备。

你还是去接梦儿吧。许游推开她。

颜晓慧瞟一眼小闹钟道，等接回梦儿，我们不可能有这样好的机会。在这里啊，什么都像打仗，你慢慢会习惯的。说话间，她再次扑进他的怀里。

事后，颜晓慧一刻也没耽误，起身穿戴整齐出门接女儿。许游呆呆瞪着颜晓慧离去的方向，思绪再次回到屠格涅夫的《爱之路》上。

一切的感情……他回味着，苦笑着，颇感无奈地瞟一眼被扔在一边的皮带。每次，她总处于统率地位，想要就要，毫不在乎他的感受。他在应该享受爱情的时候，被颜晓慧一厢情愿的爱束缚了自由。从她在竹乡的浪漫奉献，到一封封海外情书，她的爱常使他有不堪重负之感。被一个自己并不爱的女人深爱，也许本身带有不可避免的悲剧性。他们之间的感情有成为爱情的可能吗？许游长叹一口气，要是能，还需等到现在？

他还会等来属于他心中的爱情吗？爱情，是啊，为什么不呢？

接下来的日子，他照样读书。心思已不能做到绝对专一。常常，把书读过一遍，又重新翻到描写爱情的章节，反反复复品味。想象着有那么一位少女，含情脉脉，眼里对他闪烁着温柔的光芒，心里珍藏着他写下的每一行诗句。像柯尔律治在《爱》中所抒写的："她站在晚霞的余晖中，倾听着我的歌唱，她就爱我最深。"

类似这样的诗句总能使他心底掀起狂澜。他一遍遍吟诵，眼眸潮湿，如痴如醉。那段时间的许游像古时候中了妖术而变成怪兽的骑士，急于找到解药使自己恢复健美人形。办法却只有一个：让爱情尽快出现。

他手里拿着书，在图书馆进进出出。茫茫人海，爱情又在哪里？失望之余，只得退而求其次，把内心的焦虑、苦闷和惆怅诉诸笔端。

他有意识模仿柯尔律治，喜欢把属于神秘和幻想的东西加入诗中。致使风格奇妙，充满着浓烈的浪漫色彩。诗写好，并没直接寄回国内，而是心不在焉地夹在书中。很快，一本托福书里塞满了诗稿。他也在毫无准备的情况下，迎来了颜晓慧期待已久的托福考试。结果不言自明，除阅读得分较高外，听力一塌糊涂。

别灰心。一次不行下次再考，我们系很多同学都考了好几次呢。分数出来，颜晓慧并不沮丧，继续鼓励。

许游根本听不得"再考"两字。颜晓慧无法理解他对考试的厌恶有多深。记得当年中考，恶补半年数理化，结果仍差强人意。他天生不是块考试的料。奶奶最终认同了"善取不如善弃"的学习原则。她说游子你既然喜欢文学，还是把心思和精力都集中在这上面吧。一个人再聪明也不可能无所不能，做好一件事就不错了。

颜晓慧却认为，一个人要想获得自由，首先必须牺牲自由。

会计。多么可笑的提议。不要说两年，两天、两个小时甚至两分钟他都无法忍受。许游懊恼地想，假如当初坚持不出国，或者，再说远一点，坚持不和颜晓慧谈恋爱，就不会有现在的困扰。"生命的快乐来自坚持。"他比以往任何时候都更能理解这句话的分量和意义。许游决心已定，对颜晓慧苦口婆心的劝说置若罔闻。每天照样背书包去图书馆看书、在校园里东游西荡，寻找灵感。这样貌似随心所欲的日子没过几天，便被女儿一声可怜兮兮的哀求搅乱了。

爸爸，我不要去安妮家。我要跟小朋友们玩。

邻居安妮是位虔诚的基督徒，六十岁左右，单身未婚。她曾计划创办孤儿院，因资金等原因未能如愿，自此，把爱心和精力投入教会。颜晓慧搬过来的第二天，她即登门拜访，亲自讲解《圣经》。颜晓慧也有兴趣听，一来二去，两人成了忘年交。后来，她又帮忙带梦儿，只象征性收取一定费用。

安妮成了颜晓慧这两年的救世主。每个星期天，颜晓慧再忙再累也会抽时间跟她学《圣经》。生活一遇到困难，首先求助安妮，整天安妮长安妮短，对安妮的付出感激涕零。可安妮再好，她也总有无能为力的时候。

梦儿乖，再跟安妮奶奶一段时间，等妈妈读完书找到工作，再送我们梦儿去幼儿园，好吗？每当梦儿吵着要跟小朋友们玩，颜晓慧就拿这句话搪塞。时间一长，幼儿园在孩子心中成了可望而不可即的梦想。许梦一改以往的乖巧温顺，动辄哭闹，甚至蛮不讲理。有一晚，她深更半夜起床，背起小书包往门外跑，说去幼儿园找小朋友，左哄右骗不肯睡觉。许游被哭得心烦意乱，怨道，我看根源在这个幼儿园上。她要上你让她上。我实在不明白，为什么非把她跟安妮捆绑在一起。难道你想让她长大了当传教士？

你——

本来为顾及他男子汉尊严，她隐忍着，不提经济困难。幼儿园是她这个学生兼打工族能够想的吗？孩子虚岁两岁，这个阶段的入托费最贵，一个月在六百到八百之间。许游是不当家不知柴米贵啊，每天仍像在国内般随心所欲。身边的师姐妹，对象个个是拿奖学金的博士，她们曾问她，你老公什么专业？她迟疑一下说，他是诗人。诗人？她们惊讶极了，脱口而问，那他在这里能做什么？颜晓慧支吾道，总有适合他做的事情吧。后来，再碰到类似问话，她就说，我家许游准备学会计。对方一听，又琢磨出"准备"两字包含的不确定因素，叹息道，会计倒是好专业，读出来不愁找不到工作。不过晓慧，你也知道，会计很难申请奖学金。你让他自费？钱从哪来？靠你打工挣？我说晓慧，你别太逞强，男人得承担起养家糊口的责任。不管做什么，先把钱挣到再说。

这些话听上去是好意，但身处逆境的颜晓慧却敏感地感觉到其间的同情及一丝不易被察觉的幸灾乐祸。同样是女人，她们只需把书读好。至于今后，找到工作是锦上添花，找不到也无所谓，反正家里有顶梁柱，天塌不下来。有位女同学英语不好，每次上课都把老师的讲课录下来，回家再让老公逐字逐句翻译解释。老公在化学系读博士，中午会用系里的微波炉把饭菜热好，亲自送到食堂，看着她吃完再走。那个体贴照顾啊，已传为美谈。她颜晓慧呢，既要学习，又要打工做家务带孩子，还得替丈夫筹备学费。这次托福一败涂地，叫他再考，倒像要他的命。颜晓慧越想越委屈，打工的艰辛，独自生孩子时的孤苦和恐惧，生活一筹莫展时的彷徨，过去两年的酸甜苦辣洪水般泛滥开。

你以为我愿意麻烦安妮？你以为我真把安妮当梦儿的亲奶奶？颜晓慧几乎流着泪喊，可不麻烦她麻烦谁？谁还会像她那样不计报酬地帮我们？幼儿园？说得倒轻巧。像梦儿这么大的孩子，每个月至少六百块，你出得起吗？

六百？许游被这数字吓了一跳，睡意顿消，难以置信到追问：美元？

难道这里收人民币？颜晓慧背过身，抹去眼里的泪。

这么贵？许游下意识摸摸口袋。皮夹子里奶奶给他的五百美元早花光了。是啊，他拿什么让梦儿上幼儿园？他眉头微蹙，第一次认真考虑钱的问题。突然，眼睛一亮，脸上带着孩子般天真的喜色，冲动地问：这里有华人报纸吧？我来写文章。他们要什么我写什么，小说、散文、笑话、小品，只要能赚钱。我可以暂时撇下诗歌，专写他们需要的东西。说完，似见缪斯女神遭背叛后的悲哀和失望，眼皮羞惭地低垂下来。啊，诗歌，诗歌，当在云镇的土窑顶上写下第一首诗歌，奶奶晶亮的眼神已预示他一生的命运。奶奶说他身体里流淌着诗人的血液，他生来是诗人。是啊，诗人，这么多年，诗早已成为他驰骋才情的广阔天地。所有的喜悦也只有从诗歌中获取。他怎么可以离开它？但诗歌赚不了钱，写得再多再好，梦儿也进不了托儿所。

钱，钱……当初在编辑部，为拉广告厚着脸皮和企业界套近乎，替他们吹捧写报告文学，那时已痛苦万分，曾试图像《卜居》里屈原那样，通过问卜，来得到为人处世之道。

许游额头沁出一排细密汗珠。颜晓慧听了他一厢情愿的话，眼里却闪过一丝嘲讽，问：你刚才的意思是，想走糊口文人之路？以稿费安身立命？

许游茫然地瞪着她。

你能有这份心我很高兴。不过据我了解呢，华人报纸一般不给稿费。即使有也极少，拿它当零用钱还行，养家糊口？差远啦。

哦，许游松口气，那——我该怎么做？他怔怔地问，穿过时空隧道，似见被流放的屈原也正思绪纷乱、心情郁闷地瞪着他，不知该怎么办。

"我是应该器宇轩昂像匹千里马呢，还是浮游不定，像漂在水面的野鸭，随波逐流以保全自己的躯壳？我应该和鸿鹄比翼高飞呢，还是和鸡鸭一起争食？"屈原痛苦着、困惑着，用他的热血和生命唱出了不朽篇章。

许游仰慕诗人耿介廉洁的高尚品质。可他——该怎么做？

你怎么做？颜晓慧一声惊问，打断了他的思绪，你是梦儿的父亲，是我颜晓慧的丈夫，你必须尽快承担起父亲和丈夫的双重责任。她飞快瞄他一眼，见他神色平静中流露凝思，渐渐放开胆，言归正传：你已经有会计基础，再进学校重新温习一遍，以你的口语和阅读水平，相信很快能熟悉。到时你毕业了，我也通过会计师资格考，我们夫妻合开一家事务所，多好啊。游子，这是我的美国梦。只要再辛苦两年，房子、车子甚至游艇，我们全将拥有，还怕付不起梦儿的入托费？颜晓慧脸颊绯红，眼里闪烁希冀的光芒，她仿佛已进入梦境，抓住许游的手，喃喃道：你是我的丈夫，梦儿的父亲，你必须帮我。只有这样，我们的美国梦才能尽快实现。

是你的美国梦，它和我无关。许游像被蜇了一口，飞快抽出手。

颜晓慧叫：你怎么能说这种话，难道我们不是夫妻？

夫妻就非得绑在一起开事务所？夫妻就必须牺牲一方的志趣甚至人格，去满足另一方的需求？颜晓慧，我也是人，我有我的思想和意志，请你别再试图用你的观点说服我。

你这样说我不公平，颜晓慧委屈地叫，我非常理解你的追求，我也一直在替你考虑，可现实是残酷的——

我知道，许游打断她，不就缺钱吗？世界上赚钱的路千万条。你放心，我会尽快找到事情做。

你能做什么？这里是美国不是中国。颜晓慧恨铁不成钢道：如果现在不抓紧时间学一门技术，你永远只能在社会的最底层跌滚。

底层？许游冷哼一声道：也许我外部的身份在你的眼里只属底层，可我内心的满足，你难以体会。它无法用一个体面的职业，用房子、车子和游艇去衡量。许游说得激动，颜晓慧及时止住更多反驳，心想，让他再去碰碰壁吧，看他能坚持多久。

这一次争吵，两人各怀委屈。奶奶来信了，似预见他新生活所面临的困境，开导道：诗必穷而后工，这个"穷"啊，和钱没关系。它指人生境遇的变迁。一位优秀的诗人，难以从一成不变的环境中获取灵感，相反，只有多经历挫折，才能领悟血肉生命的真正意义。至于外部遭遇，游子，不要放不下架子。在国外，学生打工赚钱养活自己不丢人。一个男人，尤其一个已婚男人，一定得有能力承担起养家糊口的责任……

养家糊口。奶奶让他权且把打工看成天降大任前的筋骨磨炼。诗必穷而后工。不深入民间，不了解群众疾苦，怎能写出好诗？

许游潜意识里，一向把自己跟粗活隔绝开来。云镇最初十年，他一直是高高地坐在土窑顶上，俯视脚下居民。他们任劳任怨的背影，他们愁眉不展的面容，他们听天由命的静静的麻木的生活，在他眼里，如同苦役，是何等的卑微和糟糕啊。

难道在美国，我竟自愿加入这苦役行列？

不过，既然最终目的还是为诗……许游盯着双手长叹一口气，好吧，暂且把自己当作苦役犯，像颜晓慧那样去餐馆；或像中国城那群廉价的建筑工人，整天爬高落低，让双手在钢筋和水泥的世界吐血痉挛吧。

11.工作

许游决定找工作了。餐馆，商场，电影院，洗衣店，全是社会最底层勤杂工，而且，全部人满为患。

邻居安妮计划出门旅游，梦儿暂时留在家由许游看管。

梦儿长大不少，为上幼儿园吵闹过一阵，突然又安静了。她似乎很满足和爸爸待在一起。许游打电话时，她趴在他膝盖上，仰着小脸专注地听。

你听得懂什么？你爸爸在这里是个废人，连扫大街都没人要。许游找工作出师不利，苦笑着对女儿重复：没人要你爸爸。

我要爸爸。梦儿的眼睛闪闪发光，她正以她孩子的信任寻求支持。许游一阵感动，自和女儿团聚后，类似这样的心灵颤动已不是第一次。他一把搂过女儿，道：傻梦儿，你要爸爸有什么用？爸爸没钱，爸爸没钱送梦儿去幼儿园。

梦儿不去幼儿园。梦儿只要爸爸，不要幼儿园。梦儿竟如此回答。

他们父女的对话被颜晓慧知道了，假装吃醋道：都说女儿是父亲前世的情人，看看你才来几天？就把这个白眼狼给套住了。

牢骚归牢骚，心里还是高兴的。只要女儿情绪稳定，其他事缓缓再说。许游不想读会计，在家带一段时间梦儿也行。前天还听广播，说美国百分之四十的男士愿意为孩子辞职，选择在家做"家庭煮夫"。美国是孩子的天堂，父母为孩子付出再多也心甘情愿。暂且让许游入乡随俗，挑战一下"家庭煮夫"这个神圣的职业吧。

颜晓慧决定在说服丈夫做会计之前，先训练他成为一名称职的"家庭煮夫"。

游子，我今天下午来不及回家做饭，你做吧。具体要求都写纸上了，只需照葫芦画瓢就成。

游子，我得赶去餐馆，你洗一下碗，啊？

洗衣房过两条大街就是，别忘了，洗衣机只收分币，两毛五角分币。

该吸地毯了，梦儿每天在地上爬，地毯的清洁程度直接影响孩子的身体健康。

家务活接二连三下达，没一件做得让颜晓慧满意。晚饭十有八九是焦的，就差烧穿锅底；衣服拿回来才发觉装衣筐不是自家的；洗个碗吧，哗哗哗水声不断，洗三只碗恨不得放掉你半吨水；荤菜烧煮一律使用微波炉，不是太老就是太嫩；上次的牛肉切开还见血呢，看得她直恶心。生活中的许游几乎做不好任何事情。他根本是个废人。颜晓慧对丈夫的不满情绪悄悄生长。

一天，当她拖着疲乏的身体，弯腰清洗厕所和浴池时，突然想起傅青，这个既熟悉又陌生的名字。

如果家里的男主角是傅青，她还会这么辛苦吗？她呆呆地出了会神，旋即被自己的思想吓一大跳：怎么是他？难道潜意识里对他仍保留感情？不，绝不可能。她爱许游。她一直以为她的爱情是深入骨髓，属于一辈子相守的爱。可惜，如此说服自己时，曾体验过的战栗感和渺小感已不复存在。她看到的不再是诗人头顶上的桂冠，而是许游作为凡夫俗子的种种缺陷。

颜晓慧变得爱唠叨了。每次返工许游做过的事，嘴里都抱怨不休。许游呢，装聋作哑，烦恼则逐渐加深。他必须尽快在经济上独立。

又是一无所获的一天，许游带梦儿出门散步，心里闷闷不乐。颜晓慧，他略带怨恨地想，没认识她之前，他无牵无挂，按自己的天性自由发展，生命便具有无限伸展的丰富性。现在倒好，孩子家务再加她毫无止境的物欲，把他的未来也变成一个固定航程。这就是大部分人体验的生命，他们累死累活，生了，死了，拥有再多物质也无法留下痕迹。

爸爸，冰激凌。我要吃冰激凌。

一辆冰激凌专卖车正在缓缓驶近，梦儿耳朵尖，老远听到音乐，撒腿往马路上跑，被许游及时逮住。

我要吃冰激凌。梦儿在许游怀里挣扎，两只小手可怜巴巴地伸向马路。

爸爸今天没带钱，下次，下次爸爸一定给你买。许游摸了摸干瘪的口袋，突然唇干舌燥，要找份工作的愿望压倒一切。不为颜晓慧的美国梦，就为梦儿能随心所欲吃上冰激凌，他这棵中国的芦苇，也得暂时变成英吉利干草。

钱，钱。十八岁时因为一条连衣裙，白雁弃他而去。颜晓慧呢，开口闭口美国梦。当初以自由为名诱惑他走出国门，如今又因美国梦要求他放弃自由。凭什么她开事务所他得学会计？钱，归根到底还是一个钱字。因为他没钱，所以她自觉有权力支配他，干涉他的行动和自由。

哼，他才不会轻易放弃理想呢。

梦儿别哭，我们找工作去，爸爸有手有脚，挣点梦儿的冰激凌钱还是绰绰有余。许游一时兴起，抱着梦儿朝附近一家中餐馆走去，结果可想而知，到处人满为患，连个洗碗工的工作都找不到。

梦儿在路上已累极而睡，许游回到家中，把她放到床上。他也累了，坐床沿出神，顺手拿起前天买的中文报纸，漫无目的地浏览起来。一份报纸看一星期，每天一块版面，不多不少，正好七天。这天该看"求职天地"。只见报纸中央最醒目处，刊登着一则纽约《华人日报》的招聘启事。

编辑记者。还干老本行，不可能有比这更好的机遇，他决定立刻申请。简历发过去两天，一位姓聂的编辑来电话了。

能来纽约上班吗？全日制，工作时间从晚上七点到凌晨两点。

够开门见山的，听语气似乎比他还急。聂编辑问得干脆，他答得也爽快，能，当然能。对方便主动提薪水，说开始只能给两万，不是不想多给，实在是在美国办份中文报不容易，他们得以生存至今，全凭信念两字……

对方念出一长串穷经，生怕许游嫌少。许游根本不会讨价还价。两万年薪，在这个刚出国的穷小子眼里，无疑是天文数字。

颜晓慧却不这么想。

什么？两万？去纽约？梦儿怎么办？送幼儿园？那我告诉你，你的工资交掉税刚好够梦儿的入托费。你自己在纽约的开销呢？至少还得两万。算算这笔账吧，不是我吓唬你不让你去纽约，是这个计划根本不现实，纯属瞎折腾。

精明的颜晓慧，梦想开会计事务所的颜晓慧，三言两语就把许游说得哑口无言。他好不容易燃起的工作热情，也在她一长串的数字罗列中渐渐冷却。

你呀，目前别想其他，在家把梦儿带好就行。

颜晓慧并不多解释。她轻描淡写的口吻，许游怎么听都像嘲讽。前几天还软硬兼施要他重操旧业，突然来个一百八十度大转弯，叫他在家带孩子。什么意思？以为他没学历，只能吃软饭？

你能做什么？这里是美国不是中国。颜晓慧曾以此刻薄。

颜晓慧不让他找工作，他偏找。纽约去不成，附近总有使劲的地方。

许游憋一口气，再次出击。他坐在一大堆报纸前，一个电话接一个电话地询问，对方拒绝得越干脆，越激发他的斗志，紧张程度超过考托福，达到出国后极限。终于有家商场答应面试，可惜时间不巧，下午两点，梦儿的午睡时间。

机会来之不易，商场又离家不远，来回一个小时，到家说不定梦儿还没醒呢。许游把女儿哄睡，抱着侥幸心理出门。结果因没工作许可证，面试只进行了两分钟，即戛然而止。许游走出经理办公室，下楼，在商场转一圈。这是一家九毛九小百货商店。店里大部分廉价货来自中国。生日卡，文具，花瓶，小礼品，甚至睡衣鞋袜，标价均为九毛九。两个排货工人来自墨西哥，他们身体粗壮，表情呆滞，手里各拎两只胸罩，在女人内衣专柜前忙碌。

许游申请的正是排货工。他盯着他们手里的劣质胸罩，顿感一阵恶心。他竟打算交出白天和自由，以此获取梦儿的冰激凌、入托费，还有他所谓的男性尊严？这样做到底损失大于收获，还是收获大于损失？冰激凌梦儿不是非吃不可。房子、车子不过为了满足人类膨胀的物欲和攀比心理。而他的男性力量和尊严更无法以简单的劳动来衡量。他们还没到举家食粥的地步，不应该生活得如此焦虑。什么"诗必穷而后工"，这句话绝对因人而异。诗人们由于性格和经验的不同，当他们遭遇困境时，表现定有坚强与脆弱之分。所以，一个"穷"字到底能激活多少心灵源泉，还得根据作家的生命力而定。

许游自觉脆弱，经不起琐碎和平庸的腐蚀。他只有依靠天性生活，才能开启心灵之窗。他决定从此一切全凭智慧引领，再不做违心之事。

那个下午，许游一路走一路思索，心情变得愉快起来。他完全忘了独自在家午睡的梦儿，也忘了很多无法推卸的责任，直到看见停在家门口的警车，才大惊失色，从幻想的云端跌落现实。

正向警察苦苦哀求着什么的颜晓慧，一转身看见了他，眼里射出一道凶狠的光。

你就是许梦的父亲？一位警察神情严肃地走近他，问。

许游茫然地点了点头。

你私自把女儿留在家中，你的行为已触犯法律。请跟我们去警察局做笔录。至于你们的女儿许梦，在事情没调查清楚以前，得暂时把她寄养在社会福利中心。

不——颜晓慧迸发一声惨叫。许游只觉一阵晕眩。他无法全部理解警察的话。是颜晓慧的惨叫和目光告诉他：出事了，出事了。而他就是罪魁祸首。

在美国，未成年孩子不能单独在家，一旦被发觉，轻者罚款，重者拘留并剥夺小孩抚养权。许游不懂法，找工作那天，以为能在女儿苏醒之前赶回。谁料事与愿违，从来一觉无尿的许梦，偏偏被尿憋醒。她睡眼惺忪，哭着叫爸爸，屋里哭到屋外，惊动了邻居。

许游和孩子同时被带走了。颜晓慧眼睛血红，头发凌乱，像头困兽般在室内走动。这个神经病，神经病。她突然发疯般冲到许游书桌前，噼噼啪啪把书全摔到地上。一大摞诗稿从书里掉了出来。

诗稿，诗稿。十七岁那年，在光明中学的操场上捡起诗稿时，感觉曾是那么的珍贵和神圣。而今呢？她把诗稿高高举过头顶，沉寂的怨恨喷涌而出：写，我叫你写。这些东西比梦儿的命还重要，比夫妻情分还重要。是不是？是不是？她用力抖动手中诗稿，好像它是许游。你这个自私自利的胆小鬼。我颜晓慧当初真是瞎了眼，会看上你这种窝囊废。她气极而泣，骂完了，心里那份怨仍在徘徊，干脆一不做二不休，用力把许游来美国后写下的最新诗稿撕得粉碎。

雪白的碎纸纷纷扬扬，落得满地都是。颜晓慧这才筋疲力尽地停住，眼神黯淡空洞，出了会神。突然，只见她身体一抖，似得到某种启示，疾步走到书桌前，提笔写下一份许游初到美国不知法律、不懂英语的说明书。

说明书写好，又强作镇静，进洗手间换套衣服，梳好头发，赶去系里寻求声援。老师和同学们听说事情经过后，都非常同情她，纷纷在说明书上签名留言，证实许游、颜晓慧夫妇是一对爱孩子的好父母。

非常巧合的是，有位同学的同学的父亲是美国律师，并与警察局相熟。同学即自告奋勇，托这位父亲去周旋。结果很快出来：念许游初来乍到，不懂法不知法，以罚款从轻处理。

许游和女儿许梦几乎在同一时间回到家中。许游胡子拉碴，两腿酸软无力。一场惊吓，几乎使这个家四分五裂。他心里满是愧疚和悔恨。

对……对不起。他跟颜晓慧道歉。可是，低垂的目光看到了诗稿残骸。他难以置信，蹲下身子仔细观察。是诗！他最钟爱的诗歌！对于一个诗人来说，还有什么比诗稿被毁更可怕更令其感到耻辱？他用颤抖的手指拈起两张碎片，只觉得肠胃一阵痉挛，想哭想吐。

谁干的？这是谁干的？他昏乱地瞪着颜晓慧，第一个反应是返回警察局，找他们责问，为什么要摧毁他的诗稿？诗，何罪之有？

是……是我。

颜晓慧突然有点难以承受他的痛苦，声音喑哑，心头涌上一阵悔意。

12.在路上

女儿和诗稿事件后，夫妻俩进入冷战状态。颜晓慧尽管后悔采取过激行为，心里却有一百个理由为自己辩解。许游呢，那件事已是他生命中的创伤，随着时间的推移，虽然表面疤痕平复了，但隐痛仍在。有段时间，他不吃不喝更不想工作的事，发疯地写诗。正像歌德所说的，有了欢乐和悲伤，就将它放进歌中。他的痛苦只有通过诗歌才能得到抚慰。开始，写诗仅为宣泄，渐渐便进入境界，从个人狭小的天地跳出来，思想也随之飞向远方。

离开这里！一个声音在催促。为何不学一学神仙，放逐白鹿在青崖间，自由自在地写他的诗歌呢？

离去的念头突如其来，来得如此强烈。他被一股不可抗拒的力量驱使，说走就走，全力以赴。于是，在冬季即将来临的某个深夜，等颜晓慧和女儿睡熟之后，他留下一张便条，悄然离去了。

许游搭上了那年冬季最后一班去纽约的长途车。本来渴望到一个类似云镇的地方随意漫游。结果，买票时解释半天无效。售票员又一再问：纽约？你指纽约？他叹一口气，暂且妥协：那就纽约吧。

车上零零落落坐了几位旅客。如此深夜坐车，似乎除去睡觉，没其他事可做。许游睡不着，他和他们不同。他没有目的地，他是自我放逐，是流浪。

车子飞快驶出T镇，树木、房屋以及城市的光和影被黑夜切割得支离破碎。

他心中伤感，梦儿小小的身影不时在眼前晃动。他给颜晓慧留的字条上说，他不是在玩失踪，他是梦儿的父亲他没忘，等他挣够梦儿的入托费就回来看她，亲自带梦儿去最好的冰激凌店吃冰激凌。

冰激凌。他情不自禁摸了摸口袋，那里只有五十块钱，连付一夜旅馆费都不够。不过，他从来没为钱担心过。他摇了摇头，竭力摆脱如何谋生等问题。低头翻了翻手提包里的几本书，里面有两本他的个人自选诗集。诗歌，他的血脉里流淌的是诗人的血液。记得在味精厂时，曾有位青年工人，为追逐文学梦，辞职北上，自费进北京某文学院进修。后来，和诗扬创办的文学沙龙里又有几位相继离开。那时的他也梦想飞翔，渴望去更广阔的天地创造辉煌。奶奶舍不得。奶奶说知足常乐，你热爱文学可以，千万别学有些诗人放浪形骸的生活态度，到头来食不果腹、妻离子散，苦的还是你自己。

食不果腹，妻离子散。

假如这是他的命，他认了。奶奶到底不是先知，也无法管他一辈子。她竭力想呵护的游子，离开才一年，就获得了真正意义上的自由。

许游凝视窗外夜景，"纽约"两字到这一刻才像有股魔力，紧紧地抓住他的身心。他忽然觉得自己还很年轻，又有了当年想去北京发展的勇气和精力。

"生命是一棵会开花的树。"好像哪位诗人写过这样一句诗。他舒展四肢，贪婪地呼吸着周围的空气，思绪停留在这句诗上细细回味。如果生命真是一棵会开花的树，这次纽约之行，将是他生命之树上绽放的第一朵奇葩。以往二十五年，他这棵生命之树似乎从来没有在天地间纵情呼吸过。奶奶的爱、颜晓慧的爱枝繁叶茂紧紧纠缠，到最后已不是滋养，而成汲取，使他的生命之树过早枯萎。

早晨六点，许游抵达纽约，同一时间还有好几辆从其他城市来的车子，旅客一下多起来。他们大都是年轻人，肩背行囊，在黎明前的昏暗中轻快地踩过落叶。路灯把这些身影拖得很长，很长。他们在高楼和街道之间晃动、重叠，然后各奔东西。

从这些身影里，许游仿佛又看见当年弃学赴京追逐演艺梦的白雁，看见一个又一个熟悉而又陌生的、漂在大都市的文学寻梦者。他信步向前走去，初到纽约的陌生感及与生俱来的对大城市的惶恐感也随之消失大半。

他买了张地图，打算直接坐地铁去曼哈顿。几个月前申请的《华人日报》报社就在曼哈顿附近一家商业楼里。这是他孤身来到纽约，唯一能想起的安身立命之地。等风尘仆仆地找到报社，才记起他们是晚上七点才开始上班。

返回街道，大都市的繁忙和喧哗已彻底苏醒。可惜天公不作美，一团团灰云在高楼顶上飘移，使整个曼哈顿笼罩在一片凝重阴冷的色调中。许游衣着单薄，一件外衣敞开着，里面灌满了风。

真冷！他打了个哆嗦。这一哆嗦把刚来纽约时的热情打没了。不知道朝哪个方向走。百老汇、市政厅、第五大道、炮台、中央公园……这些人流汇集之地偏偏唤不起他的兴趣。

他茫然地站在两幢高楼之间，心想，大城市的风光、魅力也许永远只存在于文字的描述和图片显示中。真到实地，想象力非但没被激发，反有呼吸不畅之感。那么，这里将会是他寻觅的理想世界吗？想当年，李白走出长安才真正找回诗人本色。他呢？毅然离开T镇本为寻找自由，却阴错阳差来到纽约。

纽约，纽约，这里的报社和青城有什么不同吗？编辑、记者，其实不过是一帮等着企业界施舍的文化乞丐而已。他受够了那份言不由衷的窝囊罪。如果，纽约的工作仍然包括拉广告请客吃饭，他宁可做个流浪汉。

许游新工作八字还没一撇，倒做起辞职准备。至于报社需不需要人，万一不再招聘，该何去何从？五十美元如何生存？到哪去找旅店过夜？这些迫在眉睫的问题他压根不考虑。

流浪这个一厢情愿的假设牵动了某种思绪，使他加快脚步。

地铁车站入口处，一位流浪汉正痴痴地站着。身后一棵枯树，落叶在四周飞舞。流浪汉的身体加倍收缩，也似成为飞舞中的一片树叶。他的眼神很独特，直勾勾盯住许游，好像认识他，有话说。

　　　　戈多说他今天不来了

　　　　明天准来，

　　　　于是我继续等待

　　许游猛然止住脚步。枯树，流浪汉，戈多——十六岁之前，这个永远也不会来又永远在被等待中的"他"，成了弟弟许泳的化身，和他如影随形。他也曾借独幕话剧《围棋》，抒写对死亡的困惑以及对弟弟的无尽思念。

　　他从流浪汉的眼睛里捕捉到一个熟悉的身影。霎时，热浪涌上心头他不假思索地冲过马路，差点撞在一辆黄色出租车上。司机紧急刹车，声音刺耳惊心。接着就是一连串他听不懂的责骂。

　　他站在车流汹涌的大街上，和流浪汉遥遥相望。一缕微笑浮上嘴唇。他知道，在这座陌生的大城市里，他将不再孤单。

13.单身汉闻枫

　　许游稀里糊涂来到纽约，以为报社编辑非他莫属。报社也的确没找到合适人选，可惜他的根本问题即身份问题没解决，到哪都只能打黑工。幸好接待他的是编辑部元老聂文博，这位八十年代即已在国内文坛小露锋芒的作家，对许游的诗作非常欣赏，破格聘其为业余撰稿人，又推荐他到另一家《华语》报开设专栏。

　　《华语》在北美地区的华人报界名声赫赫，专栏作家每千字十五美元。聂文博曾是这家报社的特邀编辑。聂文博人称聂老，其实并不老，四十岁没到。是一头近花白的头发和过早的出名，使他提前进入被尊敬的行列。

他一年四季披着从跳蚤市场买的黑色羊毛衫，平时烟不离手，冥思的神态中略带几分倦怠。由于常年吸烟喝茶，牙齿和茶杯一样，积了层厚厚污垢。来纽约八年，从不说英语，只在三年前回国跟妻子办离婚手续时，说了句"byby"。他长年累月守在纽约，即使最寒冷的冬天，编辑部放假，他也不去任何地方。

为什么把时间精力都浪费在旅游上呢？对他来说，写作本身就是旅游。那晚，他放下手头工作，亲自带许游去找另两位《华语》报专栏作家：闻枫和钟渝。当经过一排拥挤陈旧的居民房时，他指着其中一间介绍：我住那里，地下室，空间蛮大，就我一个人住。我不习惯跟人合住。另外，房东是个中国人，爱好文学。这么多年来，对我很照顾。你看房子旧了点，后园挺大，花草树木皆有。整个白天，这座后花园就是我的领地。那份不受干扰的寂寞和宁静啊，真是太美了。

他陶醉地闭了闭眼，似已身临其境，连声音都染上梦呓般的色彩。他又指着屋后一棵树，轻声问：看到那棵枫树了吗？我常坐那里读书、晒太阳。时间一分一秒流逝，你会觉得自己也仿佛成了自然的一部分。那真是一种宁静而永恒的感觉。偶尔，一两只小鸟俯冲而过。小松鼠也会凑热闹，在树枝上疾速飞跑，显示它非凡的高空平衡能力。这一切又都在提醒你，自然界本身就是最好的娱乐。它让你远离拥挤碰撞，远离一切属于人类的蝇营狗苟。所以，常与自然为伍的人，他的思想和创造力也将永不枯竭。

说到此，他拍了拍许游的肩膀，灿烂一笑，再加一句：所以，我不需要旅游。我的后园本身就是风景。

聂文博这番偏爱自然的体验，编辑部同行暗中称之为自闭。有人说他的自闭是其破裂婚姻的后遗症。闻枫却说，聂文博的自闭来自对文坛前景的深深失望。当然，许游和聂文博深交后才知道，那些喜欢飞短流长、搬弄是非的人，大都没能成为聂文博地下文学沙龙的座上客。

闻枫和钟渝的住所离聂文博不远，一个街头一个街尾。同是地下室，环境却有天壤之别。闻枫和钟渝各自的小房间狭窄阴暗，放下一张床和书桌外，转个身都困难。两卧室之间是小得不能再小的厨房、厕所和客厅。客厅正好卡下一张三人沙发。许游没来之前，闻枫一直吵着搬家，已经看中一间工作室，租金降不下来，就这么拖着。

那晚，聂文博把许游带去请求帮忙。钟渝不在家，闻枫当即反问：你那里宽敞，为什么不让他住你那？

聂文博嘿嘿笑出两声，说：你不是很快要搬了吗？让他先住下，到时，你想走就走，还省去找房客的麻烦。再说，你们年龄相仿，小许又是位难得的文学奇才，和他多切磋切磋，会大有收益。

病态。

闻枫对着聂文博的背影猛啐一口，和许游第一次见面，即把聂文博臭骂一通。

总把乱七八糟的人带我们这儿来。自己又要做好人，又要舒服。什么不要焦虑求发展，什么社交廉价要耐得住寂寞，都是自欺欺人的谎言。他这叫"独居者的综合自闭症"。知道吗？他那一批的八十年代作家，现在个个挑大梁。他呢？在美国写出的东西，发回国早无人问津。

通过闻枫之口，许游得知，聂文博和钟渝曾是国内文坛先锋小说派的探索者。不过，这两位可都是犟驴子。闻枫嘲讽中夹着一丝感慨，用眼神示意另一间卧室，爆料钟渝仍在先锋之路上一往无前。聂文博是退潮了，转攻现实主义创作。小说一部接一部，可惜都成滞销货。据说，他以前的一个学生，现在已是出版社社长，称他作品为过时之作，没有销路，要他换个思维，换种想法。还说，作家也像歌星，过气的歌星没人听，过时的作品也是一样道理。聂文博听后大感耻辱，坚决不肯配合。作品就这么被晾着。你说是不是脑子进水？

闻枫嘴唇红润、眼神灵活，言谈举止中总有一股子草率和轻浮。短短三年，纽约生活已深入骨髓，他自由写作，自由交友。女朋友走马灯似的换。当晚，他议论完钟渝和聂文博，又发表跟聂老截然不同的论调：眼睛不盯着钱是无法写专栏的。

闻枫最初爱上写作正是因为稿费，觉得天底下再没比写字挣钱更容易的事了。他说他敏锐的观察力和鉴赏力不为文学而生，而是四处关注可以挣钱的题材。什么游记、报告文学、电影评论、名人轶事、娱乐报花边新闻等，哪里给的稿费多哪里就有他名字出现。在没遇见生命中的贵人——一位颇具魄力的通俗刊物出版商之前，他居无定所，至多只能算个流浪写手。是出版商慧眼识才，介绍他进了通俗言情这块园地。出国前一部情爱长篇红遍珠江三角。那部长篇的巨幅广告竟然做到餐馆门前。真可谓，食色性也。我们老祖宗早有先见之明，把食和色都视为人之本性。假如他一门心思按通俗路子走下去，恐怕也能自成一派。可他却在最红火、最能挣钱时急流勇退，选择出国。

想过正常人的生活就别当作家。怕什么？我才二十八岁，生命中还有更多自由冒险的乐趣等着去发掘和体验呢。他在纽约如鱼得水，除给《华语》和另外几家报纸写专栏外，还是一家通俗言情文学网站的发起人。他只对自己津津乐道的东西有所体会，女人是除写作外的另一个嗜好。

小许呀，我更换女人的速度比更换衣服还快，你可别吃醋噢。

第二天，闻枫果然带回一个妙龄女郎：肌肤如雪，头发澄黄。两人边激吻边摸索进了房间，接着，便是一阵毫无顾忌的打情骂俏。

许游初来乍到，又承蒙关照，好歹算有个睡觉地方。不过，说起这张老爷沙发，真不如公园长椅。第一晚他干脆打地铺睡。这样一来，腰舒服了些，脚却伸不直，一米七八的个儿，得像个婴儿般收拢双膝，将之环抱胸前。

沙发两头仅一板之隔的卧室里，钟渝习惯熬夜，习惯在踱步中思考并长吁短叹，闻枫则通常上半夜陪女人，下半夜即披衣而起奋笔疾书。来自他们卧室的任何噪音，无一例外地汇聚客厅。许游身陷其中，无从逃避。他先试着用枕头堵，这样，大的调笑声被暂时隔绝，钟渝深沉的叹息却犹在耳边，*丝丝缕缕萦绕*，搞得他心烦意乱。

如此折腾两个晚上后，内心沮丧之极，初来纽约时的自信和闯荡世界的勇气开始瓦解。看看同室的两位文友，一贫如洗，在美国这么多年还没能把自己混出地下室。他该怎样做才能找到安身立命之地？

物质是安宁的基础。贫穷会使人堕落。先学会计。两年，就两年……

颜晓慧的话清晰地在地下室回荡，第一次展示了它充满诱惑力的一面。

我是不是太激进了？可重返T镇，屈服于颜晓慧的安排，又使他难以接受。更何况，颜晓慧亲手撕毁了诗稿。这一公然挑衅的举动，不仅仅针对被视为神圣的诗歌，同时也针对他个人。她瞧不起他！许游突然意识到这一点，反倒冷静了。

新的环境给予他单独思考的机会。他仔细回忆二十五年来走过的路，回忆在土窑顶上写下第一行诗句时的畅快，以及奶奶引领他走进文学殿堂的点点滴滴，心情激荡，难以平静。

如果短暂的留学生涯只教会颜晓慧两个字：生存，那么，继续写作，毫不动摇地走写作之路，就是许游现在和未来的全部信仰。

闻枫果如他所言，隔三差五换女人，那些女人个个开放，穿着睡裙就从房里跑去浴室洗澡，闻枫跟在屁股后，嬉笑怒骂，旁若无人。

如何不花钱就能在纽约频繁更换女朋友，是闻枫最洋洋得意的话题之一。

找女人？两人一拍即合，彼此心知肚明的那种最好。有时候走在大街上都能搭上几个。你以为只有男人寂寞？女人也寂寞啊。人嘛，说到底就是动物，没什么好奇怪的。这种露水情叫相互索取，不存在谁供养谁的问题。再说了，他的灵感也需要从活生生的现实中汲取。如果每天醒来面对同一张面孔，创作源泉从哪来？

闻枫这套快乐单身汉哲学，让很多男人羡慕，只有钟渝对此嗤之以鼻。

你知道闻枫那副贪得无厌的模样像什么？像还没蜕变成蝴蝶的蛹。那个时期的蛹食欲惊人，逮什么吃什么。闻枫的文章也跟他的情欲一样，滥而不精。在文学这块园地里啊，他充其量不过是只蛹，一辈子恐怕蜕变不成蝴蝶。

比闻枫略长几岁的钟渝，性格志趣与他截然不同。由于长期营养不良，眼睑浮肿，嘴唇发白，身体也只剩一副骨架子。似乎所有衣服都不合身，穿着宽宽大大，再加走路脚步声轻，远看像是团游移的阴影。

那天，他正蜷缩在沙发上看书，突然觉得脖子后凉飕飕的，抬头，钟渝已静静站在桌前，手里拿一本书。两人一对视，钟渝也不介绍，好像早认识，又好像自说自话，不管许游有没有空，爱不爱听，径自抒发读后感。许游因听说他写新潮小说的，对他的一些行为举止也见惯不惊了。

钟渝的声音单调沉闷，语速平缓，时而停顿，给人思路不畅之感。他表情也很独特，几分沉思，几分恍惚，总像梦游般旁若无人。他自嘲是架阅读机器，只要是书，上至天文下至地理，什么都爱。生命的所有乐趣都在阅读和谈论中。不过，他的确有某种天赋，能轻而易举地把别人的观点融合到自己的文章中，并做到天衣无缝。

他早结婚了，妻子原是某美术院校校花，素描画得很好。那段时间他耳濡目染，也喜欢上画画。这竟成了他在纽约的另一谋生手段。中央公园、地铁站、中国城等人群密集之处，成为第二职场。他在纸上勾勒，捕捉人们的神态举止。碰上大方点的游客，会高兴收下素描，给点小费。有小气的，拿了就走，钟渝也从不计较。

他就是具僵尸，是条死鱼，根本不适合在有人类的地方生存。当钟渝讥讽闻枫像只贪得无厌的蛹时，闻枫也不甘示弱，叫他死鱼。曾经，看不过钟渝苦行僧般的生活，要给他介绍女人，并断言，那位会画画的妻子在国内早红杏出墙。这个玩笑竟像要了钟渝的命，他哇哇大叫两声，扑上去就掐脖子。闻枫还以为闹着玩，嘻嘻笑出两声，后来，声音卡在喉咙口出不来了。幸好聂文博电话到，钟渝这才住手。

许游来了。一时缓解了两人矛盾。闻枫不玩女人不写作的时候，充当向导，带许游出门。酒吧、百老汇、第五大道，这些有点钱才能消费得起的地方，他们绕道而行。

一次，走过百老汇剧院，见门前悬挂着歌剧《夜半歌声》的巨幅海报。闻枫驻足凝望，摇头道：国内大戏，能演满一百场的寥寥无几。这里呢，一两部经典，恨不能赚老百姓一百年的钱。不过也奇怪，还真场场爆满呐。说罢，东张西望一番，又自言自语：我们不去凑那热闹。一张票至少五十，我活得不耐烦了，看那张鬼脸？走，带你去领略原汁原味的纽约生活。

闻枫嘴里的"原汁原味"，是公园里免费供观赏的露天剧场。摇滚、通俗、轻喜剧、童话剧等每周末轮流上演。场内大都是年轻人，衣着新潮，发型夸张，手里拿杯咖啡或吸管饮料，跟着音乐节奏狂呼乱叫。

闻枫活泼好动，爱凑热闹。看得出他是这里的常客，老远听到音乐，整个骨骼都变轻了，只见他嘴角荡漾着欢快的笑，嘴唇越发显得滋润红艳。

这里可是泡妞的好地方。

他悄声附许游耳边嘀咕，眼睛在人群中骨碌碌转动。不过，那天因有许游在场，他没有展开猎艳行动。但体内热情膨胀，难以宣泄，便模仿其他青年，使劲用脚踢土，并伴以几声尖叫。场内喧闹盖过了演出，演员情绪丝毫不受影响。这样，场内观众越聚越多，空中灰尘弥漫，再加上食物饮料烟味的混合，时间一长，气味浑浊不堪。许游本来不是个爱凑热闹的人，新鲜两回，便找个借口退出场外。

如此耐不住寂寞，亏他还自称作家呢。看着眼前这位狂跳不止的闻枫，许游突然对他产生了一种既厌恶又痛心可惜的复杂感情。那天，往回走的路上，他忍不住问：你业余时间就这么消磨的吗？

消磨？闻枫惊讶地回头，盯着他道：你用了一个多么无奈的词语啊。我可不是在消磨。我喜欢人群，喜欢喧闹。对于我来说这才是活泼的生命图景。只要大街上一有风吹草动，我便渴望投身其中。我是全身心体验生活，全身心寻求快乐。你说我浮躁也好，耐不住寂寞也罢。我对人群（当然这中间包括女人）的渴望，远胜于对食物、空气和黎明的渴望。因为他们才是我真正的食物、空气和黎明，是我的肉体能切实感知的幸福。所以，我从不悲叹人生无常，从不把思想浪费在有关时间和空间的梦幻中。

你看清楚了，许游。他嘴角一咧，笑意盎然道：在你面前站的可是一地地道道俗物。他写的小说轻浮庸俗，难登大雅之堂。因为他对文学艺术并没太多发自内心的敬慕。他写小说只为糊口，没有赋之更崇高、更神圣的精神追求。写作对他而言，就像铁匠打铁，每天必须打得汗流浃背，第二天才有饭吃。

许游猛听这番赤裸裸的直白，吓一大跳，反而不知如何回答。这个闻枫倒也直截了当。比起那些又要挣钱又要假装清高的"作家"，还有那些附庸风雅、硬将理想和虚荣混为一谈的人，他的俗多少有点可爱。不过，许游本人是无法赞同并理解这些观点的。

那些情情爱爱，你写了这么多年，难道没有厌倦的时候？他困惑地问。

只要我对女性柔情还有渴望，就不会厌倦。闻枫说得斩钉截铁。

许游冷笑一声，道：你也未免把女人看得过于重要了。我不相信只有她们才是全部激情的源泉。其实，真正有价值的作品，哪一部是靠肉欲产生的呢？它们必须来自心灵和智慧，才能流芳百世。

许游说到此，一眼瞟见闻枫心不在焉的神情，猛觉自己在对牛弹琴。

你改行算了。许游冲动提议：你不是靠写作糊口吗？我看，再怎么情啊爱啊，也挣不到大钱。倒不如趁年轻学一门谋生技能。

闻枫一听，不悦道：你这小子，我红透珠江三角的时候，你恐怕还在穿开档裤吧？怎么断言我成不了畅销作家？我还真想在纽约重新谱写神话呢。当然，名和利对我来说已经没有太大诱惑力。问题是，我离不开写作！你可以瞧不起它，把它看成垃圾，它却是我生命机器正常运转的润滑剂。缺了它，其他器官无法正常运作。那样，再多的钱又有何用？你也在写作，你应该明白这些话的意思。对吗？

闻枫逼问，眼里流露苦恼。那张略显平庸的脸，反倒由此放射出一丝微弱的异彩。许游脸蓦然一热，他忘了人各有志，竟不知不觉模仿颜晓慧，充当说客。

这次冲突后，闻枫不再跟他谈论与文学相关的话题，原本打算给许游读的言情小说也拒绝出示。当然，他不是个记仇的人，再加生性乐观开朗，两天后，不知从哪给许游弄了辆旧自行车，约他却郊外爬山看枫叶。

许游因发觉两人性格志趣不同，有意疏远，便找个借口婉言拒绝掉了。

14.晒书

两个星期下来，许游仍将就着住地下室，已象征性交点房租。住宅离报社不远，步行二十分钟左右。虽然不是正式职工，但许游习惯去报社帮忙，并承揽一些写作任务。

按照聂文博的计划，写专栏之前，应先读一批报刊作品，熟悉适合连载的写作手法，尽量做到通俗易懂。首先得去除文章为知音而写这一清高心理，定位不宜太高。不久前从社会上反馈来的调查显示：打工族收入最少，却是订阅报纸最多的人群，其次是老华侨、陪读夫人等。这一群边缘人，他们在完全陌生的语言环境中默默劳作，中文报纸成了唯一的娱乐和安慰。

聂文博含蓄一笑，递给他一摞报纸：多看看，就知道如何给在美国的中国人写连载和专栏了。

许游接过报纸，尽管有心理准备，还是被副刊中大量无病呻吟的东西吓了一跳。写作对他而言，一直是一件崇高神圣的事业。要他为了钱写这类低级趣味的文章？那不也成了文字垃圾的制造者？办不到，绝对办不到。

你完全可以化腐朽为神奇嘛。聂文博手中钢笔差点戳到他鼻子：你呀，记住，你是专栏决策者，作品庸俗与否，主动权在你手里。我的告诫是，在这里写作首先得理解你的读者群，他们只为消遣，不需要大量说教和无边无际的景物描写。多来点小幽默和同情心吧，让他们看着发出愉快的笑声，或干脆哭个痛快淋漓。这也是你应掌握的雅俗共赏的尺度。

幽默小品文是尝试的第一个专栏，每晚一千字，颇为得心应手。地下室上午静如墓穴，呼噜声从每个房间传出来。许游生活得也完全像个夜班族，凌晨三四点就寝，十一点左右起床。

一天上午，被一阵窸窸窣窣的声音吵醒。睁眼一看，钟渝正吃力地捧着一大摞书往外搬。

干吗？许游瓮声瓮气地问。

晒书。

钟渝精神很好，一趟趟来回跑，苍白的脸由于运动，泛起红晕。

晒书？许游一骨碌起身，又是新鲜又是好奇，跟在后面，看看到底有哪些书。平时紧闭的房门，此刻大开。卧室内桌椅全无，除一张单人席梦思外别无其他家具。床上，里三层外三层重重叠叠堆着几百本书，根本没有睡觉的地方。许游蓦然止步，仿佛无意中闯入沙漠的探险者，对眼前突然出现的一片绿洲难以置信。

它们，钟渝拍了拍书，声音充满深情和骄傲道，跟了我这么个默默无闻的主人，在地下室一躺五年。我好像听到抱怨声了。所以，今天无论如何得带它们出去，晒晒太阳。钟渝说着，两手在书堆里忙碌，许游的目光跟随他移动，心怦怦跳动，带着震撼和感动。那一瞬间，仿佛重回少年时代，第一次见奶奶从床底下拖出纸箱，轻轻吹散上面的尘埃，一本一本取出已经开始发黄的名著……

我呀，从小把印刷成铅字的文章看得崇高而神秘。钟渝一指铺在地上的床褥，道，没有书橱，只能让它们寄居床上。我睡地铺。

席梦思脚下，堆着一床破旧被褥；枕头旁，有只缺了口的景德镇青瓷碗，碗里半片干面包。钟渝生活上的捉襟见肘一目了然。他——确如传闻所言，省吃俭用只为买书。

这个闻枫嘴里的"死鱼"，果真是个书痴啊。许游心潮起伏，脚像生了根，定在这个简陋的书海王国，久久无法移动。

来，帮帮忙。钟渝招呼他搬书。

两人一前一后将书搬出地下室。外面，蔚蓝的天空下，一系列名著惬意地躺在草地上。它们沐浴光辉，仿佛已具有生命实体，默默交流着有关爱情、宇宙、生存和苦难等永恒的话题，交流着那种只属于天神般喜悦的创作体会。

荷马、塞万提斯、狄更斯、罗曼·罗兰、乔伊斯……猛一见这些老面孔，而且是中文版老面孔，许游激动极了，屏息低语：你竟有傅雷翻译的《约翰·克利斯朵夫》，还有杨绛译的《堂吉诃德》。真好，真好。他摸摸这本，翻翻那本，恨不得都占为己有。

刚到T镇时读过一批英文原著，那时边查字典边理解，囫囵吞枣，阅读享受大打折扣。

钟渝见他爱不释手的样子，喘口粗气，一屁股坐下，问：看着眼馋是不？我们同在一个屋檐下，我也不怕你借了不还。再说你一看便知是个会读书、爱惜书的人，不像我们房里的那只蛹。他倒贴钱，我都不借。

听他提闻枫，许游忍不住笑道，你也别对闻枫太小气。你上次饿得胃痛，他还亲自熬稀饭给你吃呢。

钟渝耸了耸肩，毫不在乎，接着弯下腰整理书籍。许游已趁此机会，贪婪地阅读起来。钟渝偷觑他两眼，突然提议：其实你应该尝试写小说。

我？小说？许游从云雾缭绕的高空中返回地面，鼻子里呼吸着青草和落叶混合的气味，声音异样地问。

我正在构思一部长篇。钟渝却答非所问道：我已经很长时间不写专栏。也就是说，我已逐渐摆脱以稿酬的方式维持生计。这样做，肠胃受点委屈，其他器官丰富了。最重要的是，它使我远离粗糙、浅薄和胡编乱造。

许游辩解：聂老说，可以化腐朽为神奇。主动权永远掌握在作者手里。

不，恰恰相反。一旦混入这支队伍，你就永远是个被动者。报社总编才是策划者，你们不过是他手中的一颗颗棋子，今天要你走这步棋，明天又换另一步。创造力何在？你接触到美的精髓了吗？它非但和真正的文学没缘分，而且是对文学内在精神的一种亵渎。任何一个有理想有自我的作家都不会为三斗米折腰。钟渝说这些话时，思路畅通，跟在地下室的恍惚完全不同。许游好奇地盯他一眼，故意用满不在乎的口吻道：你把专栏说得未免太可怕了吧？

钟渝听而不闻，双眸凝望远处：我知道很多人嘲笑我，说我傻。那是他们根本无法理解我有的信仰，一种朝圣者才有的信仰。去西藏追寻过朝圣者的足迹吗？衣服脏了破了，肚子干瘪着，这些都没有关系，只要闪耀灵魂中的太阳没有落下，便有战无不胜的精力和勇气。所以，在文学这条朝圣路上，我渴望能成为荷马笔下那些满身战伤却永不屈服的英雄。说到这里，他激动了，脸色红润柔和，看上去像脱胎换骨一般。

许游讷讷两声，被这番话打动的同时，也心生疑惑：真正的朝圣者会如此高呼自己的勇气战无不胜？这个钟渝，到底是真虔诚，还是摇唇鼓舌之流，还有待进一步观察。

许游如此推测，一抬头，正碰上对方炯炯发光的眼睛，赶紧低头掩饰，假装在书堆里寻找，自言自语道：真遗憾，一本诗集都没有。

诗歌？钟渝接过话题道：前面叫你写小说，正是想让你明白，诗人的机体和创造力，在二十五岁之后会逐渐衰退。历史上出名的诗人，生理年龄很少有超过四十岁的。至于灵感、创造力之类保持时间就更短。为什么呢？因为它们的存在像一团火，一团闪烁、摇曳的烈火。它可以发出无比璀璨的光，也可瞬间泯灭。你快二十六了？写小说吧。如果诗是烈火，那么小说就是一条源远流长的江河，它永不枯竭。

这以后，接连几天阳光灿烂。钟渝抓紧时间晒书，并不断鼓励许游尝试小说创作。许游手里捧着名著，呼吸着它们身上散发出的永恒气息，一股创作的欲望在心里燃烧起来。那不是写小品文的蠢蠢欲动，它是写诗歌时即渴望的宏大、崇高、可与天地日月一样长久的一种东西。

许游失眠了。

眼前有一架放映机，缓慢地转动着，过去的一幕幕重新活动起来。他看到了云镇的山山水水，看到了那道吞噬父母生命的闪电……母亲悲惨的哭声，他的双胞胎弟弟，还有奶奶、白雁、编辑池茉、颜晓慧……出国后夫妻之间的矛盾、女儿许梦、在T镇找工作的经历等，他所体验到的委屈、失落和不被理解的痛苦，这些情感光靠诗歌似乎已远远不够。

他要倾诉，要把整个场景在小说的世界里复制出来。要让人们读了之后，知道前因后果，并从中得到启迪和感悟。这个愿望一旦产生，很奇怪，以前写诗时努力想抓住的虚幻、缥缈的东西，忽然从高空中落下了，脑子里出现的不再是支离破碎的片段，而是整体，是活生生的现实。

每个人物都拿眼睛瞪着他，等待行动和语言。他内心激动不已，像初涉舞台的指挥家，嘴巴抖手也抖，渴望演员们能迅速领悟他的意图和思想。他们果然活动起来，完全按照他的预想，要哭就哭，要吵就吵，这可真是奇迹。写诗时意犹未尽的遗憾在这里得到弥补。

许游写小说着了魔，一连数天，废寝忘食地写。他写，听凭内心那股宏大、崇高的感觉，写法不知不觉模仿读过的一些名著，大段的景物及心理描写，这些都是快节奏社会正在逐渐摒弃的东西。第一个短篇很快出炉，闻枫抢着读完，当即毫不留情指出缺陷。许游才不管呢。他像坠入情网的恋人，一头扎进去，热切地想把感觉到的表达出来。

专栏仍在继续，已属敷衍，很快遭到一些老订户攻击，称其诗不像诗，散文不像散文。《华人日报》业余撰稿人大部分是一闲职，真正分量重的报道性文章，有记者采访编写。因此一个月下来，许游只靠稿费吃饭已成问题。闻枫早警告过他，专栏稿费只够买点零嘴，填饱肚子还得靠旁门左道。

许游的生活顿时陷入困境，从来不为钱考虑的他，这才意识到钱的重要性。

"啊，月亮下面的金钱，从来没使人类有过片刻安宁。"

许游默默吟诵但丁诗句，带着几分绝望，不甘心地想，难道他将再次为了钱，步入打工行列？

15.在地下室

《华语》决定撤换专栏。聂文博得此消息后大为吃惊，邀请许游去他租赁的地下室面谈。

早从闻枫酸溜溜的描述中得知，聂文博独居的地下室空气流通，宽敞明亮，是已装修好的半地下室，一半地下一半地上，后门直通花园。整个面积比他们三个人住的还要大出近八个平方米，在寸土寸金的纽约市，聂文博算捡足便宜。不过，单身汉毕竟是单身汉，给他再好的房间也不懂收拾。

聂文博爱吸烟喝茶，每周末举办小型文学沙龙。客厅里必备家具一应俱全，文友们来了，吸烟喝酒聊天，烟灰缸里满是烟蒂，茶几上酒瓶子、烟盒子、花生壳还有残羹冷炙，堆得像座小山。这些聂文博从不清理，要等下个周末聚会时，大家一起动手。

许游被约去的那天正好周末，沙龙成员还没到，客厅垃圾满地，一股辛辣的烟草味及食物发酵腐烂的味道扑鼻而至，熏得许游差点窒息。他硬着头皮进屋，连续发出几声咳嗽，聂文博充耳不闻，把散扔沙发上的书和稿件往旁边挪了挪，腾出巴掌大一块空位，叫他坐。

趁聂文博给自己倒茶、点烟的空隙，许游打量了一番屋子，发觉客厅吃饭桌旁，栽种着两盆仙人掌。开始以为是假盆景，走近一看，用手触摸硬刺，差点被戳出血。他倒抽一口冷气，精神也随之一振：它们长得多好啊！姿态矫健，丝毫不受空气污浊的侵犯，一片片长满硬刺的、绿色的手掌伸向空中，带着坚定、顽强、毫不动摇的自信，积极努力地向上生长，生长。

这两盆仙人掌跟了我八年。聂文博端着茶杯从厨房出来，眼神爱慕地看了它们一眼，用手比画道：刚买来茶杯那么大，图它好养。近几年，却从它们身上得到越来越多的感慨。一棵植物尚能做到信念执着，更何况我们人？

他把许游带到沙发边，示意其落座，语调一转，直切主题：钟渝鼓励你写小说，这个没错。因为你有素质，我早看出来了。但我不能鼓励你像他那样饿着肚子写作。当然他也并没完全饿肚子，他不还出去画画吗？你呢，你离开专栏，靠什么为生？小说？以为你一写出来就有出版社抢着出版？然后给你丰衣足食的稿费，像国内那帮专业作家被养着？然后你可以以文为生？这个梦不新鲜，爱好文学的人都坚持自己除写作外做不好任何事情。可是后来，经商的经商，搞政治的搞政治，不都做得很好？我出国之前，也没想过做一辈子编辑记者。现在它却成了我的主要经济来源。除此还在抽时间写专栏。这些不是我最想做的事，我却认认真真地做了，为什么？我需要经济保障，我需要接触社会体验生活，有了这些之后，才有足够的精力和自信去写我认为有意义的东西。为了那个东西我才可以完完全全做到只思付出不思收获，真正做到不在乎名利，不对它产生任何非分之想。

聂文博一口气说这么多，脸上表情瞬息变化，交织着委屈、失落、伤感、惆怅、欣慰、坚定等种种复杂矛盾的心情。

闻枫说聂老写回国的东西早无人问津，这个是不是有意义的东西？

记得斯特林堡的一本小说里有一句话，大意是：淡泊名利又有什么了不起，人到没名利可欲的时候，再不想穿还能活得下去吗？

聂文博是否正处于这样的人生状态？

许游还太年轻，写诗之路又一帆风顺。他没经历过退稿之痛，以为小说也必如此，同时还带有年轻人的骄傲心理，完全相信天赋。聂老一番肺腑之言，他非但没听进去，反而对方过早衰老的面容和一头花白的头发似乎已成失败标签，倒勾起他几分恻隐之心来。

我今年二十五岁，到他这年纪，还有整整十五年。十五年，可以写多少作品啊，我一定不会像他那样默默无闻的。张爱玲呼吁：成名要早。没有哪个写作的人不渴望自己的作品被印成铅字，没有哪位作家不渴望自己的名字载入史册。雁过留声人过留名，我一定……

许游在聂老沉思的目光中热血沸腾，激情洋溢。浑身充满战无不胜的力量。这些聂老都经历过。他静静点燃一支烟，深吸两口，吐出一团浓雾。许游被呛得再次大咳。聂老微微一笑，道：要想写出好作品，先学会适应这烟味。

沉静。聂老的声音停顿片刻，从烟雾中缥缈而出，"沉静"两个字仿佛带上奇异功能，让许游躁动不安的心渐渐安宁下来。

写小说也不是一蹴而就的事。聂老往沙发背一靠，语重心长道：别着急动笔，先系统性读一批书，像十九、二十世纪那些批判现实主义作家，哈代、毛姆、德莱塞、马克·吐温等作家的经典作品，要多读多研究。另外，出去接触社会。你还年轻，不要怕吃苦，去底层跌滚一段时间，只有深入底层，才会对老百姓的生存疾苦有切肤之痛。象牙塔里构筑不了深沉大气、有血有肉有价值的东西，所以我看啊，他哈地放出一声笑，大手一挥道：《华语》撤换专栏是件好事。走出去，靠自己的双手养活自己。去洗碗、扫大街，去给人端马蜂窝子，去做最脏最累的活，那不丢人。真的，你不能再仿效钟渝，自囚斗室，尽写些无病呻吟、自欺欺人的东西。我们北美文坛有一个钟渝够了，我不想再看到第二个钟渝，甚至第三个钟渝。

说到这里，他显得十分激动，猛从沙发上站起来，来回踱步。

许游略带愕然地看着他，想不到平时冷峻挑剔的聂老，竟如此冲动。看得出他是真心想帮他。打工、接触社会、写小说和写诗不同，写小说需要沉淀积累……许游在聂老的踱步中，豁然开朗，打消了以前不愿深入底层的顾虑。

地下室的门被推开，同时挤进两个衣着随便的中年男子。他们是聂文博地下室文学沙龙的座上客。长相粗犷、生就一张马脸的叫飞龙，另一位是走笔，瘦小精悍，一对小眼睛炯炯有神，进门便紧盯着许游。聂文博也不介绍，只朝他们轻轻一点头，继续鼓励许游出去打工，不要再跟钟渝浪费时间。

两位评论家熟门熟路，径直过来，窸窸窣窣一阵，将口袋里插的啤酒瓶、手上拎的熟食往茶几上放。他们边动作边品尝，互相挤眉弄眼做几个哑语手势，然后一抹油腻腻的嘴巴，加入谈话阵营。

钟渝？一听钟渝大名，走笔随口道：他绝对是生错年代生错国家的人物。如果出生在美国，和凯鲁亚克、金斯堡或塞林格同时代的话，准能一炮打响。

你错了。飞龙毫不留情地反驳，钟渝才不是"垮掉的一代"呢。他的问题在于对文学的理解和追求过于深奥过于偏执。其实我们都知道，文章写到熟练就两个字：恰好。他呢，却把文学看作只有预言者或先知才能理解的东西。这样的话，他自身必须比先知更先知。所以一步步走火入魔，困难越大越痴迷，现实反倒像不存在了。这种小说还是小说吗？整个痴人梦话，没人能懂也没人愿意去懂。

聂文博听到这里，表态道：钟渝的才华还是值得肯定的。想当年，意识流是文学青年很乐意模仿的一种潮流。先锋小说派不是出过很多好作品吗？我的短篇《鱼》一炮而红。说实话，那时的痴迷不亚于钟渝。我们的不同在于，我写着写着有了力不从心的感觉，那些虚无缥缈的思想和支离破碎的片段也在一夜之间失去魅力。我像跋涉在一条根本不存在的路上，忽然醒悟了。当我得到解脱的时候，预知这股潮流不会持久，果然，没几年销声匿迹。可叹，我们的钟渝同志还停留在那个时代，不肯接触社会，不肯接受新鲜事物。他在寻找的是一个根本不存在的答案啊。

聂文博的声音带着追悼意味，听上去有些伤感和痛惜，好像钟渝不懈追求的文学生命已被宣判死刑。从钟渝,自然过渡到有关文学潮流的话题。飞龙这下来了精神,从八十年代初期的伤痕文学、反思小说到先锋小说再到就是年代的新写实小说和新历史小说,他滔滔不绝,如数道来。一会臭骂这个,一会臭骂那个,两片肥厚的嘴唇边吃边骂,时而有一两星猪肝碎末飞溅出来,也毫不在乎,继续大嚼,继续口若悬河。他用词尖酸辛辣,把很多许游崇拜的作家批得体无完肤。谈到文学现状,更是牢骚满腹,大有为聂老抱不平之意。他一再大声感慨:照看文学的灵魂也开始染上铜臭,变得不再健康了。

和飞龙相比,矮个子走笔在选择词语上谨慎得多,但很能喝酒吸烟。一支接一支抽,整个脸被烟雾笼罩。偶尔发出几句点评,也显得十分微妙,不可捉摸。不过,一双眼睛厉害,带着敏锐的洞察力,仿佛能捕捉到在座每个人的潜意识。许游每次和他对视,都会没来由地紧张。

后来通过对话,许游才知道,聂老之所以面临困境,主要原因不在出版社。其实,只要他愿意按出版社的尺度和要求修改作品,出书绝对不成问题。聂老对此提议却嗤之以鼻,要他不按自己审美原则去创作?要他屈从,配合炒作?休想,文学就是要耐得住寂寞。他宁可把稿子锁在箱子里发霉也不要这样的出版。

许游啊,我今晚的话记住了?写作是一项孤独的事业,不要浮躁,不要急于求成。古来圣贤皆寂寞。一定要耐得住寂寞,耐——得——住——寂——寞。

16.灯火阑珊处

纽约毕竟是大都市,光中国城就有新旧两座。要在这里找黑工打,比在T镇容易得多。许游的第一份工还是由聂老介绍,去报馆附近的一家中餐馆洗碗。

餐馆打工者背景各异:有二十出头的偷渡客,正当妙龄的留学生,年届七十的探亲老父亲,寂寞苦闷的陪读夫人以及像他这样英雄无用武之地的作家、艺术家等。命运使他们在这个特定的时刻聚在一起，过去的高低贵贱没了，只剩一个共同身份：洗碗工。他们你走我来，过度的忧虑和劳累，像榨果汁一样榨掉了他们身上的热情。谁也没有多余的话，甚至连眼皮也懒得朝对方抬一下。人，原是动物中最不安静、最喜欢运动的生命。贫穷和苦力却冻结了他们的思维，逼着他们低下头颅，承认自身的渺小和卑微。许游感慨着，仍试图从这一张张苍白得近乎呆滞的脸上，捕捉生活。他浮想联翩，给他们假设种种命运。一个个鲜活生动的形象就此脱离原有躯体，活生生盘旋于脑海。有时，几乎等不及回家，恨不能捡路边落叶当稿纸，写下所思所想。

打工数月，使他爱漫游的毛病不治而愈。现在的生活被分成三大块：打工、写作和读书。阅读方面，遵从聂老指点，从批判现实主义经典开始，借回雨果、巴尔扎克、司汤达、毛姆、哈代等名家代表作，潜心阅读研究。创作上，因为有了深入底层这番摔打，视野拓宽了，选材不再局限于个人体验，而是试着把笔触伸向普通人的喜怒哀乐。短篇《陪读父亲》一气呵成，深得聂老好评。

寄回国，我看可以直接试最高档次的《文月》。聂老的口吻不容置疑。

许游诚惶诚恐，把稿件寄走，即翘首以待。谁知，投回国的稿件全部有去无回。那段时间，钟渝闭门疾书，终日不见身影。

闻枫倒常在家晃悠，亲眼见他刻苦，啧啧摇头感慨，说假如把这股劲的三分之一用在通俗或言情文学上，早衣食无忧，哪还用得着再出去打工？许游把这番话视为一种侮辱，表示宁可饿死也不会改写通俗小说。闻枫叫他先别急着表决心，其实真到那一步，谁都不比谁高尚。反正他还年轻，见证历史的时间还长着呢。

油炸店是许游打散工的最后一站，也是最苦不堪言的一份粗活。这是一家专门经营各类油炸海鲜的专卖店。店内员工稀少，老板娘亲自上阵，容不得半点偷工减料。况且，油炸海鲜需要注意力高度集中，稍一疏忽，鲜嫩鱼虾便焦煳一片、损失惨重。站在油锅旁的许游，眼里是滚滚热油，耳膜里是嗞嗞油炸声，思想也似被油蒙住，遁入无边无际的混沌。每晚到家，累得筋疲力尽，连翻一翻书的力气都没有，哪还有力气搞创作？

一连两个星期下来，他触摸不到自己了。腰酸背痛还在其次，可怕的是那种窒息感。浓烈的油烟在他和外界之间竖起一道屏障，以前能唤起灵感的自然万物弃他而去。他头昏脑涨无法思考，只剩两只油腻腻的手在机械搅动。有时做着做着，竟出现幻觉：浑身包裹面粉、在滚油中备受煎熬的不是鱼也不是虾，而是他自己。如果，不是隔壁超市那位酷似白雁的女子，使他再次体验到久违的遐想和梦幻的美妙气息，他不知道自己还将在这油锅旁沉沦多久。

那个周末的夜晚，下班时天空凄凄迷迷，飘起粉末似的雪花。许游拐进一家杂货店。这是他第一次去买东西，而凌舞，作为这家店唯一的一名华裔员工，没像其他店员那样穿红色工作服，而是穿了件薄型的乳白色羊毛衫。店里灯光明亮，她亭亭玉立在一排红衣之间，便似所有绚丽的光都打在她一个人身上，显得与众不同。

许游挑好方便面，感觉到这抹不协调的光，抬眼一看，是13号结账柜，不假思索地过去。隔着人流，仿佛有某种感应，凌舞心事重重地转了个身，先是漫不经心的一眼，随之眼珠定了定，流露出一线渴望抑或是焦虑之情，仿佛有话对他说。

许游呢，迎住她目光的同时，蓦然止步，心一跳，"白雁"两字差点脱口而出。那纤巧的五官和白雁像同一个模子里刻出来的。难道，白雁也来到美国？命运会给他这份令他惊喜的机缘巧合吗？他一时目瞪口呆，不知身在何处。

白雁，白雁。

这个来自上海、略带虚荣的年轻女孩，在他心中始终保持着冰清玉洁的美好形象。他非但没有怨恨对方的移情别恋，反而时有遗憾：自己没能把握时机，在她面前显示过男性那征服一切的力量。他甚至没给过她一个真正属于男性的激吻和拥抱。那段美好的初恋时光里，他对爱情的理解全是从书籍中看到的美和理想。以为脉脉含情便能让对方迅速体验天堂般曼妙的甜蜜。他不懂，恋人的心在为花香陶醉的同时，也渴望聆听大海深沉凝重的呼吸，渴望闪电的蓝焰带着烧灼般的吻燃遍全身，甚至渴望火山爆发时足以摧毁一切的气势和激情。

他——实在太年轻太幼稚了。仔细追忆，导致他们分裂的罪魁祸首，竟是一条区区十八块钱的连衣裙。他在白雁眼里一定不是个浪漫情场上的角斗士，所以，才会如此轻松地挥一挥手，坐上另一个男人的自行车后座。啊，假如时光能够倒流……

这个假如是许游失恋后最常涌现脑海的排比句，种种假设使他豪气万丈，他多么希望命运能给他一个弥补的机会，让他为爱赴汤蹈火，为爱不惜一切代价，哪怕付出生命都在所不惜。

嘿，小伙子，过来，我可以给你结账。

12号对他招手。他恍若未闻。身后一位老人微笑着提醒：叫你呢。

许游这才略显仓促地转身。眼角的余光似见13号频频回望，她真的好像有话对他说。这个念头一闪而过，已把她和白雁区分开来。娇小的白雁不可能有如此高挑苗头的身材，再则，两人气质也大相径庭：白雁眼神清澈明亮，举止热情活跃，她呢，那张精心修饰的脸毫无生气，给顾客结账时懒得招呼，整个人落寞消沉得像块冰。

可她为何要给他传递这样一个眼神？同是中国人？不可能。这里是纽约。不是闭塞偏僻的小镇。这里中国人到处都是，彼此擦肩而过已经麻木。那么，她也觉得他似曾相识？

许游心神不宁地结完账，经过13号柜台，她正低着头忙碌。

外面，雪下大了，清凉柔和的雪花扑到脸上，带着一抹恬淡的温情。很奇怪，一点不冷。皮夹克敞开着，胸腔里那颗心在有力地跳动，活跃异常。他朝汽车站走了两步，风雪中似乎传来一声恐慌的尖叫。

他蓦然回首，哪有什么人。

空旷的街道上，只有雪花从深邃的天穹簌簌飘落。而超市灯火，在黑夜里显得分外璀璨。透过巨大玻璃墙，隐约可见13号身影。她仿佛再次感应到他的关注，将视线投向窗外，徒劳地搜索。

她不可能看得见他。而他却将她隐藏着的某种绝望、压抑甚至不安恐惧等情绪尽收眼底。许游情不自禁回走两步，就见一位工头模样的中年男子突然出现，他魁梧的身躯像一座黑塔，挡在许游和13号之间。好不容易等他离去，13号也已不见踪影。

许游又独自伫立片刻，直到商店打烊。

这以后，许游天天去超市，没能再见到13号。他又坚持在油炸店工作两个星期。准备辞职的当天，接到家信。雪白的信笺上只有歪歪扭扭四个字：我想爸爸。

17.探亲

许游接到家信，并没立刻返回T镇，那段时间，重新申请的装修职位已有眉目。

装修工，整天跟木材、混凝土、水泥等材料打交道，这些多少跟童年的记忆有关。他喜欢搅拌水泥，喜欢双手沾满木花时原始粗糙的感觉。另外，闻枫也在旁煽风点火，说你一个大老爷们，想在纽约活得像个人样，必须得有个长久的、能混饭吃的手艺。写通俗言情你怕掉价亵渎缪斯；正儿八经让你西装革履做会计你嫌憋闷，怕扼杀灵感；洗碗工、油炸工、堆货员呢只是粗活不是手艺。装修工不同，这门边学边做即能掌握的技术，简单易学，在唐人街很有市场。

许游就这样进了佳艺装潢公司。猛学两个多月，对装修地下室、搭建阳台和工具房等活粗有掌握，这才利用周末一个休息日，搭车返回T镇。

一别大半年，去时落叶漫天，回来春暖花开。颜晓慧已硕士毕业，顺利地被招聘进一家会计事务所，起薪三万。拿到工资的第一个月，她买了辆二手车，带女儿在单位附近租了套两室一厅公寓房。梦儿也全托进幼儿园。这些做学生时梦寐以求的东西，一夜之间成轻而易举之事。

找工作初战告捷的颜晓慧容光焕发，那颗执拗、孤独、委屈的心终于平静下来了。在等待丈夫回家的日子里，她把两人之间的矛盾归结为穷。现在好了，三万年薪，按T镇的生活水平，一家三口也算初步达到小康。

她像大部分上班族一样，过起朝九晚五的生活。工作很快上手，也开始拥有属于自己的部分空闲，反倒失眠了。于是，等待变成煎熬，并带着隐忍的烦躁和紧张不安。就在近乎绝望的时刻，许游提着一只简单的行李出现在她面前了。

她惊喜交万分，一句话没说，纵身跃入他怀中，将他搂得那么紧。生怕一松手，他会再次不辞而别。

这是她的男人。不会挣钱、不会做家务有什么关系？只要他有一副宽阔的可以依靠的胸膛，只要他热烈回应她的拥抱和亲吻。这份温暖和施与，便足以抵消一切不快。她和梦儿的生命中不能没有他。只有失去才知道宝贵。他终于感知到了她的相思，听从召唤回来了。

颜晓慧不说一句话，任凭眼泪在脸上奔流。许游被她爆发的激情带动，情不自禁回吻她。当他用那双洗过碗、刨过木头、油炸过海鲜的手解开妻子胸前的纽扣时，颜晓慧却在这完全粗糙的触摸中清醒，猛地睁开眼，一把反握住他的手。

不用看，凭三年打工经历，知道老茧意味着什么。一个在报社做编辑的手不可能长出那么多老茧。还记得恋爱时，令她感慨最深的莫过于那秀才般柔软的双手了。她曾满怀虔诚，小心翼翼地抚摸过上面的纹路，似乎它们是灵感的标记。而今，这些标记已被许游曾经深恶痛绝的粗俗磨灭。

颜晓慧不知是喜是悲。叫他学会计不干，在纽约做粗活倒来劲得很。他宁可要那点所谓的自由，也不要她和梦儿。他们在各自的追求上相差太远了。颜晓慧叹出一口气，呆呆出了神，初见他时忘我的投入，在关键时打了折扣。

许游，注定跟她不同步的许游，却被情魔蛊惑着，一改以往的被动，变得所向披靡、一往无前。他飞快脱去汗衫，那身变得粗壮的骨骼和体魄，在充分显示男性力量的同时，也进一步证实了颜晓慧的猜测：他跟她当年一样，以打工为生。

颜晓慧的手在空中张开片刻，又无力地垂下。

身体强健的许游，动作果断有力，强制中甚至带着令人不安的粗鲁。她似乎在挣扎，另一股力却拼命要贴紧他，与他融为一体。

她感到了疼痛。傅青的面影清晰浮现，一举一动鲜明生动，好像从来没离开过她。只见他的嘴唇一张一合，似对她说：我爱你，我爱你……

傅青的爱之宣言犹如狂潮，把她从头到脚淹没。他们拥抱着黑夜，在潮湿的草地上，在星光灿烂的夜空中，经历了一场摧毁与被摧毁、碾碎与被碾碎、征服与被征服的战争。如果，他们的战争没有引起轰动，接下来会是什么？会是只属于他们的那股难以言喻的狂欢吗？

颜晓慧头痛欲裂。那一夜，身边睡着丈夫许游，梦境里全是傅青。她为之战栗为之心悸的同时，也被一股近似绝望的狂喜所俘获。迷迷糊糊中仍有意识，她竟对傅青屈服了？她疯了，真的是疯了。这么多年来，竭力摒弃这段恋情，似乎它是一团深红的、不屈不挠的火球，稍有不慎，又会猛烈地燃烧起来。青城没有人知道，包括她父母。大家都以为许游是她的唯一。她也在不断的忘却中深信这一点……

第二天清晨，颜晓慧从梦中苏醒，心口怦怦乱跳。到底是一种什么样可怕的力量，又把她扔回到过去？恋爱时爱得纯粹忘我，以为爱能弥补一切。所以，对过去的隐瞒心安理得。可是，那极力要逃避的并引以为耻的堕落，却像对她施了魔法，在梦境中让她体验到难以言表的狂喜和疼挛。她心惊肉跳的同时，也模糊感知傅青在生命中的角色和分量。他们曾经合二为一，她的身体里有他的精液。她不是许游的唯一。

这对许游不公平。许游。好像现在才意识到身边躺着的男人是他。他睡得很沉，脸容恬静、安详，对她梦中体验的细节一无所知。颜晓慧突然感到不安，十分强烈的不安。为掩饰这层不安，她走进浴室。

傅青已成历史。一个她发疯般想要深埋掩盖的历史。决不允许自己的思想再有片刻差错。她在激越飞溅的水流下冲洗身体时，脸上带着毅然决然的神情。等她穿上另一套睡衣走出浴室，心里的不安已被歉意替代。

游子，我要给你和梦儿买一幢大房子。你有你的书房，梦儿有梦儿的游戏室。我呢，会在屋子前后种满芭蕉。记得奶奶给我讲怀素用芭蕉画画的时候，我的眼前就出现了芭蕉"天授笺"那种宁静又充满生活情趣的居住环境。

颜晓慧依偎在许游身边，一手插在他浓密的黑发里，另一手在空中指指画画。许游哼哈两声，身体上的疲劳使他再次产生睡意。

在纽约住了六个月地下室，两条腿没有伸直过。现在好了，想以什么样的姿势睡觉都可以。他舒服地绷直双腿，伸个懒腰，对颜晓慧有关房子的设想毫无兴趣。这个时候，如果非要说点什么，他会充满感情地描述他和钟渝、闻枫赁租的地下室，会把钟渝对写意识流小说的执迷不悟当作笑料般调侃，心里仍保留钦佩。

钟渝有句话让他非常感动，他说很多人嘲笑他，说他傻。那是他们根本无法理解他的信仰，一种朝圣者才有的信仰。他说他渴望在文学这条朝圣路上，能成为荷马笔下那些满身战伤却永不屈服的英雄。因为只有这样才能领悟文学之道，抵达缪斯之门。

缪斯之门。

钟渝说得多好啊。自此，许游便似从蓝天白云深处，看到一扇金碧辉煌的拱门，它由掌管一切文学艺术的女神缪斯把守，谁若得到她的青睐，便能神驰入门，自由翱翔。西藏的朝圣者们一步九叩，步步艰辛步步是血，哪怕牺牲生命也在所不惜。他们这些文学路上的朝圣者呢，更需要付出心灵上的坚持和沉静。

许游想到这里，心潮起伏，睡意顿消。他猛地起身，从床上坐起来。正沉浸在房子梦里的颜晓慧，以为他跟她一样，在为房子激动，解说得更加有鼻子有眼：房子是永久性投资，二十万可以买幢三层楼别墅。每月只需花一千块不到的贷款。以我目前的工资绰绰有余。哎，你帮着做做参谋，过两天我们一起跟经纪人看房，好吗？

经纪人？许游听得稀里糊涂，瞪着她问。

颜晓慧使劲点头，红光满面道：我已跟房地产经纪人联系过了。他也是中国人。他说美国还没彻底走出经济萧条的低谷，房地产生意不景气。大批滞销的房屋急于抛售，价格十分优惠。这个时间买房最划算。

许游竭力理清思绪，才大致明白对方的意图，顿感无趣。对他来说，能有钱租两室一厅的公寓已属奢侈。聂老来美国兢兢业业工作八年，只租得起地下室。他们倒要一步登天，买房？

买房是投资，但凡有点头脑的人谁愿意把钱扔给房东？那可是白扔，收不回来的。颜晓慧洋洋得意地算计：我目前的薪水够买一套二十万以内的房子。先买着吧，反正这工作稳定，今后每年还会涨工资。假如，我明年通过会计师资格考，自己成立会计事务所，年薪至少十万。这个数字还是保守的呢。到时，我们再换个更大的，怎么样？颜晓慧开心地陶醉在她的梦里。

许游哦了一声，没说话。他的心思不在房子上。不过，在颜晓慧的一再逼问下，才无所谓道：那是你的钱，我无权干涉。

什么我的钱？颜晓慧捶他一拳，嗔道：我的钱就是你的钱，今后不许这么见外。听到吗？我们的梦想才刚刚开始呢。游子，把会计这个文凭啃下来，帮我一块开事务所，好吗？我想成立的是我们的事务所。当然，通俗一点的说法也叫肥水不外流。想想吧，十万年薪哪。

颜晓慧的声音充满诱惑，另一只手不停地抚摸他。许游的眉头渐渐皱紧。又是会计！他的心里涌起一阵厌恶。同时盯了颜晓慧一眼。她——竟这么快就忘了，忘了他是谁，忘了当初鼓动他出国时许下的诺言，更忘了他们之间无数的争执和不愉快？如今的她全身心沉浸在找到工作的胜利中，熠熠双目只盯住实实在在看得见摸得着的东西，比如文凭、证书、房子、事务所。人各有志，这本无可非议，她可以为她所定义的成功狂呼庆贺，可以自以为了不起，却没有权力来安排和支配他的人生。

这么看着我干吗？不相信我刚才的话？不相信我们会有十万年薪？颜晓慧捧住他的脸，仔细地瞧，她看到了里面的一丝阴霾，知道那些全是无病呻吟的东西，在残酷的现实面前不堪一击，所以也懒得深究。再说她太忙，一个女人，既要顾家，又想创业。如今虽有工作，还只是成功第一步。会计事务所，她朝思暮想的会计事务所，假如许游能够回心转意，和她一起，该多好啊。

游子，答应我，把会计这个文凭拿下来，算是我和梦儿求你，好吗？

许游推开她，心里翻江倒海般掀起一阵苦涩浪潮：一个男人，如果他的脚下还没有一块坚实的土壤，能算作顶天立地吗？当初颜晓慧爱上的是他那股写作力量。如今时过境迁，这股力再强大，她都已无法理解。

他实在太累，累得不想多加反驳，不想把早已重复一千次的理由再重复一遍。他嘴角微微抽搐，长叹口气，往床上一倒。心又开始隐隐作痛。假如，她是白雁或其他志同道合的伴侣……只一个假设，超市偶遇13号营业员的风雪之夜，从记忆的屏幕上凸现出来。舌尖上再次品尝到雪花的清凉，而灯火阑珊处，由伊人、飞雪构筑的浪漫，也暂时驱散了眼前的苦闷，给他带去无穷无尽的遐想。

室内出现短暂沉默。颜晓慧也叹口气。不过，她错误地理解了许游的沉默和平静，以为这是妥协的信号。

正是在这个尴尬的时候，女儿梦儿从小房间里出来，她陌生地瞪着躺在床上的许游，一动不动。

梦儿，快来叫爸爸。他是爸爸，是爸爸啊。颜晓慧一见女儿像看到救兵，快乐地招手。许游也似被注了强心剂，睁开眼睛，头高高昂起。

梦儿？那张曾布满湿疹的小脸，已经光滑白嫩。半年不见，小姑娘脱胎换骨一般，神情举止大变。她听了妈妈的话，只随便地朝许游望了望，便钻进母亲怀里，吵着叫肚子饿。

梦儿，再仔细看看他是谁。是爸爸，梦儿的爸爸，忘啦？你小时候最亲他，只要他抱，小嘴巴里唱歌似的叫：我要爸爸！我要爸爸！这些都忘了？

颜晓慧抱着女儿边亲边问，声调极度温柔，同时得意地斜睨许游一眼，仿佛在说：看啊，现在女儿跟我亲呢。你妒忌了吧？这就是你不辞而别付出的代价。

许游手伸在半空中，"梦儿"两字堵在喉咙口。他怔怔地盯着女儿，记忆中那个眼睛乌黑闪亮、眷恋着他的、时刻以她孩子的信任寻求支持的小东西，似乎已被永远定格在那个时间段，不再回来了。

我要吃冰激凌。梦儿突然大叫。颜晓慧嗔道：人来疯，大清早吃什么冰激凌？

我就要冰激凌。梦儿不依不饶，一把推开妈妈，自己进厨房开冰箱。

许游紧紧盯着女儿的身影，眼眶蓦然一热。冰激凌，冰激凌。梦儿现在可以随心所欲地吃冰激凌了。当初，想当初，他身无分文，眼睁睁看着冰激凌车驶过，眼睁睁看着梦儿追赶冰激凌车时的伤痛欲绝。那一刻，他要找份工作的愿望压倒一切。不为颜晓慧的美国梦，只为梦儿能随心所欲吃上冰激凌，他这棵中国的芦苇，也得暂时变成英吉利干草。

梦儿捧着一碗冰激凌，又回到颜晓慧身边。她吃得有滋有味，仿佛故意吃给许游看。谁说小孩没记忆，不懂报复？她吃着妈妈买的冰激凌，潜意识里在怨恨他的离弃和背叛？

许游的心再次隐隐作痛，伸出去的手缩了回来。

许梦吃完冰激凌，一溜烟跑出门，去找邻居的小朋友玩。许游倒在床上，眼前全是梦儿小时候的身影。

颜晓慧见他如此失落，抿嘴轻声一笑，将脸凑近，问：看到孩子的态度了吧？自己的孩子总要生活在一起才亲热。你这次回来，别走了，多跟梦儿培养培养感情，好吗？颜晓慧接着还说了很多话，许游不置一词，直到她提及移民，才心不在焉地问：移民？什么意思？

它是永久居留证。颜晓慧喜滋滋道：我们单位答应帮办，同意你和梦儿作为家属一块申请。多好啊，这可是很多人不惜一切代价争取的绿卡呢。

家属？要我作为家属申请？许游愕然。

你难道不是我的家属？

许游微微一愣，道：倒也不是家属不家属的问题。我对这些繁文缛节不感兴趣。移民？没想过。要办你办吧。我不要。

你不要？颜晓慧猛地坐直身子，瞪着他问：你不要？

不要就是不需要。许游茫然道：永久居留？还真没考虑那么远。

许游这副事不关己高高挂起的态度，把颜晓慧激怒了，她提高声音责问：这么大一件事，你轻描淡写几个字？这是一个有责任心的丈夫应该说的话吗？难道你不是一个要吃五谷杂粮的正常人？难道你只需凭空气而活？诗、小说这些如能填饱肚子，还用得着再出卖苦力，混在纽约唐人街那些没有身份、没有学历的偷渡者中间？颜晓慧越说越气，眼里带着鄙夷，尖酸地指出：你这不是自尊，你这叫自私、麻木。你根本忘了自己还是一个有家庭的男人。

用得着发那么大的火？许游冷冷地反问，眼神凛然道：你可以瞧不起我，可以把我的自尊踩在脚下，这是你的自由，我无力强求。但请你，请你从今往后千万别再拿家庭两字限制我压迫我。告诉你，早知婚姻是这么个陷阱，我宁可不要。

陷阱？你说我们的婚姻是陷阱？颜晓慧脸孔煞白。许游终于道出心底不满。这是她最怕听到的话。

许游星期天搭车返回纽约。夫妻间关于移民申请的事最终没能达成共识。丈夫的偏执在颜晓慧眼里已属病态。

死要面子活受罪。这是她在他离开前抱怨的最后一句话。

许游发了一阵呆。移民、车子、房子，这条物质链在颜晓慧找到工作以后是越扯越长，永无止境。梦儿也跟他疏远了。她曾在妈妈心情好的情况下，专注地盯过他两眼，试图搞清楚他到底是谁。后来，父母间矛盾激化。她先是被吓坏，随即选择跟妈妈站在同一战线：你走，你是坏人。我不要你在家里。她突然像一头发怒的小狮子，圆睁双目，用力将他往门外推。

这个曾给他带去无数快乐和感动的小东西，已与他彻底隔开，变得十分陌生。他甚至预见二十年后，她将是另一个独断独行的颜晓慧。

许游离家时心情沮丧。不过，当车子驶近纽约，就有如释重负之感。他又一次听到了来自屠格涅夫《门槛》里那一个缓慢、沉重的声音：

"你想跨过这门槛来做什么？你知道这里面有什么东西在等着你？"

"我知道。"

"寒冷、饥饿、嘲笑、轻视、侮辱、疾病、完全的孤独甚至于死亡？"

"我知道。"

"跟人们疏远，完全的孤独？"

"我知道，我准备好了。我愿意忍受一切的痛苦，一切的打击。"

"就是你的亲戚、你的朋友也都要给你这些痛苦、这些打击？"

"是……就是他们给我这些，我也要忍受。"

许游的嘴唇轻轻蠕动，极目远方。缪斯女神的美丽脸容，正在那高耸入云的浩渺空间。她，如同黎明前初升的旭日，让他在无限的灿烂中感受肃穆和深邃。

18.空中来信

春夏两季是装潢公司最繁忙的季节。给居民搭建阳台、工具房和装修地下室甚至翻修商业楼房等活，把每个员工忙得连轴转。八月中旬，公司派许游和另外两个能工巧匠王强和张义，去给一位叫劳伦斯的客户装修地下室。

劳伦斯五十岁左右，身材高大健硕。一对阴郁乖戾的眼睛，闪烁着戒备的光。他挡在门口，不让他们进屋：我并没叫你们公司。我要的是另一家公司。另一家。

没有叫我们公司？王强一听火了，据理力争道：上个月底，难道不是你打电话到我们公司，要求免费评估吗？

上个月？上个月我打电话？劳伦斯双眉虬结，眼珠定了定，突如其来的一阵烦躁使他的五官扭曲得十分厉害：天哪，肯定是该死的麦克。他怒气冲冲地问：是他打电话叫你们来的？

我们只知道你家地下室需要装修。王强老练沉着，语调不卑不亢，流露出一副既来之则做之的决心。

这个疯子，这个该进地狱的疯子，做事心血来潮，毫无计划。麦克，你这挨千刀的，心里只有这些黄皮肤香蕉人。劳伦斯这通抱怨猛烈突兀。胆子小的张义完全蒙了，不知如何应对。许游则冷眼旁观。他为何要排斥他们公司？疯子麦克又是谁？事情一开头就出乎意料的复杂。许游的好奇心被调动了，静等事态发展。

劳伦斯牢骚过后，自认晦气地把他们带进地下室。他大致比画了装修意图，强调封锁所有地下室门窗。

封锁门窗？真不可思议。人家巴不得给地下室开出一道门来。他倒好，现成门窗不要，反自掘囚室。当然，他们只是工人，只负责实现客户意图。劳伦斯走后，张义轻吐一口气，小声说：真是个神经病。王强冷哼一声，开始干活。许游道：听说很多老美喜欢练中国太极。我看这个人特像练功不得要领导致的经脉错乱。许游这话一出，大家都笑。

整个装修过程大约十天左右。正式投入工作后，劳伦斯每天会抽时间过来监工。偌大一幢楼房，整天静悄悄的，除劳伦斯外，再不见第二个人出入。就这样，时间走到第三天，工程完成三分之一的时候，这家开始闹鬼了。

先是胆小心细的张义发觉异样。他工作到一半，突然停住：你们听——他抬起头，眼神紧张地盯着天花板：上面，上面好像有东西。

三人屏息谛听，果然听到一阵断断续续、类似怪兽嚎叫的声音。声音压抑阴沉，并伴随着极度的烦躁和痛苦。仿佛一头被关在笼子里的动物，在徒劳的挣扎中寻觅出路。

会不会是狼？张义哆嗦着问，飞快掠一眼后园树林，颤声道：我有一位在农场工作的朋友，亲眼看见过狼。他说树多的地方肯定有野兽出没。

别瞎猜。王强嘲笑道：狼倒不至于，狗还差不多。美国人喜欢养狗。劳伦斯也不会例外。

如果是狗，肯定整天围着劳伦斯转，我们会不知道？张义提出疑问。王强想想也对，凝了会神，暗自琢磨着低语：那会是什么呢？

是人！一直没说话的许游突然开口。这个结论把同伴吓一大跳。

人？什么人？张义结舌道，眼前出现的是青面獠牙的厉鬼。后园大片树林已失去原有魅力，变得阴森恐怖起来。

王强也被这个假设调动起好奇心，追问：你说人？会是谁？

是一个叫麦克的疯子。许游从独自冥想中回过神，推断道：还记得劳伦斯的那通抱怨吗？他说这个装修电话是麦克打的，他骂他是个疯子。当时以为气话，现在看来，这个叫麦克的很有可能住这幢楼房，他也许是弟弟也许是儿子。反正不是个疯子，也是个有一定怪癖的隐居者。

不管许游的推断是否正确。得知楼房里还住着一个疯子或行为怪癖者，总不是件叫人放心的事。王强晃了晃手中的铁榔头道：他要敢擅自闯入地下室半步，嘿，我这铁榔头可不是面粉做的。

第四天，楼上毫无动静。王强哈哈笑道，疯子已经接到铁榔头警告，不敢再轻举妄动。他们尽可放心工作不受干扰。

这幢楼房有秘密。绝对有秘密。当许游从堆在墙角的杂物中找到一块巴掌大的真丝手帕时，整个人呆住了。

这是块中国制造的苏绣手帕。手帕右下角用翠绿的丝线绣了几株弱柳。杨柳婀娜多姿，像女人头上飞舞的长发。这是一块在中国随处可见的普通手帕，为何出现在劳伦斯的地下室？种种假设掠过脑际，生怕张义再受惊吓，许游对他们隐瞒了这一细节。

接下来两天都很平静，第六天，许游正要开门取材料，只听楼上砰地发出一声巨响，还没等大家回过神来，就见一位三十岁左右的年轻人，跌跌撞撞从厨房跑出来，直奔后园树林。他边跑边带着可怕的激动，嘴里发出一阵阵惊慌失措的哭诉：唔，你在哪里？求你，别哭了。你别躲起来，别让我找不到你。

他双手痉挛地伸在空中，东张西望一番，突然惊恐地原地乱跳，嘴里发出难以遏止的尖叫：啊，血！我看到血了！唔，你别吓唬我！你说死了也要变成厉鬼，缠我一辈子！不要，不要！

极度的恐惧扭曲了他的五官。他开始跺脚，狠命用头撞树。那一阵阵猛烈的撞击声，听得人胆战心惊。

我看要出人命。王强呆怔片刻，想跑出去劝阻，劳伦斯回来了。他阴沉着脸，急匆匆走过，只附在青年耳边轻声说了句什么，对方立刻像泄了气般低头奄脑，乖乖地跟着回屋了。

原来这幢楼里真的藏着一个疯子啊！张义发出一声心有余悸的惊叹。王强道：难怪劳伦斯会这么反复无常。那位疯子，看来就叫麦克。许游推断得一点没错。

许游没有参与同伴议论，他仍在反复琢磨疯子的独白：唔——唔——这个被频繁使用、类似中文"唔"字发音的声音，开始以为是哭音，后通过上下文猜测，更有可能是一个名字，而且还是个女人的名字。吴？舞？雾？伍？难道——会是中国女人的名字？他做出这一大胆假设时，眼前闪过真丝手帕。如果两者有联系，那么这个中国女人也应该在这幢楼房里。

许游离开时，刻意抬头，朝三楼张望。这一望，便仿佛看到一个披头散发的女人。他一惊，再定睛瞧，女人已如幻影般一掠而过。

是错觉还是真有其人？那人像中国人吗？许游很想利用一切机会，解开心中疑团。无奈劳伦斯已提高警惕，最后几天，天天在家蹲点，疯子安静了，三楼也毫无动静。

收工那天，劳伦斯在厨房写支票，许游手上拎着工具，跟在张义王强身后，走出地下室。他深深呼吸一口新鲜空气：终于完工了。这个工程时间不长，和其他工程比较，也不特别辛苦，可它，却是目前为止令他感觉最压抑的一份工。因为劳伦斯的阴郁，还是疯子的突然出现，还是……

许游习惯性抬头，心底仍有疑问未解。三楼还有人吗？如果是中国女人，到底是一种什么样的命运，把她和劳伦斯一家联系在一起？以什么身份居住？自愿还是被迫？她，最重要的是，幸福吗？一层莫名的担忧袭上心头。许游双眉深锁，眼睛注视着三楼窗口。再过几分钟，他们就走了。走了，永远不会再回来。而她，假如真有这么个她，她的故事也将和真丝手帕一起，成为谜团，被湮没在岁月里，无人知晓。

许游一阵感伤，眼前模糊了。仿佛感应到来自他心灵深处的牵挂，楼上窗子被轻轻推开，恍惚间，又似看见那个披头散发的女人。她正焦灼地对他做着手势。他怔怔地昂着头，脑子一片空白。就在这时，一个白色纸团从天而降，不偏不倚，正中他肩膀。他一抖，随手接住，身手之敏捷，似两人约定的里应外合。

许游将纸团捏在手心，人随之清醒。再抬头，楼上窗户紧闭，没有一丝异样。王强和张义把工具搬上车后返回，劳伦斯拿着支票走出家门，招呼王强。许游站在他们旁边，额头沁出汗水。劳伦斯漫不经心地瞥他一眼，他紧张万分，一颗心怦怦乱跳，似要跳出胸膛，生怕劳伦斯会识破内情，把纸团抢回。

终于熬到结束。王强启动车子，张义欢呼一声，倒在一边抓紧时间休息。许游这才心急慌忙展开这封空中来信：

好心的先生，救救我吧。

开头这句话正合许游预感。他急切地读了下去。

　　我叫凌舞，来自中国江苏苏州。我和我现在的丈夫麦克是从网上认识的。从恋爱到结婚，他隐瞒了家族精神病史这一可怕的事实。我是嫁过来后才知道的。我自杀过两次没有成功。从此，就在这个与世隔绝的人间地狱里备受摧残。

　　麦克的爸爸劳伦斯是一个连禽兽都不如的魔鬼。他限制我的人身自由，断绝我跟国内家人朋友的联系。麦克得的是间歇性精神分裂症，三百六十五天中，大约有一百多天正常。当麦克正常时，劳伦斯会允许我们去他开的商店打工，但时时刻刻派人监视跟踪，不让我跟外界接触。麦克发病，他就把我反锁在三楼卧室。你们来装修地下室这几天，为怕我发出声音，他在我的饭菜里下安眠药，这样，我在白天就跟死人一样了。

　　先生，我现在身体已非常虚弱，我想，我恐怕快要死了。可我就是死也要死在中国。我的家人至今没能跟我联系上。我爸爸曾经做过律师，先跟他取得联系，告诉他我遭遇的一切。他一定会想办法救我回家的。下面是我苏州老家的地址。

　　另外，知道这件事的人越少越好。劳伦斯在外州还有房。如果事先走漏风声，他肯定会把我藏到其他地方。那样我就死无葬身之地了。

　　求求你，好心的先生，想办法救救我吧。报酬绝对不成问题，我爸爸有钱，事成之后，他一定会支付酬金的。

　　凌舞跪求。

19.凌舞

许游一介文弱书生，平时又耽于幻想，从小到大没跟什么人动过粗。凌舞的一封信唤醒了他沉睡已久的英雄气概。

虽然，信中有关报酬的话太过世俗。难道他是那种只为报酬才提供帮助的人吗？

聂老不这么认为。这里是美国。他说：什么都讲究公平交易。对于一个陌生人的帮助，金钱其实是最好的感谢方式。

根据聂老提出的方案，暂时不联系凌舞家人，远水救不了近火，她爸再有钱，不懂美国法律，知道了能起什么作用？赶快报警。聂老叹息着摇头道：上个星期的报纸刚刊登了一篇家暴采访实录，意在鼓励她们走出阴影，勇敢地说出自己的不幸。

凌舞的困境不仅仅在于家暴，她还被劳伦斯非法囚禁，失去人身自由。

许游报警时，回想起凌舞信中说她快要死了等话，又联系唐人街一家医院的内科主治大夫。接信第二天，警察、医生、许游和聂老同时上门。劳伦斯措手不及。凌舞被医生助理用担架抬出这座人间地狱时，正陷在发热昏迷之中。她眼睑紧闭，脸颊消瘦苍白，那份虚弱不堪的憔悴简直让人不忍心看。

被带到警察局的劳伦斯交代了所有罪行，除隐瞒家族精神病史、家暴、非法囚禁外，还在儿子麦克发病期间强暴凌舞。他封闭地下室的目的正是为进一步囚禁凌舞。三楼卧室有窗户。他厚颜无耻道：我怕她惊叫，怕她挣扎，怕她跳楼自尽。地下室封闭后，这些后顾之忧即可杜绝。

简直是禽兽，该被千刀万剐。

聂老气得大骂，第二天即在"社会写真"版以《弱女凌舞，身陷囹圄 诗人许游，书生救美》为标题，报道了整个事件的来龙去脉。一时，凌舞的遭遇引起社会广泛关注，报社电话铃声不绝，读者来信众多。同时，许游这个书生救美的形象已被戏剧化。猎奇心重的读者，不再满足于事件的偶然或天作之合。那张从三楼飘下的纸条，在多次重复后被渲染成传奇。纸条又不长眼睛，为什么砸中的不是王强，不是张义偏偏是许游？他们之间说不定是旧相识。

许游，快老实坦白，你跟凌舞以前是情人吗？你去装潢公司是卧薪尝胆等待时机吗？编辑部有些爱开玩笑的，跟着起哄。

聂老笑道：是黑是白，等见了凌舞自然分晓。

凌舞成功获救，为防劳伦斯家人捣乱，在聂老的安排下，被辗转送进一家华人医院。麦克和凌舞的离婚案已在受理中，离婚后她将获取一定数目的生活费。

可是，情况不容乐观。主治大夫韦医生说：她精神上所受的刺激，没有一年半载恐怕无法痊愈。韦医生让许游尽快联系凌舞家人，做好长期住院准备。她现在最需要的是来自亲人无微不至的照料。韦医生说：还有朋友的关怀和开导也很重要，这些都有利于她尽快走出阴影。

韦医生带他们进病房时，凌舞正安静地躺在床上，眼睛无力地合着。一张毫无血色的脸，在白床单的映衬下，显得越发惨淡。

听到开门声，原本僵滞的她，竟动作飞快地扯过床单，把自己从头到脚裹住，嘴里发出一连串惊叫：啊，蛇！蛇！别碰我！你……你别过来……麦克！麦克救我！救我！你们……你们禽兽不如！畜生……她的叫声凄惨恐怖，手脚并用，发疯地乱踢乱蹬，试图抵制强暴。

凌舞，是我，韦医生。

"韦医生"这三个字仿佛有神奇的镇静作用，尖叫声戛然而止，床单里的她渐渐停止抽搐。

凌舞，韦医生声音轻柔地安慰道：别害怕，劳伦斯已被抓起来了。你和麦克的离婚案正在办理中。你的噩梦醒了。你自由了，凌舞，听见我的话了吗？你现在非常安全，非常安全，再也不会受到任何伤害。

凌舞一动不动。韦医生走过去，轻轻揭开蒙在她脸上的床单，问：你不是一直想知道是谁救了你吗？我把他带来了。他叫许游。

凌舞听此，猛地坐起，床单从身上滑落了：一头凌乱的长发已被剪短，乱蓬蓬覆盖着前额，几乎遮住眼睛。瓜子形的脸清瘦柔弱，满是痛楚、惊悸和挣扎的痕迹。最让人触目惊心的是，被虐待的淤青遍布胳膊、脖颈以及衣领敞开的胸口处。

聂老不忍与她对视，把头转向一边。许游第一眼看也是恻然，接着，对方眼神里某种熟悉的焦灼使他一怔，再仔细辨认，她——正是有过一面之缘的13号营业员。

世界上竟有如此巧合？那晚在超市，想象力再丰富，也不可能把这一连串不幸加诸她身上。难怪她几次三番欲言又止，不敢轻举妄动，原来，她正生活在完全没有人身自由的监控之下。假如，他少一份浪漫遐想，多一点警觉多一点关注，她也许能早日脱离魔掌，从而少受四个多月的非人折磨。

这次探望，许游自觉责无旁贷，愿继续他的关心和帮助，直到凌舞完全康复。

开头两个星期，凌舞发病频繁，从她每次发出的尖叫声中，许游捕捉到一个令人胆战心惊的音节：蛇。

蛇，蛇。凌舞的遭遇还和蛇有关？这个疑问很快从警察局得到解释。供词中记录着这样一段和蛇有关的兽行：劳伦斯热衷养蛇，并以蛇为宠物，每次强暴凌舞前，必把宠物蛇放进室内，任其在地上四处爬行。他说，凌舞受惊后尖叫狂跳的样子非常刺激。

如何才能把蛇的阴影从凌舞心中根除？许游为此绞尽脑汁，最终和聂老商量出一个计策，并征得韦医生的支持和同意。

中秋节当晚，他们在医院的后花园架起一座铁炉，炉内燃着火，火焰美丽灿烂，静静地在月光里摇曳，猛一看，似两条火蛇在柔媚地舞动。

凌舞跟随众人来到花园，看到火，一个哆嗦，掉转头往回跑，被许游拽住。

他轻声在她耳边说：快看，那些害人的蛇今晚都没好下场。

话音刚落，聂老在火炉旁发出一声吼：烧！

韦医生随即把早已准备好的假蛇，一条条拎起，往火炉里扔。看到"蛇"，凌舞率先惊惶失色，刚想尖叫，眼里的恐惧顿时化作惊愕，直勾勾地盯着那令人难以置信的一幕：只听安静的炉火发出嘭的一声，第一条"蛇"被火舌咬住，瞬间被烧个精光；接着，无数条"蛇"被火燎燃，它们蹿动着扭成一团，霎时火星四迸，噼噼啪啪哀声冲天。也仅一眨眼工夫，这么多条凶猛的"蛇"便被火吞噬，灰飞烟灭了。

围观者热烈鼓掌，发出一阵阵叫好声。凌舞整个身体在火光里：这一切发生得太突然了，那条令人惊恐万状的蛇真的化成了烟和粉末？韦医生在朝她点头，许游脸露微笑。他们是她的救命恩人，他们绝对不会骗她。劳伦斯已被抓起来了。她和麦克的离婚案正在受理中。噩梦醒了。

她活下来了！她自由了！飞跑进病房的凌舞喜极而泣，一头扑在病床上，放出一声又长又响的哭声。

忘却真是件叫人幸福的事。烧蛇事件后，凌舞恢复迅速。经过一个月的精心调养，已脱胎换骨，变了个人，医生护士被她的美貌惊呆了。当然，只要联想起她所遭受的一切，不免感慨，对她照顾得更加周全细心。这期间，凌舞一直期待的父亲并没出现，而是寄来一笔钱，说有要事无法分身。凌舞把钱给了医院，在事情没得到彻底解决之前，哪也不去，以医院为家。

许游呢，探望凌舞不知不觉已成为他生活中一个固定内容。开始是韦医生要求他配合治疗，连讲话方式等都有规定。现在，凌舞彻底康复，他的任务就已完成。他依然乐此不疲，隔三差五去医院探望。凌舞也对他表现出高度的信任和依赖。她才二十三岁，正是女孩的花季。生命中刚刚经历过的挫折，给她原本苍白的美貌平添了一份令人揪心的东西。

许游，这是我绣的，送给你。

凌舞送给他一块真丝手帕，右下角一丛绿柳，迎风飞舞。这块手帕和劳伦斯地下室那块一模一样。许游出了神。凌舞偷觑他一眼，小心翼翼地问：你——不喜欢？

不是。许游收下手帕，随口感慨道：你似乎很喜欢柳树，为什么？

凌舞扑哧一声，笑道：因为我只会绣柳叶。本来想学绣竹子，结果绣不出它那种风骨。我妈说，绣什么东西跟性格也有关系。我吧，从小没主见，耳根软，经不起人家三句好话。假如，我有松树和竹子的精神，恐怕也不至于走到今天这一步。

凌舞的这番自我调侃，再加上娇娇滴滴的吴侬软语，犹如春风，一下拉近了两人的距离。青城离苏州不远，记得在光明职高时，珠算老师曾率领班里十位能手，去苏州参加珠算比赛。他是作为候补队员一块跟随前往的。记忆中，苏州自古以来就是出美女的地方，女孩个个眉清目秀，不要说穿着打扮，就连打算盘的姿势也别有一番情调。一双双精致玲珑的小手，仿佛用玉雕琢而成，它们拨动算盘时，在许游看来简直像弹琵琶像采莲一样优雅和有艺术感。

你——会打算盘？许游突兀地问。

算盘？凌舞颇感有趣地睨他一眼，道：现在谁还用这老古董？我呀，就会绣几片柳叶。除此呢，还会跳舞。说罢在他面前轻盈地一个旋转。

噢，许游恍然大悟地点头：你是舞蹈演员。难怪，名字里都带个"舞"字。

我不是演员。凌舞略感遗憾地纠正：我只是喜欢跳舞。我喜欢跳舞是因为我妈妈喜欢跳舞，所以，她才给我起名凌舞。

从名字开始，凌舞又陆陆续续谈起往事。她说父母在她八岁那年离了婚。她跟着妈妈。可不甘寂寞、急于要把自己嫁出去的妈妈，在她八岁到二十岁之间，一直走马灯似的换男朋友。妈妈喜欢跳舞，男朋友都是在舞厅认识的。那种地方你想有几个好人？所以妈妈在感情方面一再受挫，至今仍然单身。你问我爸爸？凌舞抿了抿嘴，道：他就是因为其他女人才离开我妈的。不过他早结婚了，又生了个男孩。其实，我爸爸对我还是蛮好的。几乎我要什么给什么。我一点都不恨他。从小到大，只要我有困难，第一个想到的就是爸爸。像这次……凌舞的声音戛然而止。许游赶紧岔开话题，东拉西扯一些新闻，又随手拿起一份报纸，从中摘取段落，读了起来。

你声音这么好听，做过话剧演员吗？凌舞眼里的阴霾这才散尽，好奇地盯着他问。

许游摇摇头，略显得意道：我也不是演员，我是诗人，是作家。

真的？那为什么不把你写的诗和小说读给我听呢？一听是作家，凌舞神情中带着崇拜，热烈发问。许游怔了怔，一股久违的感觉袭上心头。

自此，许游每次探望，都满怀热情地给凌舞朗诵诗歌。凌舞认真地听。如此的相处方式，仿佛回到那个青涩时代，他和白雁的初恋就是在杨柳堤岸的小河边，就是在那醉人的阅读声中展开的。假如时光能够倒流……

凌舞在他一连串有关过去的假如中，和白雁合二为一。许游惊愕地发觉，他开始连晚上都在想她了。有天吃过晚饭，翻开两页书便看不下去，心神不宁地在地下室来回走，最后，干脆跑去医院，到大门口才蓦然止步。

他这是在干什么？

他的脸颊火烧火燎地烫，一颗心怦怦乱跳。我只是想帮助她，没有任何杂念。他在黑暗中，对着医院的轮廓喃喃自语。可另一个声音清晰地告诉他：他正心甘情愿地被她吸引着，这种滋味初恋时品尝过，现在，似乎发酵得更香更浓。

颜晓慧却在这个关键时刻来信，告知她又怀孕了。检查结果是男孩。

许游大惊，问：这怎么可能？

怎么不可能？你自己做的事难道忘了？颜晓慧的声音很平静。她是铁了心要这个孩子。

20.又见傅青

得知颜晓慧怀孕，许游火速赶回T镇，试图说服她打胎。颜晓慧说：不行，我虽然还没接受洗礼，但每个礼拜上教堂读《圣经》、唱赞美诗，心里早把自己看成其中一员，怎么可能做违背上帝意愿的事情？

颜晓慧说这些话时，眼里隐隐跳动着轻视的光。

上帝？这个时候搬出上帝作挡箭牌，许游纵有再多怨气也只能忍着。果然，许游没有大发雷霆，他只是深感苦闷：结婚生孩子都是人生大事，为什么颜晓慧不愿顾及他的想法？为什么他总像被绳子捆住了手脚，身不由己地向前移动？当初一封越洋来信，迫使他放弃国内一切，稀里糊涂跑来美国，稀里糊涂做了父亲。本来，一个生命的诞生，应该同时拥有父母双方的期待和祝福，这样，对孩子公平，对父母也公平。这样，当孩子出生，他面对他才不会有愧疚之感。

我们还年轻，今后，今后……

今后，他和她的今后会是什么前景？许游一片迷惘。

仿佛感知他心底的迷惘，一直冷静的颜晓慧，听到"今后"两字，猛地昂头，像个陌生人似的盯他一眼，快速绕道走开。

她不再跟他斗了。再次怀孕的她，情欲已被日渐沉重的躯体压倒。她看着他，第一次感到自己摆脱了对他肉体的欲望。今后，孩子才是她重获新生的美满和幸福，是她发愤图强的全部动力。肚子里这个孩子，四个多月，每一次胎动传递给她的愉悦和满足，许游怎能体会？是的，她有足够的理由轻视他，并对他发出某种宣布权力的声音。

许游被颜晓慧无声的挑战刺痛。本来，风尘仆仆回家是想解决问题，她却以冷漠处之，好像怀孕是她一个人的事。她肚子里的孩子毕竟来自他的精液。他正在一天天长大，叫他如何能做到熟视无睹？

颜晓慧不肯流产。再多抱怨也于事无补。那么，面对现实把孩子生下来？而他，一个装修工，每月工资除掉吃饭交房租外，所剩无几，有能力成为两个孩子的父亲？刚来美国要找工作的生存危机感，再次无情地袭来。

回到纽约，幸好有几个文友可以发发牢骚。聂老和钟渝以前不知他生活底细，听完全文，替他直呼冤屈，大叫凄惨。年纪轻轻，就要成为两个孩子的父亲？许游啊，纽约这份工可是你最后的自由，千万守住阵地。不然一切前功尽弃。我们北美未来的文坛上，也将少掉一位叱咤风云的健将。

闻枫的观点比较务实，劝他别跟颜晓慧较劲：颜晓慧不是有一份很不错的工作？生活重担并没压在你一个人肩上。夫妻之间还分谁高谁低，讲究那么多？她想再生一个男孩，让她生好了，你不就做个现成父亲，何乐而不为？再说，你人在纽约，有什么好烦的？

是啊，孩子反正也不是他生，他人在纽约有什么好烦的？

许游如此为自己开脱，还是不轻松，一层朦朦胧胧的不安搅得他心神不宁。那段时间，凌舞父亲来了，父女俩去外州旅游。许游每天被无边无际的烦恼缠绕，更觉日子孤单难熬。

T镇这边，颜晓慧外强中干，日子其实并不比许游好过。会计师资格考迫在眉睫，复习资料一大堆。每天下班回家做完家务，照顾好梦儿，还得拖着臃肿疲惫的身体做习题，准备考试。

一天晚上，她做完几套试题，见梦儿在床上翻来覆去，问：怎么啦，梦儿？

梦儿一骨碌起身，眼圈红红地盯着她，说：我刚才梦见爸爸了。

颜晓慧一怔，盯着女儿出神。三个月，再过三个月，另一个活蹦乱跳的生命即将诞生。她不能让他再像梦儿一样，还没出生即被当成多余。这个儿子，她一定要给他完整的爱和物质享受。提到完整，少不了许游配合。颜晓慧如此一转念，打电话把预产期告诉了许游。还有三个月，你能回来吗？她问。

我提前一个月回来吧。许游答复。虽然听上去有些沉闷，但颜晓慧已经满足。回来就好。她说。

你——自己多注意休息。许游迟疑片刻，到底蹦出句关心话。颜晓慧嗯一声，一阵冲动，刚想说下个星期六要考会计师，他就已经挂了。

十月的最后一个星期六，颜晓慧终于迎来期待已久的会计师资格考。可惜天公不作美，到处是浓滞的雾，灰蒙蒙一片，把街道四周的房屋全部隐没。考试中心在城郊，为保万无一失，上个星期她就亲自驾车去确认了地点，结果发觉，交通顺利的话仅需二十分钟。当时心里像吃了颗定心丸。

谁料考试这天会有雾？这飘浮的雾使她心神不宁把握不住方向，原来熟悉的建筑物也变得似是而非。

她紧紧抓住方向盘，使劲睁眼，看不清楚路标。仿佛人在梦中。肚子开始隐隐作痛：孩子，委屈你了，忍忍，再忍忍，等妈妈考完这场试，我们哪都不去，就在家听音乐，妈妈答应你。一定。

孩子是一针最有效的强心剂。想起腹中胎儿，精神顿时好转。而车窗外的灰雾，不知何时已变轻变淡，正袅袅地散向高空。黎明的光亮迫不及待吞噬着白雾，天地突然开阔了，景物都显出它们清晰的面貌。

时钟指向八点整。考试已经开始。颜晓慧还没找对路。怎么办？额头上冷汗又开始沁出。急中生智，决定先找家公用电话亭，给中心打个电话。

什么？你在路上？大概推迟半个小时？别着急。千万别着急。我们等你。接听电话的是位男士，英语发音不纯，带着浓重的外国口音。他态度温和，而且，很奇怪地，让她有一种熟悉之感。那感觉好像在生命的某个阶段，跟她有过某种联系。

他——会是谁？颜晓慧反复在记忆中搜索。这份好奇，在找到考试中心后接待她的两位白人监考官的调侃声中，很快被紧接而来、需要注意力高度集中的考试驱散。

上半场考试得心应手。中间休息，因着急上厕所，起身太快，被椅子绊了一下，幸好及时撑住桌面。肚子又痛了。她习惯性用手托住腹部，行动迟缓地走出考场。

颜晓慧。监考官叫住她说：把你先生的电话号码留下吧，万一有什么紧急情况，我们好跟他联系。

会有什么紧急情况？孩子预产期在十二月底，还有整整两个月，虚什么？她支吾道，先生在纽约呢。

当她缓缓转身，去厕所时，身后传来窃窃私语：她——不会是快要生了吧？

这句话恰似一针催产剂，肚子隐痛突然变得剧烈起来。颜晓慧发出一声轻叫，赶紧用手抱着肚子。

她往墙上一靠，用手轻轻按摩腹部。一会儿工夫，阵痛果然消失。

颜晓慧松口气，费很大的劲挺起身子，试图去洗手间。无奈，双腿不听使唤，软软的，提不上一点劲。

我这是怎么啦？她昂起头，两眼直直地瞪着天花板：六个月的起早贪黑，难道就此化为泡影？

颜晓慧不甘心。在她的出国奋斗史上，比这厉害一百倍的困难，都能忍受克服。只要不是生孩子。她浑身一抖，眼里闪过一丝紧张绝望的光：这个宝贝儿子，不会专挑这个时辰来凑热闹吧？不会，离预产期还有整整两个月呢。

她咬紧牙关，再次强迫自己振作精神。而身上的每块肌肉每根神经，已由不得意志控制。

你——是晓慧？颜晓慧？

耳边忽然传来一声窒息般的低语。在她面前，不知何时正站着一位西装革履的中年男子。他已观察她很久，迟迟疑疑发出问话，仍不敢确定她是颜晓慧。

颜晓慧寻声而望，只一眼，便认出了他：傅青！

傅青，是他！是他！她被突如其来的相见惊得目瞪口呆。

他比年轻时清瘦，脸部轮廓粗犷，浑身上下散发着一股特殊气质，那是历经风浪后的沧桑和自信。他一直目不转睛地盯着她，眼里充满震惊、疑惑、伤感甚至羞愧等种种复杂的情愫。

　　你——是晓慧。四目交织，再没任何怀疑。傅青激动地冲上前。

　　不知哪来一股力，颜晓慧在他的叫声中惊悸转身。他……他终于来了。他说过这辈子不会让她独行。她心跳在加剧，一种被扼住喉咙般窒闷的喘息，使她昏乱。傅青的面影忽而冷酷忽而温柔。相伴天涯海角。这句话什么意思？什么意思？

　　他的声音模糊了。她摇摇晃晃走两步，阵痛再次袭来。她用手紧紧捂住肚子。

　　不好，快叫救护车。她要生了。

　　迷迷糊糊听到急叫，接着，脚步杂沓，人影穿梭。她潜意识里仍在挣扎，仍在试图逃避那股熟悉的气息。他在身边，真的是他。可是，她不要见他。不要。傅青的手伸出来，被她一把推开。疼痛在加剧，消耗着体力，使她举步维艰。

　　晓慧，你一定坚持住。这是他的声音。多么熟悉的一句鼓励。坚持，坚持。这么多年，他是否正是靠了坚持两字，才走到今天？

　　颜晓慧被抬上担架前，傅青的面容占据整个视角。时空错乱了，眼前闪过一幕幕和傅青有关的往事：傅青的情书，傅青对她一日不见如隔三秋的相思，傅青骑自行车带她去上考研班时的快活，傅青和她看通宵电影时的蠢蠢欲动，傅青对她的抚爱和关注……点点滴滴，是傅青曾经全身心的投入和付出。

　　颜晓慧阵痛开始时，许游正被交通堵在去肯尼迪机场的途中。凌舞一个电话，告知要跟父亲回国休养一段时间，说：临别还想再见他一面，不知他是否有空。许游当即放下工作，心急火燎直奔机场。他刚走，考试中心的电话来了。等他再心急火燎赶往T镇医院，孩子已经诞生，母子俩正安静地睡着。

　　许游匆匆瞥一眼儿子，心里混乱之极。儿子，儿子，你为什么要选择这个时候出生？你不告而来，你不是父母爱的结晶。如此降临本身就是缺陷，而万能的造物之手，竟愿意带着遗憾，造出这么一个小小的灵魂么？

"遗憾"，"缺陷"。这是许游面对新生婴儿，所能体会的最确切词汇。

这是一个不该诞生的生命，却被一路领来。等待着他的将是什么命运？

许游呆呆地望着儿子，似已预见笼罩在这个小生命四周那股无影无形的黑暗。

许游给儿子取名许芜，即"虚无"的谐音。

21.人籁

傅青的出现，似临产前的幻觉，之后，一切归于平静。为解开疑惑，颜晓慧又悄悄去了趟考试中心，并没见到傅青。颜晓慧糊涂了，分不清是梦还是现实。不过，到底舒口气。

因为儿子早产，再加颜晓慧只请两个星期产假，许游只得暂留T镇，照顾婴儿。有带梦儿的经验在先，日子倒也轻松。儿子出奇地安静，睡眠时间长，醒了也较少哭闹，吃饱喝足之后，一个人自娱自乐。他仿佛天性孤独。是否早已感知不受欢迎的命运，赌气而为？

许游开始构思他的首部长篇小说。常常，会停下手中的笔，望着摇篮出神。跟儿子独处的时间长了，父亲天性慢慢回升，心里涤荡起一股柔情。有时，父子俩眼神正好对在一起，他赶紧微笑，又是拍手又是召唤，着实忙乱一阵，效果却并不显著。儿子根本不为所动，淡漠地瞥他一眼，将视线越过他头顶，望到更远更深的空间，也不知在看什么，在想什么，呆呆地一动不动，仿佛被念了魔咒，又像看到更感兴趣的东西。

爸爸，你还回纽约吗？梦儿问。

朝夕相处几个月，梦儿又变成爸爸的女儿：读书、看电视、搭积木、画画等，原来一个人能静心做的事，都得爸爸陪伴。

爸爸，你会永远和我们在一起吗？

她紧接着问，眼里闪烁一层与年龄极不相称的忧虑。面对提问，许游支吾片刻，不忍让孩子失望，即以不容置疑的口吻答道：爸爸不回纽约，至少，在弟弟能走路之前，爸爸是不可能回纽约的。

沉浸于创作中的许游是幸福的。有时思路顺畅，一天可以写三四千字，离开书房的他虽累得筋疲力尽，但心满意足，那股惬意和充实使他飘飘然，忘记了生活中很多不得不面对的烦恼。是啊，如果能让他不受干扰地创作，纽约和T镇便没有任何区别，为什么非要回纽约？

孩子三个月时，颜晓慧顺利通过会计师资格考。三十而立，正是事业上大展宏图之际，颜晓慧一方面着手筹备会计事务所，另一方面打听房地产动态。社交应酬逐渐多起来。开始，单枪匹马赴约，人家还以为她未婚，争相介绍对象。她只得说服许游，全家一块出动。

张君是T镇房地产领域做得较为出色的中国人之一。为扩大知名度，他隔三差五在家请客。被邀请者除一些已经安家落户的和正在观望、举棋不定的老客户外，更多的是像颜晓慧那种刚找到工作即蠢蠢欲动的出击者。

某晚，又是张君请客。许游自投入创作以来，对颜晓慧惦记的人生大事，一概置若罔闻。终于答应参加聚会，也是抱着休闲或观察生活之念。谁知他一露面，即引起骚动。

晓慧，是你弟弟？有嘴快的，吃惊地瞪着他，口不择言。

是老公。颜晓慧纠正，众目睽睽之下闹个大红脸。她本来比他大两岁，近年格外操劳，看上去倒像比他大出许多。

好福气啊，现在年轻就是本钱。你老公——他在哪上班？又有人盯着问。

颜晓慧被逼无奈，只答"纽约"两字。

纽约？华尔街吗？

不，是唐人街。许游冷笑一声，问：除了华尔街，还应该知道有个唐人街吧？我就在那里打工，装……

我们许游是诗人。颜晓慧脸色微变，快速打断他，补充道：他是诗人，已经出了好几本诗集，是我们青城很有名的诗人。

哇——诗人。

众人看他的目光有些异样了。中国传统文人大都像爱画画一样热爱着诗歌。画与诗歌，一个描绘自然，一个抒写人心，两者交融，便画中有诗，诗中有画。那一行行雕镂人心的诗句，千百年来流传不衰。虽然，现代诗人的命运早已陷入寂寞，但他们的遗世独立，他们的孤高自许，注定了这一群体的特殊性。他们穿着皱巴巴的衣服，目光忧郁，游走在城市的大街小巷。他们身在尘寰，却早已超出喋喋不休的人籁。他们略显迷茫略带痴呆的眼睛，穿透了世人为之前赴后继的物质层面，进入一个更为广阔和丰富的世界。在那里，他们思接千古，纵情歌唱。这就是诗人。

许游被颜晓慧在这样的场合，以诗人身份推出，大家先是一愣，随即争相提些令人啼笑皆非的问题。譬如：出一本诗集能赚多少钱？你一般每天写几个小时的诗？等等。发问最多的自然是几个陪读夫人。她们已过而立之年，曾做过模糊的文学梦。一提诗歌，仿佛时光倒流，浑身轻飘飘的，做出许多少女般忸怩神态。许游看了滑稽，说：我早已不写诗了。

话虽这么说，可妇女们哪信？反倒来了兴致，争相在脑中回荡一些古老诗句。从陶渊明到李白、杜甫，再到苏轼等，冥思苦想，竟没一首诗背得完整。她们终于找到乐子，越想不出，情绪越发高涨，你一言我一语，再加嘻嘻哈哈，把个正常聚餐吵闹成了赛诗会。幸好主持人及时抛出房地产的最新动态。这一招果然灵验，刚才还一个个似《红楼梦》里苦吟诗的慕雅女，转眼之间换了副面孔。一听房价可能上涨，精神随即紧张。

室内霎时充斥着有关房价的议论声。声音一浪高过一浪。很多人根本听不清对方在说什么，只能凭口型判断。到最后，大家基本成了自说自话，各诉各的难题和打算。

许游静静地看着这一窝沸腾的人群。他的妻子，介绍他是诗人的颜晓慧，此刻也汇聚在这股旋涡里，神情专注，心无旁骛。

你移了吗？

身边传来问话。许游一扬眉，见不知何时，面前站了一位中年男子。精瘦的脸上一对眼睛又圆又亮，探照灯似的，瞄准目标，直扫过来。

你移了吗？他又问。

什么……医疗？许游吃力地辨别问话。

我说移民。你移民了吗？他提高嗓门。

没……没有。许游尴尬地摇了摇头，又尴尬地笑了笑，拔腿想走，被再次叫住。

你们买房了吗？他问。不等回答，他立刻得意地自我介绍起来：我已经买了，两年前买的。三百多平米。这个买房啊，像找对象，很多人以为好的在后头，所以挑三拣四，倒把前面好的错过了。你说呢？

许游硬着头皮支吾，正愁无法脱身，迎面又来一位中年男人，身材魁梧，相貌堂堂，一见瘦个子，即像老朋友般招呼：上次在酒吧看球赛，怎么没见你啊？忙什么呢？

瘦个子立刻笑答：带女儿坐海轮去了趟阿拉斯加。你说学校放春假，总得找个地方玩吧？迪斯尼玩厌了，谁都不想去。

阿拉斯加应该夏天去。对方十分有经验地接话。

谁说不是呢？瘦个子表示赞同，又略带无奈道：可是，我们百慕大和巴哈马都去过了呀。哎——你去哪逍遥？有什么好玩的地方，赶快介绍介绍。

我呀，这个假期没和家人在一块。

那你一个人？

陪老板飞了趟英国，看橄榄球比赛。

专程？

对，专程去看比赛，没别的任务。

你小子够可以啊，什么时候变老板身边的亲信了？

凑巧而已。对方哈哈大笑两声，一转身看到许游，随即问他：你爱看球赛吗？

许游说没什么兴趣。两人瞪他片刻，瞬间无语。幸好又有几个热衷球赛的，闻风而来。这些本来素不相识的人们，很快围绕一个共同话题，进行起一场激烈火热的交谈。

聚会到这时，人群已自动组合。已经买房、家业稳定者，纯粹为凑热闹而来。他们三五成群，或打牌，或聊球赛，相互说些转身便忘的寒暄话。正打算买房的，以张君为首围在客厅最宽敞的地方。身边的自助餐桌上摆满了各种香槟、沙拉、比萨以及精心烤制的中国点心。他们边吃边谈，翻来覆去几个问题，絮絮叨叨，谁都不嫌重复。

许游已完全被人群忽略。谁都不再记得他是一位诗人，谁也都没兴趣在他面前冒充风雅。

他自从创作小说，在心里已把自己同诗人区分开来。可是这晚，他却注定与诗重续前缘。

一首首烂熟于胸的诗歌轮流在脑海盘旋，最后停留在拜伦的《恰尔德·哈洛尔德游记》上。因为里面有几句诗，非常能反映他目前的处境和心态：

我自己最不适合与人们为伍

真是志趣各异

格格不入……

在《恰尔德·哈洛尔德游记》里，拜伦塑造了一位忧郁孤独的漂泊者形象。他独自怀揣着自由的梦想，左冲右突，孤军奋战。他厌倦了上流社会的纸醉金迷，既不肯妥协忍让，又不愿与普通群众为伍。于是，"他孤独地怀着忧郁的思想，终于下定决心，离开他的祖国，浪游海外炎热的地方"。

那一个晚上，许游独自站在一个角落，嘴角微微上浮。这一行行诗句，使他身处喧嚣却远离喧嚣。

22.小小的灵魂

儿子虽然早产，却长得白白胖胖，一点不输给足月生的孩子。到五个多月大时，可独自坐着，见到喜欢的玩具便手舞足蹈，指指点点。当他躺在摇篮里的时候，最热衷练习翻身，能轻易地从平卧翻到俯卧，却无法翻回。为此，闹出许多笑话。都说他是太胖了，导致身体笨重不灵活。好几次，梦儿和颜晓慧帮助他翻回身后，发觉他的小脸蛋已憋得通红，呼吸急促。但他沉得住气，很少哭闹，只使劲踢蹬两条胖腿，以示不满。

他怎么从来不哭？不会是个哑巴吧？梦儿奇怪地问，被颜晓慧厉声打断。医生检查的结果一切正常。颜晓慧便又酸溜溜地老调重弹，说许游的写作简直高于一切，连五个月大的儿子都知道委曲求全，尽可能给他创造一个好环境。

的确，儿子安静让许游省事不少，白天除写作外，还有大把时间陪伴儿子。

他不重男轻女，却渴望能从那个崭新的幼体里，寻觅到弟弟模糊的身影。

如今，真有了一个儿子。儿子。都说长相随妈，他的儿子偏偏像他。用颜晓慧略带讨好的话来说：跟他简直是一个模子里刻出来的。

他皮夹里珍藏着一张旧照，那是一周岁时和弟弟拍的，两人都穿着奶奶从大城市买的新棉袄。头发浓密乌黑，双目炯炯，直勾勾瞪视前方，又仿佛受到什么惊吓。许游眼里流露出的是短暂的迷失。弟弟不同。长大后许游经常琢磨，发觉弟弟眼神里隐藏着一丝恐惧。他到底害怕什么？是否已预见自身即将消失的命运？

许游如此走火入魔，又有些痴了。儿子坐在那里独自玩耍的身影，儿子与他静静相对的眼神，都使他的心颤抖得要跳出胸膛。小时候寻寻觅觅的感觉清晰如昨，仿佛又听到"弟弟"轻微的喘息声，猛然回头，眼前是一团强烈的白光。儿子手上正抓着一个玩具。狮子狗浑身雪白，毛茸茸的，一条尾巴松软柔和。儿子正拼命地咬尾巴，小嘴巴被胀得鼓鼓囊囊，开始还跃跃欲试十分淘气，等许游发觉异常，冲过去时，儿子的眼神跟弟弟如出一辙，充满着惊惧和害怕。

许游心里咯噔一下，强行抢回狮子狗。儿子终于哇地发出了一长串惊天动地的哭声。

那段时间，许游创作进展顺利。婴儿睡眠时间长。颜晓慧租的两室一厅公寓，环境安静怡人，窗外面对树林，到夏天枝繁叶茂时，便把对面的公寓楼全部遮掩了。

书房本来被颜晓慧安排在客厅，为方便照顾婴儿，许游又在卧室临时放张书桌，白天大部分时间都在卧室里度过。

从客厅到卧室再到窗外世外桃源般的风景，这里的一切——正在抽芽的树枝、阳光、鸟语、松鼠、房屋、春风……构筑了一个独立自在、和谐而空灵的世界。它和纽约地下室有着天渊之别。

环境怎么样？常常，颜晓慧会略带得意地问。许游支吾着，心思已经飘得很远。沉浸在创作中的他，对于物质及居住条件的变化，并没有太多知觉。他会为一句妙语高兴得手舞足蹈，会因理不清思绪长吁短叹，会为剧中人物性格的变化及情节推进而寝食难安，却从不挑剔衣食住行。

颜晓慧和他不同。她看世界，眼光永远无法超越物质层面。所以，她无法理解许游精神上的超越，更无法体验许游孜孜以求的"诗意地栖居"——它和房子大小、和外部环境没有关系。所谓"乘天地之正，而御六气之辩，以游无穷"正是这个道理。因为能"游无穷"的绝不是人的凡胎肉躯，而是人的心灵和精神。

两人因为追求的东西不一样，在过去几年里，不时发生矛盾，婚姻几近崩溃。颜晓慧本以为儿子的出生，会使夫妻关系更加恶化，谁知倒激发起许游天性中的父性。从儿子出生至今，他寸步不离。儿子的一个动作，一颦一笑，都让他惊喜万分。常常，颜晓慧下班一回家，许游就对她儿子长儿子短地汇报。只要关于儿子的，事无巨细，娓娓道来。梦儿早吃醋了，说爸爸偏心，对她可从没这么耐心过。父女俩为此又一阵饶舌。颜晓慧在旁听着感慨：这个家到底有了气氛。许游也到底像个做父亲的了。

那几个月真是一段难得的愉快时光，颜晓慧深感欣慰之时，心里又有股挥之不去的担忧。当初，为解燃眉之急，只要求许游在家六个月。她仍记得自己冰冷的、拒人于千里之外的声音：好歹你也是他父亲，算是尽义务吧。六个月，等儿子够条件上托儿所，到时你爱上哪上哪，没人拦你。

那实在是被逼无奈的气话。眼看六个月将到，眼看家庭重归和睦。颜晓慧很怕许游重提旧约。他——打算回纽约吗？如果真走，什么时候？多久回来？一天，梦儿悄悄问妈妈：爸爸一天到晚在纸上写字，不知道饿也不知道困，他——怎么会有那么多字要写？

女儿的话可谓让她醍醐灌顶，问得非常及时。许游痴迷写作，何不将计就计，尽量给他提供一个好的写作条件？从网上得知，国内许多作家已成功换笔，开始使用电脑创作。许游仍用笔耕耘。假如也能说服他……

颜晓慧说干就干，很快在电脑里安装好五笔程序。

颜晓慧这一举动，在许游眼里似乎又有点支持他写作的意思。至于五笔，出国前，曾在文友的怂恿下尝试过一阵，视为畏途。再加上当时写诗，就那么几行字，用笔似乎更痛快。

你现在写小说，不同。颜晓慧指着桌上一大沓稿纸道：看看，还要奶奶从国内寄稿纸。如果改用电脑就省事多了。光冲这一点也值啊。

五笔得慢慢来，不能急，先背字根，再学习拆字和打词组。为让许游尽快掌握，颜晓慧决定抽时间一块学。梦儿也不甘落后，把个五笔口诀表当儿歌背：王旁青头（兼）五一，土士二干十寸雨，一二还有革字底……

一个星期下来，母女俩把口诀表背得滚瓜烂熟，许游还只勉强记住横区口诀。

梦儿就说：爸爸，你别学五笔了。我还是爱看你写字，特别是睡觉的时候，那声音，沙沙沙，沙沙沙，传进我的耳朵，奇妙极了，我好像看到很多有趣的动物，看到大海、森林。

还看到什么？许游被女儿的话吸引着问。

还看到……看到彩虹、闪电，看到小熊被雨淋湿的可怜样。梦儿越说越来劲，颜晓慧飞快打断：好了，梦儿，你可别受你爸的影响，整天钻在一个虚构的世界里，神神叨叨。记住，家里有一个写字的足够了。你呀，长大后得接妈妈的班，学金融。

我不要接妈妈的班。梦儿一听立刻圆睁双目，尖叫着抗议：我才不要学你呢。我要学爸爸写字。我就爱写字。

好，好，你写字，到时看你喝西北风去。颜晓慧气极，摔门而去。

梦儿，还记得希腊神话里阿喀琉斯的故事吗？许游突然从梦儿身上看到某些闪光的东西，这东西你可以称之为诗，也可以叫天赋。

阿喀琉斯是神话里百战百胜的大英雄，所以他手里拿的是一根巨大的手杖。而太阳神阿波罗呢，手上捧的则是一把竖琴。你能想象让阿波罗举一根手杖吗？为什么不呢？对，手杖不能用来弹唱，它再威武有力，也不适合阿波罗，不是阿波罗需要的东西。所以梦儿，等将来长大了，你一定要搞清楚自己要的是手杖还是竖琴。懂吗？

梦儿点点头，虽似懂非懂，但爸爸的眼神、语言所带给他的触动，已烙在心上。今后，将随她本身天赋的不断扩展，成为一切思想的丰富源泉。

颜晓慧煞费苦心的五笔计划，两个星期后虎头蛇尾。事情没按愿望发展，相反，倒诱发了梦儿对文学的兴趣，这是颜晓慧始料不及的。她心里憋着一股气。时间稍长，便生出隐隐的不安和焦虑。好好地坐在办公室，会突然心神不宁，等急匆匆赶回家，见儿子睡得香甜，做父亲的伏案疾书旁若无人。一切都很正常。可空气里总有那么一丝阴影，看不见摸不着，在她想放松、想开怀大笑的时候，突然而至，直逼喉咙，使她顿感压抑窒息。

到底惧怕什么？怕女儿将来步许游后尘，还是怕许游突然不辞而别？有点，却不全对。

颜晓慧满腹心事无人倾诉，许游呢，被迫中断的写作很快续上，那股如痴如醉的激情，比以往更加强烈。经过这两个星期的冷处理，倒像葡萄酒的发酵过程，放置时间越长，味道越醇厚。重新握住笔的他，感觉要倾诉的东西已远远超出构思。他不断添加新的内容，思想快得转瞬即逝，手中的笔简直来不及记录。常常，写得浑身发冷打战，勉强在婴儿的哭叫声中停止，却把儿子当成了弟弟，自身也似回归幼年。

> 噢，小小的灵魂，
>
> 你被一路领来，是为了诞生
>
> 还是死亡？

他哽咽着低吟，眼泪流了满面。儿子任由他揉搓，只将一对乌黑的眼睛，静静地满怀同情地凝视着他。

四月初的一个星期五，那天，小许芜刚过六个月。颜晓慧给他剃了光头，说经常剃头，头发长得快长得黑。理完发，又给他换套新衣服，那是奶奶一针一线亲手缝制后从国内寄来的。

我们芜儿穿上太奶奶做的衣服，越发像你爸爸小时候了。颜晓慧突发感慨，许游心里一个咯噔，抬眼一看，恍惚看见了弟弟。

那个下午，儿子像往常一样，吃过奶粉便进入冗长的午睡。许游也像往常一样，返回书桌写作。

那个下午，坐在黄色校车上的许梦，正将脸贴在窗玻璃上，一户一户地数着居民屋。太阳光太强烈了。好几次她不得不眯上眼。她知道只要再过去一条街就是她家的公寓楼。她又可以看到爸爸，听到爸爸的声音。她的心擂鼓般地跳动。

不知为何，她觉得那个下午过得很慢。校车的速度像蜗牛。她焦灼不安地伸长脖子，同学发出的喧哗声沸腾着。车子缓行几下，又停住了。她脸色惨白，一阵突如其来的恐慌使她猛地站起来。她一定是错过了公寓楼，她再也见不着爸爸了。

那个下午，颜晓慧坐在办公室，无法集中思想。她一遍遍回放给儿子理发换新衣服时的动作，儿子的眼神和微笑相互叠现，给她传递了某种不真实的感觉。

恍如隔世。是她在那个瞬间的体验。

颜晓慧不得不提前下班。当她在高速公路上归心似箭时，许游仍伏案奋笔疾书。那个下午，只有他没一点预兆。他的思路畅通极了，前所未有的痛快。

他不知疲倦地写着，忘了时间忘了饥饿也忘了儿子。家里家外都非常安静，好像又回到远古，回到人类初始。光秃秃等待抽芽的树枝在风中摇曳，似在诉说人和自然间永恒的联系。已经归来的燕子，正欢快地啁啾，掠过屋顶掠过树梢。它们颤悠悠地蹲在电线上，乌黑的眼珠一动不动，居高临下地俯视下界。那里，每天都有不同的悲剧发生。

人类啊——

许游听到了鸟儿悲天悯人的叹息，手中笔一抖，接着便听到一声啼哭。奇怪，声音好似从他自身内部发出的尖锐、突兀，戛然而止。

他惊跳起来，条件反射地冲到摇篮边，只见儿子小小的身体倒趴着，一动不动，整个脸埋在那只雪白的狮子狗身上。后脑勺上的头皮，泛着冷冷的青光。

许游的心脏猛一抽搐，接着便似停止跳动，身体随之瘫了半截。

颜晓慧不知何时已站在身旁，从她嘴里发出的绝望悲号，使许游心魂俱裂。

母亲在他三岁时迸发的惨叫，和颜晓慧的混合在一起。许游又看到那天的闪电，它们猖獗狰狞，似要把整个天地撕裂。

爸爸，你的书稿掉了。

许梦幼稚的童音，不合时宜地响起，清脆刺耳。颜晓慧突然像被雷电击中，身子剧烈一晃，头部僵硬地转过来，直直地瞪着许游。

爸爸，你的书稿。

许梦双手捧着书稿，一步步走向父亲，仿佛正在走向她心中朦胧渴望的圣地。校车终于把她送回家了。她迫不及待地踏进门，第一眼看到的便是撒落一地的稿纸。它们——可都是爸爸的宝贝啊。

颜晓慧目光落在书稿的瞬间，身子又是一摇，眼里露出强烈的恨和谴责。她明白了，终于明白了那股让她心神不宁、挥之不去的阴影。

又是它！她嘴里发出一声尖叫，疯了般冲过去，飞快从梦儿手中夺过书稿，劈头盖脸朝许游摔去，发出一阵阵声嘶力竭的尖叫：是你，是你害了他。你滚，你给我滚。

她扑向他，一把揪住他的衣领，又打又闹。梦儿被吓哭了，公寓门外站满了人，很快，救护车赶到。医务人员飞奔进屋，给孩子做人工呼吸。

颜晓慧哇的一声推开医务人员，扑向儿子。许游神情黯淡。他在医生的惋惜声和颜晓慧的呼天抢地声中，缓缓转身，穿过人群朝门外走去。人们的注意力都集中在意外窒息身亡的婴儿上，只有梦儿例外，她一直目不转睛地盯着父亲。

爸爸。

她追出门，叫。

许游逆着光，依稀转了身，留给她一个类似诀别的眼神。没有一句话。他摇摇晃晃地走了。许梦追随片刻，见爸爸越走越快，越走越远，好像前方有个什么神秘的声音在召唤他。最后，他撒腿狂奔，就这样，彻底远离了女儿的视线。

23.会计事务所

三年后，颜晓慧会计事务所成立。这三年，许游音信杳无。时间真是治疗伤口的最好良药，它不光冲淡悲伤也冲淡怨恨。再听人提起许游，颜晓慧只冷冷地回答：不知道，他跟我和梦儿没有任何关系。

言语中既没有爱也没有恨。

张君在这三年里给她提供很多帮助，从租房、贷款到买便宜家具、水电账单等，事无巨细，样样过问，只在雇人这点两人发生分歧。颜晓慧自有一套精明算盘。事务所刚开张，资金短缺，雇个有会计经验的中国人做帮手，既省钱又容易沟通。不懂英语？只需把专业术语背熟，跟做中文账本有何区别？还不是数字的加加减减？

曹小谣是她决定雇佣的第一个会计。

这是一位四十岁左右的中年妇女，外表朴素老实，出国前曾任某家皮鞋厂财务科副科长。五年前以伴读身份来美，至今没有孩子。没有孩子意味着可以把更多精力放在工作上，财务科科长的头衔又说明她工作能干。光凭这两点，颜晓慧就从众多的应征者中把她筛选出来。

面试当天，曹小谣的两个意外之举——送礼和请客，进一步博取了颜晓慧的好感。

这是我们皮鞋厂最新设计的款式，设计员是我的一个好姐妹，这几年我人在国外，皮鞋是不愁穿的。这不，刚海运了三双皮鞋给我。我一个人也穿不完，带一双来让你试试。合脚的话，说明我们有缘。

曹小谣从背包里拿出一双精致的女式皮鞋，满脸堆笑着说。

颜晓慧没想到她来这一套，愣了一愣，还没有所反应，对方已弯下腰，把皮鞋整齐地摆在她面前，一再热情催促：试试，快试试呀。

成功送出皮鞋，接着邀请颜晓慧吃饭。颜晓慧红了脸，不好意思道：这顿饭应该我请。

我请。曹小谣坚持。颜晓慧盛情难却，只得由她。心里沉吟着，她不会要她白送的。她从来就不是个只占便宜不还情的人。

席间，几杯酒下肚，曹小谣搜肠刮肚，家私隐私什么都讲，最后竟道出和丈夫名存实亡的夫妻关系：那个家我实在待够了，以前忍气吞声，因为吃他的嘴软。我……我……唉，这些话我从来没对别人说过。可今天看见你，觉得从未有过的亲切。缘分，这就是缘分哪。

颜晓慧被她的神情语态感动，以为自己真成对方知己，再联想自身婚姻，心底油然升起一股同病相怜之感。于是，再一杯酒下肚，当场聘用。曹小谣道：那我明天就来上班。

首次做老板，首次自作主张聘用助手。颜晓慧一手拎着新皮鞋，嘴里接二连三打着饱嗝。走出饭店，发热的脑袋被冷风一吹，清醒了。明天，明天事务所就不再是她一个人了。她忽然惆怅起来，对自己冲动之下做的决定生出几分动摇。

事实证明，她的担忧不是没有道理。

曹小谣工作懒散，要求一周内熟悉的东西无法接手，英文专业名称一窍不通。一个月后，从突然增加的电话账单上显示，曹小谣经常偷偷用公家电话打国际长途。颜晓慧这才如梦方醒，决定再另雇一名助理。

还有两个月就要毕业的会计硕士生史黎，成了第一个应聘者。她芳龄二十五。三年前自费出国留学，攻读会计专业。年轻自信的史黎似乎正是她颜晓慧要寻觅的得力助手。

头一个星期，史黎经常被颜晓慧带出去熟悉客户。这位还差两个月才毕业的研究生，来美国才三年，西方文化已深入骨髓。因为在大学时专业就是英语，出国后语言上如鱼得水，再加天性活跃、爱出风头，一入学即融进白人圈子。喝清咖啡，看好莱坞惊悚片，参加棒球比赛拉拉队，和美国男同学一起泡酒吧，在周末驾车郊游或赶去其他学校听名人演讲等，忙得不亦乐乎。如果不看面孔，真的，谁都以为她是个美国人。可她偏偏是一个来自中国大陆、要受签证限制的留学生。法律规定，研究生毕业，在美国本土六到十二月之内找不到工作的，卷铺盖滚蛋。张爱玲说人生有三恨：一恨鲥鱼多刺，二恨海棠无香，三恨《红楼梦》未完。史黎也有三恨，她的三恨是：一恨美国男人多带狐臭，二恨英文再好还是被叫做中国人，三恨优秀男人都有老婆。

这三恨悄悄改变了她找工作时的好高骛远。做了近三年的美国学生，临近毕业却突然发现：真要长留美国，恐怕还得靠同胞帮忙。

早报到一个月的曹小谣，办公桌正对门口，属于正座。颜晓慧要求她和史黎换座，主要原因是曹小谣那台计算机里有很多资料，史黎能做事，让她使用非常合适。

曹小谣却把换座当作一个即将让她滚蛋的警告，心里窝火。

第二个星期，颜晓慧下达具体任务，要求曹小谣全力配合。曹小谣照样嗑她的瓜子，只对史黎的恋爱史感兴趣。

张君看不下去了，亲自替颜晓慧物色理财高手。等把人带来一看，他竟是傅青！

考试中心一面，恍惚如梦。之后细想，无法理清思绪：到底怕他出现，还是渴望他出现？

考试中心送她去医院的真是他？他什么时候来美国的？为何四年前出现在考试中心，之后又消失无踪？为何与张君认识？

你好，晓慧。傅青把手伸给她，眼神里流露的体贴和关怀胜过千言万语。

颜晓慧无力地张了张嘴，手微微一动，被他冲动地一把抓住。他的手掌宽厚有力，热量霎时像股电流般导过。

梦里演绎过无数次的重逢和道歉。一旦面对现实，怎么也没勇气出口。假如校园事件后，她能勇敢地站出来，承认恋爱关系，他也许不会被学校开除，那么，也就不会自暴自弃，去公园强奸少妇，真的堕落成一名社会罪犯。

别说了。傅青仿佛知道她要说什么，及时止住道：谢谢你，晓慧，给我寄的那些信和钱。

你知道？颜晓慧惊讶地问。

曾晓忆，除了你还能有谁？那些鼓励的话我至今都还记得。

一句话使颜晓慧热泪盈眶。尽管她不愿意重提过去，他们又怎能躲得开过去？重逢第一天就深陷往事，伤感不已。

你——恨我吗？颜晓慧终于鼓足勇气问。

恨？傅青愕然反问，接着怔了怔声音喑哑道：如果说真有恨，也只是恨我自己。我——

好了，别再说了。颜晓慧飞快打断他。

你让我说。这些话憋在心里已经十多年，为的就是这一天。知道我等这一天等得有多自卑多痛苦吗？他说着突然激动起来：我不是人，我禽兽不如。我亲手毁了我们的未来和幸福。出狱后，我活着只有一个目的，晓慧，我要用我生命中剩下的每分每秒，爱你，呵护你。

不要。颜晓慧阻止道：过去不管谁对谁错，都已永远过去了。如果你真心希望我好，那么放过我，也放过你自己。

听我把话说完。傅青温柔地凝视着她，道：我说的爱，没有强人所难之意。你放心。我来只想帮你。对我而言，爱就是赎罪。

我不希望你活得如此沉重。颜晓慧被他的情绪感染，痛苦道：你这是在变着法子折磨我。要说罪，我才是罪魁祸首。当年，我没勇气站出来替你分担罪名。还记得同学们是怎样骂我的吗？他们骂我冷酷自私，责问我良知何在，更控诉我一手毁了你的大好前程。傅青，这十多年，我过得不比你轻松。你说你自卑痛苦，我比你自卑痛苦一百倍。知道吗？我是在同学的口水声中强装镇静。我……说到这里，颜晓慧已泪流满面，纠结多年的心事终于打开，她一把抓住傅青的手：我以为你是恨我的。你应该恨我。我也希望你恨我，恨我。她用力摇晃对方，大声叫：它比你说的爱更让我轻松，懂吗？你懂吗？

傅青轻轻拍了拍她的肩膀，安慰道：好了，晓慧，一切都过去了。相信我。我决不允许你再受到任何伤害。决不。

可是——

颜晓慧张开泪眼，那张轮廓坚毅的脸，线条粗犷有力。它近在咫尺，带着强烈的爱和冲动。她能相信他吗？

时间将证明一切。傅青竭力抑制住内心的情感道：我来只想帮你。决不勉强你做任何事。说着便转换话题，佯装轻松地问：老同学了，这么多年不见，你就不好奇我是怎么出国的？不等颜晓慧表态，他径自点燃一支烟，答道：我是以假结婚的方式，匆匆出国的。

假结婚？颜晓慧惊问。这则消息果然奏效，它在瞬间抓住了对方的注意力。

是啊。假结婚。傅青长叹一口气：当年刑满释放，工作没着落。朋友见了都绕道走，那种被排除被隔离的滋味，真的，比坐牢更让人绝望。他朝她苦笑了笑，深深吸口烟：她比我大十岁，美籍华人。本来是个独身主义者。可是那年，她急需一笔钱和一个婚姻，好做生意。因为她的合作者不青睐单身女性。我们两个就这样各取所需，领了结婚证。

傅青避开颜晓慧眼里流露的不安和怜悯，自嘲地咧开嘴，想笑，被烟呛了，剧烈地咳嗽两声，等咳嗽声平息，接着说：出国后，想尽快解除婚姻，但合同契约十年。如果悔婚，必须支付一笔昂贵的违约金。所以这几年，我什么活都尝试着做过。认识张君是在纽约的一次理财培训会上。我和他一见如故，成为好友。四年前来T镇寻找机会，也是张君鼓动的结果。那天，在考试中心。傅青讲到这里，神情才转为开朗，笑道：那天我是替一位朋友顶班，却碰巧遇见了你。

你四年前就来T镇了？颜晓慧问。

是啊。之所以没急着找你，因为我还没离婚，身体不自由。现在好了，终于还完了那笔高利贷。我自由了。晓慧，这十年，我坐了两回监狱。如今终于解放了。

她——再也不会找你麻烦？颜晓慧问。

再也不会。

那——恭喜你啊。

晓慧。你的事我都知道。之所以来T镇也因为你。我说过我是你的守护神，我要看着你幸福。只有你幸福了，我才有幸福。

在他诉说婚姻的时候，颜晓慧想起许游。神情转为冷淡，说：你自由了，我却没有。再说，我的婚姻也不像你的那么简单。好了。她以公事公办的口吻谈及工作道：业务上，我是充分相信你的才能的。你——既然是张君介绍来的，先暂时留下，干一段时间吧。

三个月后，事务所因傅青加入，工作全面展开。

某天傍晚，为感谢傅青这几个月的努力，颜晓慧首次约他去家里吃饭。已是一名初中生的许梦，身材高挑苗条，五官长得和许游极为相似。她手里拎一本《艾略特诗集》，被千呼万唤从书房叫出来吃饭时，神情冷漠，偶尔与傅青对视，眼里闪烁着一丝不易被察觉的敌意。

席间，她吃得很少，边吃边看书。好像完全置身在另一个世界。当颜晓慧和傅青为最近生意兴旺频频干杯时，她突然站起来，两眼瞪着颜晓慧，涨红脸道：钱钱钱，你就知道钱。整整四年，我们家吃饭桌旁终于有了男人。可他——他是谁？他是谁？为什么你就不想把爸爸找回来？为什么？

许梦说到这里，十分悲痛。她哽咽着，摔门进房间前说的最后一句话是：你不去我去。我要去纽约找爸爸。

24.重生

当许梦声泪俱下，哭诉着要找爸爸时，在纽约，另一个女人也和她一样，对许游怀着无比强烈的思念和牵挂。她是凌舞。

五年前，凌舞被父亲带回苏州，仅休养半年，即不顾亲朋好友阻止，重返纽约。照理，这是个不堪回首的伤心之地，避之唯恐不及。为何还要回来？

韦医生见到她时惊喜万分。

凌舞泪花闪烁，对韦医生过去对她的帮助感激不尽。临别问：许游呢，你知道许游在哪里吗？

许游？他走了。有人说在加州，也有人说在芝加哥。不知道。他没跟我联系。

凌舞用离婚所得财产，在中国城开了一家花店。都说人比花更美，花店开张不久，便美名远播，连旁边韩国城、意大利城的顾客都跑过来订花。韦医生也常过来帮忙。一天，他陪凌舞去法拉盛进货，进完货，去海鲜餐馆吃午饭。就在他们转身进门时，凌舞停住脚步，回头，朝街对面一家超市，频频张望。

超市门口停着一辆大卡车，几个工人模样的男人正在忙碌着装卸物品。

你看什么？他问。

凌舞没说话，眼睛只管盯着一位工人。那人胡子拉碴，衣服肮脏，头戴一顶鸭舌帽，帽檐压过眉梢，根本看不清长相。可是，凌舞却从他重复的动作中捕捉到某种熟悉的东西。

凌舞的预感没有错，超市门口的装卸工，正是失踪了近五年的许游。第二天傍晚，她推掉和韦医生共进晚餐的约会，独自去找许游，结果令她非常失望。超市里没一个工人叫许游。根据她提供的外貌特征，店主才恍然大悟，叫：原来你说的是他，那个酒鬼。他叫什么没人知道。看见对面那家酒店了吗？去那里找他，肯定在。

当听到店主用十分轻视不屑的口吻说许游时，凌舞心里那份难受，比自身受气强烈百倍。她扭头跑出超市。许游，她生命中的贵人。假如，他们知道他是一个多么高贵、富有诗意的人，还敢用这样的言语侮辱他吗？

凌舞把烂醉如泥的许游带回公寓时，一直将他紧紧搂在怀里。生怕这一切是梦，她一松手，他就会消失无踪。她眼里的泪一直没停止流淌。

夜深了，窗外的玫瑰花丛里发出一阵阵轻响，它们簇拥在静谧的夜空，默默地呼吸着，战栗着，任凭风雨摧折却不失去形态。这些从多刺的枝干上长出的花朵啊，真不知道要忍受多少痛苦，才能拥有这样一种奇异的生命力。凌舞热爱玫瑰，是在走出地狱入住医院休养的那段日子开始的。那段时间，每天睁开眼睛，看到的是玫瑰，闻到的是淡淡的花香。它们鲜亮、富有活力，在她的视野内摇曳着，不知不觉间，把属于生命的能量和勇气也传递给了她。

凌舞做梦似的拥着许游，全然没意识到时间的流逝。一缕花香若有若无，从窗外溢进室内，氤氲着，在鼻尖缭绕。有什么东西被唤醒了。

"你必须重生！"这是《圣经》里的一句话，也是她误入歧途时最有力的强心剂。

"你必须重生！"

仿佛感知她内心那声强有力的呼唤。许游身子一动，发出一声虚弱的咳嗽。

水……

这个字极其艰难地从他的胸腔里迸发出来。

凌舞赶紧倒水。等从厨房返回，许游又沉沉地睡去了。先前蜷缩的身体已完全伸直，没有了她的支撑，头沉重地歪倒在一边。四肢无力但又略显僵硬地散开着。这样的形态凌舞是熟悉的，这样深沉的疲惫和绝望，凌舞也是熟悉的。眼前的他，宛如当年被囚禁的她。当生命之树上吐出的不是新芽，而是被成千上万的荆棘和藤蔓所纠缠，它便拒绝阳光拒绝热量。它日渐衰萎，再也无力呼吸、无力闪光了。

自杀。两个字闪电般穿透意识。似见许游苍白着脸，从酒店踉踉跄跄出来，直奔曼哈顿高楼。他健步如飞，全然不顾人流和车辆。

奔跑和坠落。到底哪一种形式更能释放内心的自弃？

水……

许游再次呓语。凌舞浑身一震，同时被不吉利的思想吓一跳。怎么会想到自杀呢？他只不过像一个退避的灵魂，暂时躲开人世间的一切纷扰罢了。现在有她在。她要用她女性的温柔，帮他把心灵深处的荆棘一根根拔去。他必须重生。他一定会，一定会的。

凌舞心情激动，端着茶杯的双手颤抖得十分厉害，几次把水送过去，许游牙关紧闭。一阵冲动袭来，她不假思索地低下头，吻住那两片干裂憔悴的唇。她温柔地吻他，吻他，渴望她的舌尖能开启他紧闭的心扉，探索到他生命的内核。你必须重生。她含泪亲吻他，呼唤着他的名字，恨不能拿出全部的力量，去唤醒他濒临麻木死亡的意志。许游身体一抖，在她温暖生动的亲吻中，渐渐恢复本能。眼睛依然紧闭，嘴唇已经开启。那是一个醉生梦死的人，在即将沉沦的瞬间，流露出对生的渴求：想要再一次品味生命的甘露。

那一个夜晚，凌舞只记得黑暗中无休无止的给予和索取，只记得他的喘气和含糊不清的低语。那束似已熄灭的生命之火又有了燃烧的迹象。他支撑起来的手臂，颤抖着，犹豫着，在一阵阵的酸痛中逐渐强硬、逐渐有力。而从力量中传递过来的震颤，又是那么的深邃狂热。她紧紧地拥着他，带着难以言喻的激动，呼吸着他的气息，感受着他的重生，感受着他重生时刻的灼热和光彩。这个燃烧的黑夜，就此成为凌舞记忆中的永恒。

那一夜，她彻夜未眠，忙碌着给许游擦身、换衣服、刮胡子、洗头。她忙得投入忙得忘我。许游呢，激情消退，即进入心满意足的酣睡状态。他肢体绵软柔顺，像刚出生的婴儿般，任她摆布。他的眼睛始终没睁开过，嘴角微微抽搐着张开，脸上的晦气已一扫而空。凌舞无法判断他是否清醒过。不管怎样，这一切都是她心甘情愿的付出。她决定缄默到底。

第二天清晨，许游从迷离的梦境中清醒。心仍在不规则地跳动，身体很有力，一骨碌从床上坐起来。阴郁的魔鬼突然从体内逃遁，四周冷飕飕的围墙也随之轰然倒塌。他又回到干净明亮的世界里，清醒地感受着晨曦微露时天地的静穆和美丽。他不敢相信自己的眼睛，东张西望，摸摸这个看看那个。然后一抬头，与镜子里的男人面面相觑，那是一个从精神到外貌都有别于以往的新形象：原先蓬乱肮脏的头发被洗净梳顺；曾经胡子拉碴的下巴光滑了，泛出一层健康的青色；身上一件条纹汗衫舒适柔软，稍嫌小了点，露出一身做粗活锻炼出的胸肌轮廓。

他呆呆地盯着自己，一时不知身在何方，直到视线落在凌舞的照片上，心灵深处的记忆才被触动。

许游。

凌舞手上拎着早点，推门进来，站在他身后轻轻叫。声音温柔，目光晶亮湿润。许游怦然心动，往事如潮水般漫过心头。

你——

他猝然回眸，嘴巴张开着，说不出一句话。眼里交织惊喜、伤感、疑惑等种种难以置信的情感。

是我，凌舞。这么快把我给忘啦？凌舞躲开他眼中的询问，用故作轻松和俏皮的口吻道。

我……许游仍无法从过度的震惊中回过神。这一切到底是怎么回事？他怎么会躺在凌舞的床上？昨晚……昨晚……他绞尽脑汁费力思索。"酒店"两字像一盏闪烁的红灯，照亮了去小酒店喝酒的诸多细节，之后一切模糊，一切惘然。隐隐约约，只记得一双强有力的手臂，一个亲切的声音。声音好听极了，忽远忽近的。他以为这些都是梦，是幻觉。难道是她？那他——许游低头看了看崭新的衣服裤子，略显惊慌，问：我昨晚喝多了，没冒犯你吧？

凌舞抿嘴一笑，假装生气道：你的确冒犯我啦。

啊？许游顿感局促，嗫嚅着吐不出半个字，一张脸已涨得通红。凌舞见他着急，才用一种轻描淡写的语调，简单地交代了事情经过。

你昨晚喝醉了。她说：我呢恰好路过那家酒店，一眼认出是你。你醉得可真厉害，还呕吐，吐了我一身，你说你是不是冒犯了我？说罢，不等许游道歉，接着用下面的话，解开对方疑惑：呕吐后，是我叫花店里的工人帮你换的衣服。呃，你还不知道吧，我开了一家花店，在曼哈顿附近的中国城里。

就这样，凌舞巧妙地转换话题，她滔滔不绝，谈养花心得，谈生意之道。她动作干练果断，声音温柔清脆，已和记忆中病恹恹的睡美人判若两人。许游紧紧盯着她，生怕一眨眼，那张美丽的脸会抽搐变形，露出恐惧之色，那张优雅的嘴巴会发出一连串神经质的尖叫。事实证明，许游的担忧已属多余。当年备受摧残的凌舞，已彻底走出阴影。

想起和韦医生、聂老等熬过的不眠之夜，想起烧蛇计划，许游百感交集，仿佛再次体验到火焰的热浪，心潮起伏不已。

那个清晨，他们沐浴阳光，在各自的回忆里唏嘘感慨。许游当年从T镇离家，在去纽约的中途下车，步入一片高大茂密的树林，至今无法记起准确地点。只记得到处都是绿，葱翠幽深，无边无际。它们见他过来，争相伸出双手。那是一种温柔冰冷、直入灵魂的触摸。可惜，知觉早已麻木。他是一个刚从死人堆里跑出来的幽灵，眼睛畏光，身体虚弱。行走，不知疲倦地行走，才是支撑生命的唯一意识。

过去二十多年，行走一直是生命中最重要的环节。云镇土窑顶上的草丛里、青城的大小街道、纽约地铁站、高楼林立的曼哈顿等，都曾留下他无比焦虑的踉跄脚印。他离天近，离地遥远，一个人默默承受等待的惆怅。极目远方的凝眸里，喀戎手中那把竖琴仍闪闪烁烁，随时准备为他发出属于未来的歌唱。

如今，竖琴喑哑了。他只听得清一种声音：死亡。

死亡，就连盘绕在树根下永不睡眠的老龙拉冬都闭上了眼睛。它疲惫深沉的叹息使天空暗淡，使大地震颤。许游筋疲力尽，倒在地上的刹那，见永不凋零的橄榄树叶纷纷枯萎。这就是死亡的颜色，最后模糊的意识告诉他。

凌舞打了个寒战，眼前再次出现许游仰躺在地上的身形，曾由此联想过"自杀"两字，想不到，他真是死里逃生。

救他的是两位自然主义者，其中一位有一半华人血统，还是家庭医生。他们从加州远道而来，一路聚友，一路寻觅，渴望能找到一片属于他们返璞归真的世外桃源。

　　晕倒在树林里的许游，成了他们在纽约遇到的第一位朋友。那位有一半华人血统的家庭医生，抢救许游的方法也是出人意料：他先脱光许游的衣裤，然后用冷水淋他，从头到脚。许游说，当他从混混沌沌的噩梦中苏醒，看到自身赤条条的模样，还真感觉到了来去无牵挂的轻松和自在。

　　可惜，他不是自然主义者。他努力过，跟随家庭医生去加州打过三年黑工，参加过无数聚会，终因过于拘谨而作罢。对他而言，有关天人合一的梦想，似乎更适合用诗歌中的意象来体现。

　　重回纽约纯属瞬间冲动，结果跑回来第二天就碰上9·11恐怖袭击。当时正在世贸大厦附近，刺耳的警报声响起，人们都在尖叫，拼命奔跑。只有他一动不动。是蛰伏在心底那头阴郁的魔鬼，阻止了他的脚步。大楼一幢接幢倒塌，他嘴里尝着死灰的味道，感觉自身也在飞快消亡，化作尘埃。

　　他又奇迹般生还了。几次三番求死不能，便以烟酒麻痹。

　　许游说到这里，烟瘾上来，接连打了两个哈欠，手急切地在裤子兜里摸。

　　凌舞扑进他怀里将他吻住。

　　许游身体剧烈一颤，凌舞柔软的嘴唇，里面吐出的芳香，使他晕眩、不知所措。他试图挣扎，她把他抱得更紧，喘息着在他耳边低语：吻我，许游，我等这一刻已经等了很久。吻我，吻我。我爱你。许游，听见我说的话吗？我爱你，当我朝你扔下那封求救信时，我就爱上你了。直觉告诉我，你必定是那个能使我重生的贵人。我重生了。许游，认真地看着我，知道我是谁吗？凌舞两眼闪烁着泪花，声音颤抖道：我是凌舞，我重生了。你也必须重生。告诉我你不是一个懦夫。告诉我你不会丢掉手中的笔。我虽然不懂诗歌和小说，可我一定会是你最忠实的听众和读者。一定会的。

　　许游一动不动，凝视着她，视线渐模糊。恍惚中又看到初见凌舞时的漫天雪花。他低下头，吻住凌舞的同时，舌尖尝到雪花的清凉和纯净，那颗被酒精和尼古丁侵蚀得已经麻木的心灵，开始在身体里跳动。那张苍白呆滞的脸上，又似感受到缪斯女神的光辉，流露出对新鲜生命的渴望。

你必须重生。梦中的声音温柔坚定。梦中的吻已探索到他生命的内核。它们在凌舞芳香四溢的唇里重合。

告诉我你不是一个懦夫。凌舞在他的回吻中激动万分，喃喃恳求。许游却用更热烈更灼热的吻，堵住了她下面的话。

25.遥远的星辰

许游离开纽约几年，北美文坛写手中，除钟渝外，都经历了一些变化。闻枫动作搞得最大。以泡妞为题材的情爱小说《我在纽约的三妻四妾》，发回国立即成畅销书，并在观鱼网读书排行榜上连续数周雄霸第一。闻枫海归了，不再叫闻枫了，又恢复他原来嫌土的真名实姓：耿潮。

继《我在纽约的三妻四妾》后，耿潮趁热打铁，又推出《窃玉》和《海归情人》两部，部部香艳传奇，一时，耿潮的"爱情三部曲"红遍大江南北。耿潮的名字成了观鱼网最热捧的作家。新书发布会、签名售书、高校演讲、与影视机构签约等等，有关作家的最新动态，成了报刊网络争相报道的新闻。耿潮，耿潮，耿潮……

耿潮在许游从烟酒的沉迷中苏醒时，早已成功蜕变。他们曾经合租的地下室，如今只剩钟渝一人，变得有些空荡。

钟渝一如既往，身居斗室，"饭疏食饮水，曲肱而枕之"。他不关心排行榜，更不关心言情小说，自然不会知道当红作家耿潮，就是那只"蛹"闻枫。

许游搬回地下室那天，钟渝指着茶几上一大摞退稿说：看，你的财富够丰厚的呀，写了这么多作品。

这些都是五年前痴迷小说时的作品。正是在这间连腿都伸不直的地下室，他奋笔疾书，和钟渝进行过无数次关于文学、关于信仰的探讨。还记得那天晒书时的情景：天空、阳光、草地、名著，如梦境般在深邃的瞬间延伸，它们姿态惬意，默默交流着有关爱情、宇宙、生存和苦难等永恒的话题，交流着那种只属于天神般喜悦的创作体会。

天神般的喜悦。许游十岁那年就从云镇的土窑顶上，领略过它的光辉。后来，后来，这层喜悦被尼古丁和酒精麻醉了，再也无力感受大自然最真实的色彩和清香。

许游，欢迎你回来。

钟渝的笑容是真诚的。他指着许游手中的退稿，鼓励道：一个真正的作家，永远靠作品说话，千万别被退稿被编辑尖酸刻薄的言辞吓倒。人啊，自己的心不能迷惘。

钟渝坚守地下室，不为外界喧哗所动。他依然睡地铺，让名著高高在上、井然有序地排列在床位上。书桌上同样整齐排列的是他用笔书写的稿件、读书心得。稿件旁还是那只缺了口的景德镇青瓷花碗，碗里半只吃剩的馒头。几年不见，他更瘦了，身体也不是太好，慢性肠胃疾病。医生开出的处方，都被当垃圾扔掉。这些药只能抑制病菌，起不了根治作用。他说，只有阅读和写作才是我最好的避难所，才是针对疾病的最好治疗。

钟渝在选择自己的生活方式上，固执而任性。同样，在对待疾病的态度上，也出奇地随心所欲。

他就是一具僵尸。知道他的人都认同。只有聂文博带着一种颇为复杂的心理，点评钟渝"是一个堂吉诃德式的、有着崇高精神境的疯子"。于是，"疯子"两字，成了人们对钟渝最直接的称呼。

聂文博地下室沙龙一星期一次，从没间断。闻枫海归异军突起，"耿潮现象"成了聚会的牢骚焦点。曾经口口声声"古来圣贤皆寂寞"的聂文博，曾经铁骨铮铮、拒绝迎合出版社修改稿件的聂老，在报社，也一直以清高自居，不愿涉及政务。都是闻枫的成名，搅浑了这池清水。聂文博孤芳自赏的纯文学创作、竭力镇守的淡泊，在耿潮销量千万的三部曲刺激下，一夜之间溃不成军。书仍在写，已不再殚精竭虑。提及耿潮，嘴上是不屑的。内心的焦虑感和骚动不安与日俱增。惯于挖掘别人潜意识的聂老，这次对自己听之任之，极为放纵。他突然想做官了，那个副社长的职务老早就应该是他的了。

聂老很快如愿以偿，成了报社第五任副社长。身份不同，社交对象自然不同：和大使馆官员、州议员等有头有脸的人物吃过几次饭，每天被手下职工一口一个"社长"地叫，在文坛发展受到限制的遗憾，以最快速度在官场上得到弥补。

条条大路通罗马。官场、文章，都为证明自身价值。既然官场得意，何不就此发扬光大？聂老这样一想，蓦然顿悟，随即像还俗的僧侣卸去袈裟衣钵，在以前望而却步的荤食和美色面前，大嚼特嚼。跻身官场没几天，聂老便在年轻作者们的献媚中，和其中一个叫小尤的传出绯闻。

辜鸿铭写作，必以手把玩妻妾小脚，才有灵感；徐志摩为了心爱的陆小曼，不惜把命搭上。如今的聂文博，地下室有小尤红袖添香，官场上另有美女前呼后拥。曾经折磨过他的荒芜感消失了，这真是一种如痴如醉的境界。进入这一境界的作家，灵感必定汹涌。有位哲学家曾把写作的力量和做爱的力量，视为同等力量。聂文博对此拥有切身享受。做爱做官竟然没削弱创作能量，反而增强。他不再满足于现实主义纯文学创作，开始涉足各种体裁：诗歌是他激情洋溢时的最畅快享受，散文是他玩弄小尤黑发、品味她性感穿着时信手拈来的随感，小品文则是他和文友发牢骚时触类旁通的多种体验。这些东西不是越存越香的美酒，而是色泽香艳的鲜果，过时不买，便迅速腐烂消失。

聂文博做官没几天，北美文坛的报刊，便到处充斥着一个中年男人享受激情时昏乱的呻吟。

许游就是在聂老最春风得意时，接受邀请，重新来到地下室。让他印象深刻的仙人掌不见了，取而代之的是一座假山盆景。人员除飞龙、走笔外，还补充了新鲜血液，她们大都是女作者：小尤、小季、小苦。小尤是聂老的女人，文坛人尽皆知。小季和小苦分别是飞龙、走笔的情人，暂且处于地下阶段。不敢公开招摇，大概和他们两位的已婚身份有关。

许游劫后重生，站在聂老面前。聂老仅拍了拍他的肩膀，说：来了，坐吧。

他不穿黑外套的手臂显得格外有力。一头杨白劳头发染得漆黑油亮，脸上的皱纹也像被熨斗熨平了，尽显滋润光泽。许游一阵恍惚，面前站着的是一再告诫他要耐得住寂寞的聂老吗？

聂老当然还是聂老，回到地下室，回到文友相聚的地下沙龙，话题核心永远不变：一如既往地探讨文学的过去、现在和未来，一如既往地发牢骚，言辞犀利刻薄，似乎中国文坛只有他们头脑清醒，只有他们在目睹文学的衰落和庸俗。

他们狠批"耿潮现象"。与耿潮一块挨批的，还有另一位当红言情女作家。女作家以自身经历为蓝本的自传体小说，在极度畅销的同时也惹来一片骂声。她非常委屈，扬言要退出文坛。聂老责问：这样的书是怎么通过审批，进入读者视野的呢？娱乐圈有潜规则，文学圈就是一块净土吗？女作者只要长得漂亮点风骚点，并懂得如何跟编辑打交道，不入流的作品照样可以登堂入室。现在这个社会啊，有点自命不凡的人想出名都快想疯了。他们八仙过海，各显神通。真正做到无孔不入的地步。有些甚至达到空前未有的寡廉鲜耻。

气氛到此活跃异常，大家争相发表高论，围绕成名话题喋喋不休。聂老最后总结：在座各位，大家不要着急，不要抱怨。是你们的永远是你们的。文章本为自娱，何必着急公布于世？别做俗人吧。生活中的俗人情有可原，文学中的俗人就不能叫人，只配叫物了。这些物们写的都是什么呢？两个字，《哈姆莱特》的台词：空话。

聂老最后两个字，发音短促有力，连带手势，极具感染力。这个时候的聂老，以他特有的文学趣味，展示他对文学的痴情。他说他做官、找女朋友，目的只有一个：体验生活。只有身临其境，才能获得最有价值的第一手资料。他说他要像那些他所景仰的批判现实主义大师看齐，投身于火热现实，成为同时代人的"秘书"——永远忠实地描写社会。

聂老慷慨陈词之时，小尤紧紧依偎在一边。她身上的香水味芳香刺鼻，是与地下室完全不同的两股暗流；她指甲上的油彩忽隐忽现，扰乱着人的思绪。许游走神了，聂老曾有的魅力、聂老曾指导过他影响过他的思想，突然消失了，消失得无影无踪。

许游离开地下室时，人们谈兴正浓。没有谁注意到他的离去。只有小尤不经意地瞥他一眼，好像第六感朦胧地意识到了他刚才的思想，带着一丝下意识的防御，朝聂老更紧地依偎过去。

许游在街上走走停停。眼前交替着两个聂老的身影。聂老，聂老。钟渝说，聂老以及周围文友对"耿潮现象"表现出异乎寻常的关注和批评，恰恰反映了他们内心的贫乏和枯竭。都知道，耿潮即闻枫。闻枫曾生活在他们中间，才智平庸，声色犬马。这样一个被忽略被轻视的角色，突然远离视线，像太阳般高高挂在头顶。你说他们怎么能够感觉平衡？因为闻枫不是天才嘛。歌德曾把莎士比亚称作他的"最遥远高空的星辰"，所以，歌德说，他永远都不会妒忌渴慕星辰。

假如闻枫本来是颗星辰，那么在它发光之际，谁又会去妒忌它的闪亮？

星辰。

许游抬头仰望。星星们高高地悬挂于苍穹，它们闪闪烁烁，好像在对他眨着眼问：你会是那颗"最遥远高空的星辰"吗？你会吗？

一股久违的创作欲，突然而至，心里一团酵母般的东西汹涌翻腾。他加快脚步，朝属于他和钟渝的地下室走去。

26.出版社来信

男人的危险在于女人。危险在哪里呢？在于被女人迷惑的同时被她们征服。凌舞和小尤是完全不同类型的女人。小尤属于文学青年，征服聂文博的杀手锏是崇拜，毫无条件的崇拜和奉承。凌舞不懂诗歌小说，只想在生活上关心许游照顾许游。她吃过一见钟情的苦，仍执迷不悟。

两种情感——崇拜和迷恋，对男人而言都是温柔美妙的束缚——它在限制创造力、让视野狭窄的同时，也使他们进入一个虚幻世界。聂文博已心随色变，地下室曾有的很多实质性东西都悄然发生变化。如果没参加聚会，许游对爱情、对女人也许仍满怀憧憬，停留在屠格涅夫《爱之路》阶段。聚会后，他突然害怕被迷惑被征服。再加那段时间，压抑近五年的创作欲望，一夜之间如火山爆发。他全身心投入写作，对凌舞的付出和等待视而不见。当然，麻痹他多年的烟酒，也在缪斯女神的光环中，卑微地退出主控地位。

某天，凌舞在地下室门口徘徊。记不清第几次吃闭门羹了。每次来会带上一束玫瑰和精心烹调的食物。许游不开门，她把东西放门口。下次来，食物不见，花仍在，枯萎着，早没了之前的鲜嫩。凌舞知道这是拒绝之意，还是来，带着同样的玫瑰。

他是她用整个生命重新塑造的另一个实体。对他除迷恋外还有牵挂。凌舞在心甘情愿吃闭门羹的同时，编造无数谎言推掉韦医生的约会。终于，韦医生疑心生起，某天下午跟踪到了地下室门口。

那天，许游恰好从狂热写作中得一空隙，好像第一次意识到手边的饭菜，是凌舞亲自烹饪的。眼前闪过两人接吻时，他如沐甘霖般的心醉神迷。她是他的爱神，是缪斯冥冥中派来拯救他的爱神。她，和文学冲突何在？带给他的危险又何在？

许游匆匆跑出地下室。可惜晚了一步，韦医生用他持之以恒的深情劝走凌舞。他搂住凌舞的同时，接过玫瑰，说：凌舞你别再犯傻，这个世界上有两种男人是不能成为恋人的：一是诗人，二是牧师。韦医生没解释为什么，凌舞也没问。她任由韦医生的手在胳膊上加重力度，心里怀念着和许游短暂的肌肤之亲。

许游追出两步，怅然目送凌舞和韦医生的背影，渐行渐远。

又一年过去，许游接到国内一个叫于文民编辑的来信，告知他中短篇小说集已经过五关斩六将，通过终审，将由国内文毫出版社推出。

这些年，近八十高龄的奶奶，一直在自告奋勇，兼做许游作品的经纪人，从联系到商榷出版，期间波折他一无所知。

小说集里的几篇文章还是带儿子许芜时写的作品。儿子，许芜，那个小小的灵魂，现在正在何处飘荡呢？

许芜的最后一声啼哭尖锐、突兀，似从他自身内部穿心而过。他拿着于文民编辑的来信，想象中首次出书的喜悦，再次被死亡的气息吹散。

许游，出小说集可不容易。你能肯定公费出版？况且，现在出书都要签订合同，我看这个编辑有问题。文豪出版社，那可是国内响当当的出版社。哎，不对啊，"文豪"的"豪"应该是"豪情万丈"的"豪"，你这个"毫"怎么是"毫毛"的"毫"呢？这是什么鸟出版社，我怎么从来没听说过？

钟渝早对出版界失望透顶。作品一旦写成，任其堆积床头，和心爱的名著排列在一起。要我像卖狗皮膏药一样推销自己的作品，还不如要我的命。安心写作吧，我们的写作生命才是最应值得珍惜、值得骄傲的财富。记住，你是一个作家，一个心灵密码最忠实的记录者，你需要的是自由自在的精神体验。无欲则刚，我们写文章的，最要紧的是做到不受外物诱惑。赶紧忘掉出版社、忘掉编辑部，丢开这些毫无意义的合同签约吧。不要再对声名抱有任何幻想。

钟渝虽对出书毫无兴趣，作为过来人，还是就于文民来信提出疑点。至于那个"毫"字，许游认为肯定是笔误。钟渝也不置可否，只是一再要许游小心，以免上当。事实也证明，他的顾虑不无道理。

三个月后，于文民编辑又来信，以资金不充足为由，暂不签订合同。他在信里一味自说自话念穷经：四万块说穿了只够一个成本费。现在印刷成本高，纸张质量好，这些都是钱。你叫我们出版社倒贴？谁又倒贴我们？没办法，二十一世纪了呀，二十一世纪的读者见多识广，消费渠道花样百出，谁会一条道走到黑只盯着书不放？我们出版社的日子也很不好过。希望你能够谅解。不过，我以我最神圣的编辑头衔保证，一接到另外一万元补款，会严格签订合同。许游啊，能够在我们出版社出书是你的荣幸。文毫出版社，一张多么亮丽的名片啊。今后要再出书，有这张名片在手，可就容易多了。请尽快把这区区一万块钱补上。要知道，我们对你已经很照顾了。和你同在美国的另一位作者，出了整整一万美元。当然，他有工作，他也愿意以这种方式支持我们出版社。你不同。我们多少知道一点你的处境和遭遇。五万人民币，算是照顾价，便宜得不能再便宜。我因无法联系上你奶奶，只得写信给你，请尽快把补款交上。

这封信来得莫名其妙，他的第一直觉是有人搞恶作剧。四万块？天方夜谭，谁给钱了？奶奶欢天喜地告诉他的是公费出版呀。

你奶奶，肯定是你奶奶，瞒着你已经交掉了四万。钟渝大叫，接着冷笑一声道：看看，还是文毫，哪有重复写错别字的道理？我看这个出版社很成问题，此"文毫"绝非那"文豪"。你如果不相信我的话，打个电话给文豪出版社，问一下是否有于文民这个编辑，肯定水落石出。钟渝义愤填膺道：还有这些话，哪像编辑部来信？简直在做买卖，字字沾染铜臭。这帮乌合之众，想钱想疯了。巴尔扎克早在一百多年前的《幻灭》里，就深刻地嘲笑过金钱的魔力，它能使文学这座神圣殿堂，变成污秽肮脏的人间地狱。哼，"一张亮丽的名片"，多诱人的广告词啊。不过，这张名片要是我拿了，会恶心一辈子。

许游只觉脸上火辣辣的，像有人给了他一记耳光，比被盯着问能否经受诱惑难受多了。

文人傲骨。奶奶应该是最理解他的，怎么会接受这种交易？

27.许氏的晚年生活

近八十高龄的许氏中风住院了，之前，为许游小说稿四处奔波，俨然把它当作事业来做。

许游最早出国那几年，许氏的心被掏空了，她翻修老屋，打算就此叶落归根终老故乡。是游子的作家梦使她再次走出云镇。她竭尽所能发挥余热，一趟趟跑邮局寄空白稿纸，再把收到的小说稿抄写整齐。为保万无一失，寄往编辑部的稿件全用挂号或特快专递。之后，是满怀希望地等待。她的游子，十岁在土窑顶上，随口吟诵第一句类似诗歌的语言时，她即看出他在这方面的独特天赋。在她眼里，游子的作品，无论诗歌还是小说，都是最好的。

第一次接退稿信那天，家里正好有学生探望。她老眼昏花，信封没拆开，就认定是录用通知：你想啊，寄出去厚厚一大沓，如果退稿，也得厚厚一大叠才对，是吗？我家游子的小说很快要发表了，他天生是块写作的料。

她的手由于激动，哆哆嗦嗦，怎么也拆不开编辑部的来信。学生自告奋勇拆了，薄薄一张信笺，上面龙飞凤舞几行字。等许氏戴上老花镜，学生嗫嚅着起身告辞，被她热情止住：急什么？陪我喝两口，庆贺庆贺。说到"庆贺"两字，目光落在信笺上，眼睛眯了眯，才读出两个字，嘴唇上的笑僵滞了。

时光在短暂的僵滞中，倒退到五十多年前，当时满脑子文学幻想的她，也曾给编辑部寄过小说。退稿信措辞婉转，并不针对稿件本身发表任何评价，只含糊其辞："此稿不符本刊要求，请另行处置。"

此稿不符本刊要求。许氏反复咕哝，以为手里拿的还是五十年前的退稿信，她左看右看，抬头，正遇上学生躲闪的目光，恍然大悟，用力一抖信笺，笑道：

他们搞错了。肯定搞错了。怎么可能？退稿信五十年来一成不变，像用同一架机器印出来的。我找他们去。我孙子可是少有的文学奇才。她目光晶亮地盯着学生，说走就走。编辑部与青城相邻，骑自行车得五十分钟，公交车要去长途汽车站搭乘。学生劝说无效，只得陪同前往。

那天，许氏坐上学生的自行车后座，一路颠簸，找到编辑部。结果当然事与愿违，回来时手中除退稿信外，多了一只大信封，里面是她亲手抄写的稿件。

本来我们是不退稿的。既然你们亲自来了，就把稿件拿回去吧。编辑部唯一坐班的编辑，得知他们来意，找出许游小说。

这以后，退稿信像有某种约定，接二连三抵达许氏邮箱。许氏激动过后，沉下心情，开始从自身寻找原因。她想，游子人在国外，难道是海外题材不受欢迎？还是写作技巧上磨炼不够？

她订阅了大量纯文学杂志，仔细阅读，发觉里面虽不乏精品美文，滥竽充数者也相当可观。而海外题材作品，则在通俗文学类占有一定比例。许氏经过一段时间的研究，得出结论：许游作品之所以遭排斥，最主要原因在于，他用纯文学的笔调抒写海外题材，致使所触及的精神、灵魂层面远远超出故事本身。一句话，海外题材的小说在当时的中国还处于快餐阶段。快餐的最大优势是什么？是能让大嚼者在走出店门时一边打饱嗝，一边心满意足地用牙签剔牙，四处观望风景。

一位经介绍认识的编辑，和许氏的想法有许多不谋而合之处，他情绪饱满地大呼：我们只想在最短时间内，尽可能多地让读者了解你的海外传奇，你的打工屈辱史，你的奋斗崛起，还有种族歧视、家庭破裂，甚至迷奸、角斗、自相残杀等等。只有这些东西，才能在满足读者猎奇心理的同时狂赚同情分。我们又把这些大起大落、大喜大悲、变态极端的情节称作对读者的"暴力入侵"。入侵的目的只有一个：刺激。

"暴力入侵"。许氏在跟许游的通信中，只字不提退稿，含蓄地以另一种方式，把"暴力入侵"的评论加入信中。许游嗤之以鼻，接下来的稿件照样我行我素，浑然不管市场、读者、编辑等诸多因素。

如果说诗歌是从诗人心灵中流淌出来的最直接最自然的语言，那么小说便是来自作者的经验、思想和幻觉的集合。作品等同于人品，拥有什么样性情的作者自然会生产出什么样风格的作品。许游从小耽于幻想，诗意浓郁。他的作品特色便于空灵中，流露出淡淡的忧郁和浪漫之气。写作前，他会为之憔悴、寝食难安，一旦文章写就寄走，便丢开所有杂念，将目光紧紧盯着下一部。他就是一名作者，只负责为文章殚精竭虑，此外，所有的事情与他无关。

许氏不同，许氏虽也具备鉴赏力，却没有艺术家那份清高的不食人间烟火。她讲究关系，相信事在人为。因此，如何给许游小说打开局面，成了她生命最后阶段为之拼搏的头等大事。

她找出通讯录，老上级、老同事以及历届学生一个电话一个电话地打。这些人员，曾经的同事领导有的已过早凋零，有的正住院接受治疗。学生毕业后大都各奔前程。好不容易打听到某个熟人跟编辑部有联系，赶紧盯住不放，一趟趟跑，手上也总要拎几只水果或一盒糕点。送礼不在轻重，找对路就行。想当年为游子转一中的事，她一分钱的礼都没送，就帮着搬了几次煤球。

白发苍苍的许氏为许游小说的发表，可谓绞尽脑汁。可惜，她毕竟不是当年的许氏。那种七拐八弯、顺藤摸瓜所得的关系最不靠谱。

你问许游的那个中篇？蛮好蛮好，等主编最后审稿。主编？他出国访问了，忙得很。一次次满怀希望的等待，被一次次重复的搪塞搞得心灰意冷。人情薄如纸啊。许氏感慨世态炎凉的同时，一味自责：老了，不中用了，连这点小事都办不好。与此同时，她变得爱唠叨、爱发牢骚，一次在菜场上正和几个老太说得起劲，有位旁观者听着听着扑哧一声，笑着揶揄：你那几只苹果谁看得上眼？真要办事，得红包，送钱，现金。听说现在出书都是自费，不信，自个跑出版社问问去。

这位旁观者的话提醒了她。对啊，以前怎么没想到出书呢？许游这么多中短篇小说，早够厚厚一大本了。许氏赶紧托人打听行情，决定拿出所有积蓄，为孙子出书。又有人出谋划策，叫她去找企业或富商拉赞助。谁这么傻，自己掏腰包出钱？人家都能找单位赞助。许游不在国内，没单位，去查查他以前的同学同事，哪些暴富的，让他们放点血还不是九牛一毛？许氏一听也对，东托西打听的结果，搜索到诗扬的最新动态。

说起诗扬，脑海里立刻浮现出一个纯朴女孩的身影：穿碎花连衣裙，梳着卞卡式长发，动作干练，言语爽脆。和许游在味精厂办文学报、文学沙龙那会，经常往他们家跑，一口一个"奶奶"，每次来，手上总拎着奶奶喜欢吃的甜点，什么酥糖啊粽子糖之类的，把奶奶哄得心花怒放，自然也对许游放宽政策。只要拿诗扬作挡箭牌，奶奶一律放行。这个诗扬人小心大，是个角色。奶奶嘴里含着粽子糖，不时抿嘴感慨：你看她的组织能力、外交手腕，你们谁人能比？她天生是块干事的料，如果给她机会，我把话说在前头，你们等着瞧，这姑娘一定会是个响当当的人物。

许氏的预言没有错，那个曾经满怀文学热情的女孩，已是青城房地产开发市场呼风唤雨的人物。有关个人奋斗史，早已以报告文学和影视等多种传媒手段使得家喻户晓。她的公司是青城第一家以"有限公司"冠名的合资企业。公司建筑占地面积大，双子楼高耸入云，在风格上中西合璧，成为青城蔚为壮观的风景之一。

诗扬曾是一位文学奇才。几乎所有关于她的报道里，都以这句点评开头，接下来是一两首旧诗作，以此证明她这一天赋。许氏决定拜访之前，先通过各种渠道诸如电视、广播、报纸以及街坊邻里之口了解诗扬。每看到这句话，心里不免一咯噔。再读旧诗，似曾相识，颇像许游之作。

不过，许氏到底是许氏，她才不会揪着别人的小辫子不放呢。她很快让自己相信诗扬曾有的文学天赋。那些诗的作者就是诗扬！这朵商业奇葩也是当年青城诗坛上的奇葩。事实上，青城大小报刊早在诗扬暴富之际，已迫不及待地挖掘出其旧作，再配以夸张肉麻的吹捧，连篇累牍，反复刊登。那声势，好像全青城的文人都已死光，只剩一富婆舞文弄墨。幸好许游已出国，不然，最早被气死的恐怕是他。曾经沙龙里的一些诗友，聚在一起思念许游的同时，不忘嘲讽诗扬两句，以此释放郁闷。

许氏看问题的角度永远不偏激、不走极端。诗扬身家过亿，仍不忘文学，你说她附庸风雅也罢，沽名钓誉也好，有一点，许氏看得很清楚：诗扬心里最大的遗憾，其实正是自身在文学方面的缺乏。许氏相信，钱再多也改变不了一个人内心最原始、最本质的渴望。

所以，说服诗扬为许游小说集出资，在许氏看来，简直不费吹灰之力。甚至一厢情愿地做梦，诗扬也许一直在等待许游的出现呢。

许氏怀着对诗扬美好而又朦胧的期待，走进闻名青城的双子大楼，坐在那间宽敞得可以做一个大车间的会客室，等待贵人出场。

等待过程中，假设多种久别重逢的寒暄版本。这个年轻时见过世面又历经生活风浪的云镇才女，突然有些紧张了。一会儿担心自己过于苍老的形象让诗扬难以辨认，一会他又后悔没事先打个电话。诗扬猛一见她，肯定意外，这样不请自到是不是太唐突？所以，见面第一句话应该采用比较客套的道歉，然后再通过叙旧，将话题慢慢切入重点。

时间在许氏的胡思乱想中溜走。诗扬没有出现。如今的诗扬实在太忙，忙得无法分身。只让小秘书端上水果茶点致歉。

要不你明天早一点来吧？三个小时的等待换来这句逐客令。第二天，许氏如约前往，又吃闭门羹。第三天再去，诗扬已经出差。许氏虽然年老，但不痴呆，她明白了：诗扬不想见她。其实，所有味精厂阶段的朋友她都不想见。她和他们还有什么好谈的？两个完全不同的阶层，就像两条平行铁轨，永远没有交叉的必要。

四万，不就四万块吗？我许氏还出得起。有个叫于文民的编辑老早就看好这本小说集。一再以文毫出版社书稿代理人的身份，周旋游说。许氏迟迟没答应，不是舍不得钱，是……是替文人委屈、不甘心。什么时候起，作家的劳动变得如此廉价，得不到应有的重视了呢？她如何也想不通。想不通就不想吧，事情还得继续。

她是真被诗扬气糊涂了，带着赌气和较劲，从银行捧出所有积蓄，汇给于文民。

从邮局回来，经过双子大楼。一阵冲动袭来，竟又想进去找诗扬，跟她说几句话。

她神情凛然地穿过绿灯，远远地，见大楼玻璃转门里，走出一个似曾相识的身影。一头卞卡式的头发不见了，替而代之的是飞扬的短发。短发下多了一副眼镜。许氏无法看清镜片后的眼神，它们——是否依然清纯坦率？它们听到许游的名字，是否还会像面对星辰那样，流露出由衷的仰慕之情？

小说稿是许游所有的财富。诗扬你是否愿意为这些小说稿多停留一会，听听它们背后的故事？

真正看见诗扬，许氏发觉，促使自己一次次屈尊拜访的最大动力，其实不是钱，而是回忆。自许游走后，她一直在寻找，寻找那个能和她一起回到过去的共鸣者。诗扬应该是最佳人选。

诗扬，诗扬。我已经把钱交掉了，所以你别担心，我不是为钱而来。我只想跟你说会儿话。真的。

许氏加快脚步，同时举起双手：诗扬——她大声叫，奇怪，呼声全被扼杀在喉咙口，身边人群来来往往，丝毫不受影响。

她看到诗扬回眸了。那完全是睥睨众生、非常上流的一个回眸。

诗扬，如果连你……连你都不愿为许游的小说停留一会。那么告诉我，还有谁？你能告诉我还有谁可以？

许氏再次高呼，环顾四周，人群你来我往，没有谁在乎她的呐喊。她从这些匆忙的身影和淡漠的眼神中，看到了文学艺术所遭受到的空前寂寞。

一阵悲怆袭来，只觉血液加快，直往脑涌。她身体晃了晃。天地一阵旋转。诗扬优雅的身影就此定格，成为一张无法从中寻找到过去的曝光底片。

28.重返青城

一直精神矍铄的许氏瘫在病床上。她眼睁睁躺着，看护士忙碌，看病友进进出出。同室几个患者得着绝症，但生活尚能自理，能起床与探视者执手寒暄。他们在许氏眼里就多少拥有了"现在"。不像她，只能直僵僵躺着，比死人多口气罢了。眼睛一闭，往事潮水般涌来，那些早已仙逝的祖祖辈辈，一个个来了又走，嘴唇嚅动着，好像要告诉她什么。

连祖辈都开始探望她，看来离死真不远了。

假如，假如不是为见许游最后一面。再假如不是那个叫阿云的护工照料得好，她无论如何都能找到机会，掐灭自身那一点微弱的生命之光。

阿云的照料完全不计报酬。其他病床的病人都说，即使自己亲孙女，也没这么体贴。当然，阿云再温柔再无私，也只是一个护理工。

钱，成了许游回国后亟待解决的重大问题。从美国带回的存折，仅够把医院拖欠款补交上。接下来的治疗费、住院费、营养费还有阿云的护理费等等，成了一个无法填补的黑洞。

到哪里去弄钱？许游低头看了看粗糙的双手。原《青城文学》杂志社属于自身都难保的清水衙门。还是别自讨没趣。除此，哪个工作适合他？没回国前，已从报上看到类似下岗工人再职难、大学生就业难等报道。难，难，到处一片哀叹声。许游在这个时候回国，一没文凭，二没技能，年龄已近中年，谁愿意雇他？

青城，似曾相识的青城，对这个阔别十年的海外游子，并没格外开恩。人群、高楼、阳光都和他无关，只有彻骨的寒风，久久包裹他的身心，萦回不散。冷。什么时候起，青城的冬天变得如此寒冷？奶奶说他回来前的一天，青城刚下过一场大雪，这是十年来下得最大的一场雪。青城的雪和记忆没有任何联系。它刺目的颜色寂寞寒冷，仿佛是老天刻意的恶作剧，给许游带去某种不祥预感。

刚回国头几天，许游走到哪都落寞。局外人的感觉深刻地刺痛着神经。在纽约，也是局外人，体验却不同。我来自中国。简简单单一句话，即把所有苦难化作动力。纽约风雪再大再冷，刺痛的都只是皮肤和筋骨。心灵一点不孤单。那些时而翻滚的苦涩，泡沫下面仍流淌着一抹温暖，它色彩永恒，常常在你最失意、最孤独无援时给予你力量和支撑。

如今，他回来了，回到日思夜想的运河边，这里的每个角落都曾留下他寻觅的足迹。他试图回到过去，一切已成枉然。他们的文学沙龙、诗歌烛光还有彻夜不眠的激情被平地而起的高楼覆盖，覆盖得了无痕迹。怀真桥的月亮依然明亮，再次面对，烧灼脑海的只剩一个字：钱。钱，钱，在纽约，有钱没钱是他个人的事，说穿了，饿死也就他一个人。奶奶不同。奶奶比他的生命更重要。他无论如何也要给她最好的治疗。

许游幽灵般行走，在这座似曾相识的城市，心空空荡荡，找不到支撑。他是谁？来自何方？美国？笑话。那里的一切跟他有什么联系？去了来了，谁关心他的死活？

局外人，啊，局外人。到哪都是局外人。寂寞的冬青，阴郁地耸立在运河两岸。连最熟悉的河流，仿佛也对他冻结、凝滞着，听不到那一声声低语似的叹息。

最初回国的许游，面对奶奶的疾病，面对一连串庞大的金钱数字，焦虑加抑郁，简直失落到极点。假如不是来自一声"于文民"的呼唤，他一筹莫展的状况真不知要持续多久。

于文民是文毫出版社驻青城书稿代理人，是收了奶奶四万块钱却没有按许诺出书的文学编辑。"于文民"这三个字在纽约已被钟渝大批特批，回国后就更敏感了。

当许游拖着两条沉重的双腿，在人群中被推来搡去得近乎麻木时，突然，前面传来一声喊：

于——文——民!

于文民?他立刻清醒,寻声而望。人实在太多,潮水般汹涌,仅看得见一只青筋暴突的手举过头顶,挥舞,又挥舞。这只手成了导航,他奋力排开身边障碍,冲过去,叫:于文民!

被叫者愕然回望,问:你叫谁?于文民?你认识于文民,我儿子?

于文民一蹦一跳过来,他八九岁模样,一脸通红。看到儿子,父亲立时忘了许游,劈头一阵"不许乱跑"等数落责骂。

许游退出人流。"于文民"三个字使他热血沸腾。怎么没想到找于文民要回那四万块钱?小说集?让它见鬼去吧!许游仿佛一下找到生活目标,一路狂奔跑回家,翻箱倒柜,找出于文民的来信:

今收许女士四万元现金。许游中短篇小说集出版合同意向书,将在下月寄出。望查收。

另:正式收据等书出版后再一并寄上。

文毫出版社书稿征集代理人:于文民

这张用钢笔潦草书写的收据漏洞百出。"文毫"依然是"毫厘"的"毫"。许游回想起钟渝就"豪""毫"两字的推断,沸腾的血液凝固,开始担忧其中有诈。

失之毫厘差之千里。"文毫"两字,在他眼里闪闪烁烁,像斯芬克斯的微笑一样残酷,嘲笑着他的执着和自信。

事情很快水落石出,文豪出版社根本没有编辑于文民。出版社也于近日发布"谨防假冒,认准文豪"之声明。上当受骗的不止许游一人,还有无数个像许奶奶那样急切出书的,他们天真地把梦想和信任一并交出手。直到于文民卷款潜逃,从高高在上的书稿代理人,堕落成被警察通缉的文化骗子,大家这才醒悟,后悔莫及。

许游没敢告诉奶奶，每听问及出书，便支支吾吾，安慰道：快了，快了。嘴上这么说，心里却涌起一股强烈的渴望：出书，凭自己真本事出书。一定让奶奶看到他的书。一定。

这个信念又使他精神百倍，他把在纽约写好的长篇处女作《缘木》修改完毕，寄给了真正的文豪出版社。出版社对自投稿作者有篇公开忠告，十分醒目地占据网站首页的重要位置。公告如下：

亲爱的作者：

谢谢你们对文豪出版社的信任。由于编辑部审稿量繁重，恕不能对贵稿一一回复。三个月内得不到编辑审稿意见者，即可自行处理文稿。谢谢。

文豪出版社编辑部

三个月。等待过程中，许游又写出几个短篇，并学会拼音打字，使用电脑创作。期间，医院催款数次。他被逼无奈，开始留意各类有奖征文，不分白天黑夜地写啊，写啊。只要给稿费，只要立刻能拿到钱给奶奶治病，什么题材都愿意尝试。稿费，稿费。写作十多年，从来不为稿费创作，也从没如此焦虑地盼过稿费。回国前，钟渝还羡慕他是个只为写而写的天才。假如他在身边，看到他现在这副饥不择食的样子，真不知会有多少感慨和讽刺呢。说到底他许游还不是天才。无法自私专注到不顾奶奶死活的地步。

当听说写剧本赚钱，又一次萌发冲动。还记得十六岁写的第一个话剧《围棋》，还记得那个汪老师热情洋溢的赞美。天才！真是天才！这是汪老师原话，如今依然激励着他。许游说干就干。凭记忆，重新改写《围棋》。到底是自己写过的东西，十分顺手。完后，直接把稿件寄给剧团，希望有慧眼识中。好像上天有意要磨炼他的意志。想要当一回写作机器都当不成。投出去的稿件，无论小说、散文、诗歌还是剧本，篇篇有去无回。他又一次想到报社专栏。

这是他回国后首次出门毛遂自荐。十多年前，他是《青城文学》的当红诗人兼编辑，报社里一帮年轻记者曾是他最忠实的读者。许游在去报社的路上心情忐忑。假如，他天真地想：某个记者认出他，索求诗集怎么办？他快速返回家，找出几本诗集带上。如此折腾近两个小时，才抵达报社，两分钟不到就被打发了：专栏只用名人短文，即便如此也已人满为患。许游？曾经作为诗人，在青城昙花一现。如今年轻人，还有谁记得？

报社那天很忙，好像刚接到一个大型采访任务。门口停一辆面包车，车身喷着火龙彩绘，中间一行醒目的字：《文明之花》采访组。几个记者模样的中年人，扛着摄像机，急匆匆出来，直奔面包车。他们经过许游身边时，连眼皮都没抬一下。许游却从几张似曾相识的脸上捕捉到了年轻时的痕迹。他停住了，望着他们的背影出神。假如他没有出国，也许会成为其中一员。每天都有新的任务，或组稿或采访或拉赞助。这些任务，身在其位时有无奈厌烦之感。海外孤军奋战多年，再回过头看，却忽然羡慕起他们的忙碌。一直试图走出一条以文谋生的路来，这辈子恐怕是没希望了。在纽约，也因得不到编辑部回音而沮丧，但没失去过自信。有钟渝为伴，他不以苦为苦，相反时时滋生起一股纯然的骄傲情绪。"千山鸟飞绝，万径人踪灭。"这是钟渝最欣赏的两句诗。许游啊，人难免失意，只有在失意时仍保持风骨者，才可独居江峡，成为冰天雪地中最后的坚持。

坚持，坚持。这么多年，他一直在默默承受着坚持所带来的苦闷。还要坚持多久？那份找不到支撑的孤独荒凉再次袭来，使他心灰意冷到极点。他离开团队已经太久太久了。

许游在街上走走停停，商店的玻璃墙里有一个同样落魄的身影，正茫然不安地与他对视。是你吗？他问。同时伸出手想要触摸。从玻璃墙，不光能看见他自己，还能看到街道对面，正在施工的一支工程队。几十个农民工在飞扬的尘土中机械地劳动着。

打工。能在纽约打工，能混在底层依然保持独立的精神。回到青城，思维却又入俗套，总想找个既轻松体面又能挣钱的工作。他一再有意无意地绕过这群最底层的打工者，忽略他们付出的同时，也在忽略他们的尊严。

他们能，为何他不能？都是凭劳动挣钱。这个世界谁又比谁高贵？他呆愣片刻，即不假思索地大步过去。

许游开始在工地打工了。打工见钱快，但收入微薄只能暂解燃眉之急。不过跟人群接触后有一大好处，就是消息广，同时，自己也不再局限于自己，尽量使用在纽约的装潢技能，寻找与之对口的机会。

一个月后，许游离开工地，进入青城最大一家装修公司。工资比原来翻了两倍，每月还有奖金红包。奶奶问起，就说给《青城文学》做特约编辑。许氏也信以为真。

一天，许游跟随一支工程队去给某老总豪宅搞装修。豪宅占地面积大，亭台楼榭，依山傍水，俨然一独立王国。工人们连连惊叹，问许游：你在美国见过这么大的房子吗？许游淡然一笑，问：听说过这么一句顺口溜吗，一家筑房，全城轰动。这就是富人建房所追求的效应。到他们这个层次，追求的已经不是居室，而是供人仰慕供人参观的宫殿。这在中国美国都一样。所以，送你们一个忠告：经过豪宅，千万别敛声屏气。大可站在花园前随心所欲抒发感慨。因为富豪们希望听到你们发自肺腑的赞美、尖叫，喜欢看你们那副望尘莫及的失落和惆怅。

许游正说得带劲，一辆白色高贵的轿车缓缓驶近。正听他调侃的队长，蓦地一昂头，快步冲了出去。

快看，她——她就是这栋楼的女主人。另一工人头朝窗口张望，声音颤抖地说。一时，室内鸦雀无声。轿车里走出的女人衣着得体，一套宝蓝色西装，色彩典雅，很符合女老板的年纪和身份。她在司机和秘书的陪同下进屋，朝工人们微笑着点了下头，她的眼神并不与某个工人对视，轻飘飘地掠过众人头顶。许游戴一顶鸭舌帽，只身站在角落，他从她进屋起就觉面熟，直到对方不经意的眼神掠过他，然后转身，那略显僵硬的身躯以及头发甩出的弧线，一下闯入记忆心屏。他差点脱口叫出一个名字：诗扬！

诗扬，这个青年时代的文学伙伴，摇身一变成了富商？当初她对文学的热爱和奉献，比他可要强烈得多啊。真是她？许游使劲眨了眨眼，亦步亦趋，试图认清楚。队长厌烦地一挥手，呵斥：看什么看！别磨洋工！去，干活去！

诗扬在队长的吆喝声中，仅淡漠地瞥他一眼。

这一眼，更使许游确定判断：是她，真的是诗扬。

当晚，许游把这当作一桩大新闻，告诉奶奶。以为奶奶会像他一样激动。谁知，奶奶冷笑一声，犹豫再三，才勉强止住怨气，只说：她呀，已经不是原来的诗扬。千万别去找她，到时自讨没趣的是你。

奶奶吃闭门羹的事他不知道。即使没有这段插曲，按许游个性也不会主动上门叙旧。

所以，诗扬意外现身引起的余震，来得快去得也快。接下来的日子，许游依然忙碌于打工、写作和照顾奶奶。

三个月已过，文豪出版社杳无音信。他又把长篇《缘木》投寄给另一家出版社。期间，和原《青城文学》的主编老程联系上。

许游啊，你曾是我们青城诗坛的骄傲。相信你的小说也一样。

老程答应帮忙推荐书稿，许游豁然开朗。在报社门口那份找不到支撑的孤独，被对方一句话赶走了。那段等待消息的日子，是许游回青城后最充满期待的日子。

许氏开始练习走路了。她对阿云说：我不能老这么瘫着，这得给我孙子带去多大麻烦。再说，活了八十年，临到最后反要瘫着离开？想想那些先我而去的亲朋好友吧，他们见了我，会多么失望啊。

许氏的"多动症"只有等许游出现才会消停。劳作一天的许游，晚上便带着稿件过来陪伴。这是祖孙俩一天中最感幸福的时刻。许氏听话地躺着，连喘气都是轻微的，尽量不发出噪音。只让慈祥怜爱的目光，长久地停留在孙子身上。时光在她的凝视中悄悄溜走，往事在脑海——巡礼，也都像做最后的告别似的，许氏的脸色忽而伤感忽而遗憾。

奶奶，你的头发真美，像墨蓝色的风信子颜色。

耳边回响起许游稚弱的童音。又接着回忆起那天关于缪斯和青睐的对话。"青睐啊，就是亲吻。"想起当年哄骗他的话，许氏无声地笑了，脸色柔和布满温馨。

缪斯之吻。缪斯的嘴唇芳香四溢，上面的光芒只为极少数的追求者闪耀。她忽然很想问问游子：你孜孜以求这么久，感受到女神嘴唇上那道神秘的光芒了吗？

祖孙俩一直是心有灵犀的。从奶奶不平静的呼吸中，许游眼睛盯着书，思绪又仿佛回到从前，回到坐在土窑顶上寻觅诗句的日子。

青睐就是亲吻。

耳边回荡着奶奶的话，情不自禁摸了摸嘴唇。记得钟渝晒书那天，阳光从高耸的云端洒落，它美丽闪亮，触手可及。钟渝正陶醉地仰躺在草地上，静静享受着这份天然的恩赐。他呢，极目云海，眼睛与最炫亮的那道光环相遇了，平静的心蓦地战栗。他闭上眼，踮起脚尖，像一位真正投入的恋人那样，朝着天空，仰起脸……

时隔多年，钟渝晒书那天的阳光，在奶奶的病房再次散发出异乎寻常的光芒。他突然很怀念和钟渝在一起的日子，突然很想问问钟渝：你——跋涉了这么久，感受到女神嘴唇上那道神秘的光芒了吗？

29.聚会

回国了，才对闻枫的知名度有切身体会。闻枫摇身一变，成著名作家兼剧作家耿潮。根据他同名小说改编的连续剧正在热播中。有关连续剧的巨幅广告，铺天盖地随处可见。有段时间，似乎只要随便一弯腰，捡到的广告中，就有关于当红剧作家耿潮的最新报道。

一天中午，许游拖着疲惫的脚步，走进一家便餐店，再次面对迎风招展的广告发呆时，肩膀被人狠狠一拍，同时，耳边响起一声惊天动地的大叫：

许游，真的是你？

许游猛一回头，只见一张通红的脸上，两只发光的眼，对他大睁着。他微微一愣的工夫，肩膀上又是一拳：不认识了？我是小冷，冷志欣啊。

小冷？冷志欣？

许游费力在脑海搜索。小冷见对方发愣，热情并未被挫伤，依然兴致勃勃地启发道：我就是那个，那个经常给诗扬跑印刷厂的小冷。

啊。记忆豁然开朗。想起来了，当初和诗扬办报、办文学沙龙那会，小冷是跑腿，外面跟人打交道的杂事都由他包揽。许游基本没怎么跟他讲过话，只记得那双发亮的眼睛，总在某个角落仰慕着他。

简短寒暄之后，许游没话了，站着发愣。冷志欣也恰好有事要忙，塞给他一张名片，匆匆离去时说：你回来了。当年沙龙的一帮文友我去联系，找个时间聚聚，啊，聚聚。

冷志欣名片上是一连串令人望尘莫及的头衔：国家二级编剧、电视制片策划人、某出版社特邀编辑等，看得许游眼花缭乱。

这些年不见，连冷志欣都成了策划、编剧。许游又是一阵感慨。

三天后，冷志欣果然信守诺言，把当年一帮文友召集到青城最大的得月亭餐厅。这是许游重返青城后参加的第一次聚餐。曾经的文友大都已经下海，他们不管有钱没钱有权还是没权，都已发福大腹便便，张开嘴就叫嚷着喝酒。从那一双双浑浊的眼睛里，许游再也寻找不到过去闪烁的理想之光了。

　　冷志欣是聚会主人，自然当之无愧要唱主角。年轻时腼腆寡欲的他，早已脱胎换骨成半个脱口秀。席间，只听他妙语连珠，时事新闻、民间顺口溜还有黄色段子等，津津乐道。

　　许游很多事情都落伍，听不懂行话、切口。人家笑，他莫名其妙。

　　许游。冷志欣突然问：还记得诗扬吗？

　　一听诗扬，眼前同时闪过两个身影：味精厂穿碎花连衣裙的女孩，和别墅里来去匆匆的女强人。两张面孔在记忆的水面上微波荡漾，聚拢片刻，又分开了，怎么也无法拼凑出一个完整的形象。

　　她的变化太大了。

　　许游，你和诗扬以前可是一个战壕里的战友。假如她愿意帮忙，替你的小说做做宣传，嘿，你啊，不想出名都难。人群中不知谁说了这么一句，冷志欣一拍大腿，道：对呀，这个主意不错。凭你们俩以前的交情，不妨试试。

　　许游笑而不答。冷志欣就说：现在的社会最讲究关系和人情。大文豪鲁迅不是说过嘛，他说……原话记不得了，大意如此：一个孤军奋战的人是注定要失败的。这话什么意思？说明人是群体动物，活着就得相互帮衬。你看，这个文学、影视、科学、教育，哪一行没有圈？你一个人孤军奋战，本事再大，没有圈内行家点评扶持，不还是游离圈外的散兵散将？人哪，谁天生就会低声下气、察言观色？还不是被生活逼出来的？对吧？既然生活在人群中，就得遵循某种生存规则。弱肉强食，只要你领悟生存之道，懂得变通，一定能心想事成。相反，你孤高自许，写得再好，有谁知道？又有谁会关注？

　　冷志欣一番话虽然世俗，倒有几分道理。许游自写小说以来，无论中短篇还是长篇，几乎全军覆没。问题到底出在哪里？假如没有回青城，没有被生活逼进死角，他会像钟渝那样，纯粹以写作自娱，不关心发表、出版等世俗之道。

许游，说实话，那天你穿着工作服，坐在小饭馆门口吃面条的样子，让我很心酸。冷志欣十分同情地看着他说：你是我们的诗歌之王，你生来不是做粗活的，你有更神圣更重要的事做。你的生命不应该浪费在装修房子上，应该——

什么？你说许游在干什么？装——修——？财大气粗的汪文和孙兵听此激动了，大手一挥道：许游，跟我们去北京。

许游怎么可能跟你们去北京蹚浑水？他是诗人！冷志欣说出"诗人"两字时，贾穹不可思议地问：你——还写诗？

我写小说了。许游说。

写小说？汪文沉吟道：你对文学也太痴心。听说现在出书痛苦着呢。哎，小冷，把你的名片给我看看。好像记得你还在给出版社拉稿，对吧？

冷志欣忙说自己正在给北方一家最有名的出版社组稿，不过作者得自己掏钱买书号，承担印刷装订等一切费用。

孙兵不悦道：原来你小子靠这皮条生意挣钱。其他作者我管不了，许游的稿子得帮他公费出版，哪怕你自掏腰包。

这不是我一人说了算的事。冷志欣为难道：公费出书名额有限，一要看作者知名度，二要市场调研，看书出版后是否能畅销，是否有钱赚。说到底，出版社日子也难过。如果书卖不出去，编辑拿不到奖金。你说这世界上，除了爹亲娘亲外，还有什么最亲？当然是钱啦。

你也是，唯钱最亲，唯钱的面子最大？孙兵不依不饶道：别一天到晚念穷经，这几年，光靠这摊生意，恐怕已经挣很多外快。许游的事这么定了。

冷志欣嘿嘿干笑两声，不立即表态，眼珠转了转，嘴里念叨起耿潮的名字，自说自话要许游有耿潮一半的名气就好办了。许游听此，嘴里一口茶差点喷出来。孙兵骂道：有那名气，还用得着你帮忙？

别，别。我不正想办法吗？冷志欣继续冥思苦想，只一会儿工夫便两眼放光地大叫：许游，你机会来了。

什么机会？众人好奇发问。

鹊桥仙笔会。一年一度的鹊桥仙笔会在下个月，现在报名还来得及。去，去参加笔会。冷志欣激动得口沫横飞，一双筷子在空中乱舞。

大家以为什么好消息，一听笔会，气不打一处来：朋友面前别耍滑头，小冷，许游出书的事，你到底帮还是不帮？

朋友之间无所求。许游谢绝大家好意，道：我自己的事还是自己解决吧。

看你又来了。冷志欣摇头叹息：你这事啊，自己还真解决不了。接着分析道：许游对缪斯女神的痴迷，我们大家有目共睹。他的诗歌小说也早已达到炉火纯青的地步。天道酬勤，许游应该红也必须红。怎么红？找对出版商这一步棋非常关键。当今文学圈已和娱乐圈相差无几，写诗的写小说的一个个不甘寂寞，为出名炒作使出浑身解数。这个舞台自然也就热闹非凡。许游要想一步到位登上这个鱼目混珠的大舞台，光靠我拉稿的出版社远远不够。试想，出版社每年出那么多书，你没钱做广告，就想从浩如烟海的书堆中挣扎出来，让读者知道你都去买你的书？痴心梦想。书卖不出去，滞留书库，作家辛辛苦苦写的文字便成废纸。这是作家们最不愿意接受的事实。所以，许游必须有一个好的开始。

快说说，如何开始？大家早不耐烦，急切打断。

参加鹊桥仙笔会。冷志欣又把话题绕回鹊桥仙。众人叹息：你这个小冷，想象力也就这点水平。

冷志欣只一味盯着许游，眼睛微微眯着，露出一丝暧昧的笑。

说啊，这个笔会怎么个与众不同？

有个人，一个女人。

女人，谁？

池茉。

池茉？这下轮到许游吃惊，忙问：哪个池茉？原来《流芳》杂志的编辑池茉？

哈，就知道你记得她。冷志欣开心道：她现在可是鹊桥仙公司的老总。许游啊，机遇来了。冷志欣拍了拍他的肩膀，介绍道：池茉老早离开《流芳》了，她的发迹史都跟男人有关，这其中的故事三天三夜也说不完。还记得刘编辑吗，那个"留情编辑"？当初正是他鼓动池茉辞职的，两人合伙开办鹊桥仙公司。这是一家私营性的中介公司，把高高在上的鹊桥架在作者和出版社以及影视公司之间。一年一度鹊桥仙笔会，是那些尚未成名的文人们最神往的契机。作品一旦入选，极有可能"触电"，被改编成电影或连续剧。池茉深谙成名之道，一旦目标明确，使用手段完全像包装明星，从网上点击量，到大篇幅持续不断的广告宣传，连篇累牍的作品连载，以及名目繁多的获奖渠道，不断冲击着读者的视觉神经。其实，读者是盲目的，你说张三好，我看张三，等发觉上当，也已徒劳。不过，池茉捧红的作家们也只能在网上兴风作浪，真正纯文学阵营视她如毒草，避之唯恐不及。池茉才不管那么多呢。她要的东西：一是钱，二是男人……

男人？众人惊问。

冷志欣继续爆料：我们最最亲爱的茉姐只捧男性作家。影视圈有"谋女郎"，鹊桥仙风行"茉男儿"。"茉男儿"们个个貌比潘安，才比子建。冷志欣说到这里，上下打量着许游道：你虽然老了些，但长相不错，再加你们过去的关系，说不定她会来个例外。

冷志欣那一眼，让许游很不舒服。他嘴里的茉姐真是池茉编辑？

她到底还是跟刘编辑在一起了。不知为何，许游替池茉惋惜，凭池茉的才华和相貌，似乎不应该和"留情"这种男人混在一起。可他们偏偏是搭档、伴侣。

许游，发什么呆？我给你指出的这条路和清高、神圣都没有关系。刚才说了，池茉要的是钱和男人，合作方要的也是钱。双方一拍即合，互惠互利，哪管那么多来自纯文学阵营的反对打击？这么多年来，鹊桥仙越办越红火。只要被池茉看上的男性作家，基本上短时间内就能名利双收。你有纯文学功底，先混进去把名扬了，到时再让作品说话，不是一举两得的好事情？

这个建议倒可以试试。汪文赞同道：现在这个社会的确不是你原来想的那个样子。那个池茉你们以前好歹认识。她人多路广，也许真像小冷说的，能为你的小说找到一家合适的出版社。

多一条路总比没有路强。先别被小冷的介绍吓倒。清者自清。

你一个男的怕什么？许游，去试试吧。

餐桌上满是鼓励声。这些当年的文友，都希望许游能梅开二度，再放异彩。

30.池茉外传

冷志欣介绍鹊桥仙时，忽略了一个至关重要的细节，即池茉的另一绰号"千面魔女"。

鹊桥仙成立至今，池茉首当其冲，成为最受质疑猜测的人物。业务上，她怪招多，出手快，是行业里出了名的"魔女"。

池茉的发迹史离不开男人，池茉和刘编辑是否彼此的固定情人，一直是外界猜测的八卦新闻。

猜测原因很简单，两人合伙做生意，感情上互相打情骂俏，却各有其他异性相伴。刘总这几年利用职务之便，频频对年轻女作家潜规则，在圈内早已不是新闻。他的绰号已由当年的"留情"升级为"留种"。一个快速被人淡忘的女作家曾跳出来，哭诉为刘总流产三次的痛苦内幕。另一个急欲出名的女作者，更是恬不知耻，大爆和刘总同居细节，扬言私生子已经五岁。面对网络上这股妖风，刘总以静制动，被问急了，才淡然道：她们想出名嘛，情有可原。

刘编辑在文学鉴赏上的庸俗品位，像对各类女人的滥情一样，曾使池茉深感厌恶。她鄙视他，瞧不起他，说他是一个地地道道的俗物。可正是这个俗物，在她最初空房的寂寞岁月，使她的身体免于荒芜。她在高潮迭起的快感中，用最刻薄的话贬低对方，也贬低自己。最后，只能自嘲：因为照看人类的灵魂不健全，所以，我们人类都不完美，各有各的病态。比如她离不开他就是病态。不光离不开，还在两人最火热的时候，因为他的偷情而痛彻心扉。

谁都不会想到，池茉老牛吃嫩草的最初动机，竟为摆脱刘总。她渴望自己能从他过度旺盛的性欲中解放出来。当一个人想要从一种束缚中寻找解脱时，必须有麻醉品。池茉虽然离开了《流芳》杂志社，但并没脱离文学队伍。相反，随着生意的进一步扩大，接触到很多年轻作者。她不断从投稿中获取灵感，创作热情被再次点燃。她专捧年轻男作家，而且朝三暮四，三天两头换人。经她修改的作品，一篇篇被推到网络，再请人写评论，搞得声势浩大。

你这个编辑做得可真彻底。为什么不把你的名也署上？刘总用酸溜溜的口气问。

为什么要署我的名？我只是一名编辑。为他人作嫁衣裳是我的命。以前在《流芳》，部里条条框框太多，把我天性中的创作才能限制死了。现在多好，随心所欲，想怎么改怎么改。

池茉继续扮演编辑角色，渐渐不再满足于局部修改，她渴望再创造，渴望像影视编剧那样，把一篇千字小说改编成一部二十集的连续剧。她要参与到别人的创造领域，进而发挥她的想象，这样经过她再创造出来的东西，才算完美。不过，鹊桥仙成立这么多年，她也捧红了无数男作家，说心里话，那些她参与创作的东西，都不能称之为心灵之作。她渴望遇见一部能让她身心陶醉战栗的经典之作。

于是，她把爱和欲望交给了等待。等待着这个世界上最有天赋的男性作家的出现。她最喜欢的作家伍尔夫认为，艺术创造力的本质在于男性头脑和女性头脑的结合。当两者融为一体时，头脑才最具创造力，并且能够发挥它所有的才能。

自此，池茉更加坚信，她的创造力必须靠另一个男性头脑的点燃，才能发挥到极致。她挑选作品的套路，也再次回到做《流芳》编辑时的模式，先看人，像选美，才艺再出众，外表气质不行，也是免谈。

你该不会以给作者改稿为由，暗藏私心吧？池茉不合常理的做派终于引起刘总警惕。他身边不乏年轻女性，跟池茉本来逢场作戏，并没多少感情基础。要吃醋也轮不着他。可他偏偏是个心胸狭窄的醋坛子，对自己曾占有过的东西，有一股近乎病态的控制欲。池茉曾看好过一位青年作者，接连推出他的两部长篇，两人几乎天天以改稿为由，黏在一起。刘总妒火攻心，找了几个打手，把小伙子拦进一条死胡同暴打了一顿。这个在文坛上昙花一现的作者，便从读者眼中消失了，再没出现。那段时间，文坛为此吵翻天，各网络小报均不惜笔墨，就此事大书特书。

某记者问池茉：刘总不惜自毁形象，跟一个比他小近二十岁的作家大打出手，是为你争风吃醋吗？

池茉嗤之以鼻，道：你应该去问他才对。

记者：读者对你的个人问题非常关心，想知道你的择偶标准和审稿标准之间是否存在某种联系？

池茉听此，出了会神，说：按理，择偶和审稿风马牛不相及，会有什么联系呢？可是，当你把渴望爱的所有激情转化到创作中去，当你像等待一个情人一样等待着一部好作品出现时，审稿对我来说，就变得和择偶一样，没有区别了。我渴望能一头扎进有趣的故事里，从而把自己的思想和灵魂交付出去，直到我的思想把原作者的思想完全吞噬，我的精神完全替代原作者的精神为止。所以，这么多年来，我一直在期盼着一位年轻的作家，他的创作才能和他的年龄一样旺盛，像火山一样喷射出炙热的烈焰。

记者一脸惊愕，结舌地问：那……那当你爱慕一位年轻作家的才华时，是否会身不由己，爱上他本人？

我不是干柴！池茉的回答使媒体哗然。她说：我不是干柴，所以我的身体不需要这些火焰来点燃。我也不可能在这些利欲熏心的年轻人身上寻觅爱情。

31.颜晓慧来信

《青城文学》最近走马上任的社长和主编都是活络之人，年纪轻，思路广，不再像老程那批，脑子里只有业务。如何让《青城文学》在文学寂寞的年代不再寂寞？如何让编辑们过上左手拿工资右手拿奖金的美好生活？两个字：炒作。

当然，炒作一个杂志社和炒作一位明星略有不同。杂志以文章说话。有人一言九鼎，有人一文不名。文章能否吸引人还得看作者知名度。《青城文学》决定以比其他杂志高出两倍甚至三倍的稿费，刊登名家稿件。同时频繁举办笔会，地点自然选在作家们难以抗拒的风景胜地。

笔会除邀请知名作家外，还得有垫底的无名小卒。这样形式上才互动，像那么回事。无名小卒一般来自市作协的业余写手，除承担车旅住宿餐饮费外，还得付一定数目的劳务费。总花费各景点不等，至少也需两千元左右。

许游在老程的推荐下，接到了《青城文学》笔会的通知。通知标明需交住宿费等会务费二千五百元。

听说这次笔会邀请了某评论家和某作家。你得跟他们联系上，把写好的东西直接给他们。钱不够我先帮忙垫上。总之，这类笔会，对真正有才华的作者来说，是机遇。能够和名家面对面座谈，听取审稿意见，二千五百元作为学费，我觉得值。老程急于看到许游成功，竟不惜帮交会务费。

许游也有些心动。可要老程凑钱，断然不能接受。正左右为难之际，颜晓慧来信了。

颜晓慧，颜晓慧。许游的手瑟瑟发抖。这么多年来，依然无法走出心底那块死角。加州自我放逐三年，九死一生，他拒绝清醒，惧怕光亮，无法看书无法写作，更无法听到婴儿的哭声。那三年，学会了抽烟喝酒，精神在一次次麻醉中消亡。他早已在黑夜中死去成千上万次。假如没有返回纽约，再假如没有遇见凌舞，没有那个有着玫瑰花香的神奇夜晚，如今的他会在哪里？也许真的已追随儿子、追随弟弟、追随父母而去了吧？

接信后很长一段时间，没勇气拆。十年生死两茫茫，夫妻情缘虽了，和女儿间的亲情仍难割舍。多少个夜晚，被女儿的哭声惊醒，想不顾一切返回T镇，回到女儿身边。是什么阻止他的脚步和冲动？他不敢深究。潜意识里怕再次面对颜晓慧的怨恨绝望，还是怕女儿在跟他要弟弟？一年年过去，女儿渐渐长大。颜晓慧是否已经告诉女儿真相？自己在女儿心目中到底是什么形象？梦儿还觉得他有做爸爸的资格吗？会再爱他这个爸爸吗？太多的疑问太多的自责压抑着他。逃避似乎成了最好的解决办法。就让她们当我死了吧。反正这个世界每天都有人失踪有人死亡，多他一个也不多。

许游没有拆信，三天后，梦儿突然出现在他梦中，大声呼救：爸爸，救我！快来救我！

梦儿披散着头发，身材高挑，眉眼模糊。她叫他爸爸，向他伸出双手。他迟疑着，不敢相认。记忆中的梦儿已永远定格在那一年的稚弱。

爸爸，你难道不要我了吗？梦儿绝望地大叫。他被惊醒，吓出一身冷汗。

颜晓慧为何突然来信？难道是——梦儿她……她……出了意外？许游不敢再想下去。飞快起身，找出信，拆开。

一叠信笺，捏在手里沉甸甸的。一颗被可怕预感笼罩着的心，在胸腔内慌乱跳动。他快速浏览，专挑有梦儿的句子读，结果都是些学习上的事情。翻到最后一页，赫然见一张五千美元的支票。他盯着支票出了会神，脑子一片混沌。便把信从头细读起来。

游子：

你好！

请原谅，还是习惯用以前的称呼给你写信。毕竟，我们曾经是亲人。昨天接到奶奶来信，知道你已回国，也知道了你们的近况。奶奶一直对我很好，这次她老人家患病，我没能在床前尽孝，心里十分不安。随信附一张五千美元支票，以备不时之需。

看到这张支票，不必惊讶，更无需恼怒，我不是在以这种方式伤你自尊。虽然分居多年，夫妻感情名存实亡，但我和奶奶的缘分仍在。所以，请你千万别把我们之间的矛盾掺和进来，无论如何让我以这样的方式，尽一份孝心。

奶奶非常想念梦儿。请告诉她老人家，梦儿长大了。你最初离开的几年，她怨我恨我，几次差点离家出走，要一个人去纽约。如今得知你在国内，又恨不能立刻飞回去与你团聚。她拍了很多照片，制作了一盘歌碟，另外一部个人生活录像正在剪辑中，等一切就绪，我再寄给你们。通过录像和照片，你可以对她这几年的成长过程有个大致了解。

许梦可真不愧为你的女儿，眉眼像你，性格也像你，甚至连学习偏科都像你。平时喜欢读小说，喜欢写作，作文经常在美国的《少儿之家》发表。去年还被《时代》杂志的学生版聘为专栏作家。看到这里，你肯定高兴，有人接你的班了。我呢，一直有意培养她对金融理财方面的兴趣，偏偏是有心栽花花不开。就像种植在我屋前的玫瑰园，梦儿说她爱玫瑰，就种玫瑰。三天两头浇水施肥洒农药，反致其死。

哦，对了，说起玫瑰，梦儿要我告诉你，我们终于有了属于自己的花园楼房。还记得那年，邀请我们去他家参加聚会的张君吗？是他帮忙买的房子。多亏他透露行情，说房价要涨。我们买房三个月后，房价果真涨了，原来三十万美元的房子，如今要价五十万。银行之间相互比拼低率贷款，一时间，全城骚动，每个人都像发了疯一样，眼睛里只有房子。幸好我们行动及时，提前三个月买了房子。就差三个月，净赚二十万。你能想象吗？我到今天写这封信时，都还忍不住沾沾自喜。这个便宜也实在太大了。它似乎又是给我的某种补偿。失之东隅，收之桑榆。我又一次想起安妮的话，她说上帝不仅在九天之上，也在我们现实的生活里，那份爱的光辉，对生活认真的人，是不会有任何偏差的。

提起原来的邻居安妮，忽然想起，距离上次给你写信已经有十多年。刚来美国时，几乎每天都写，那份狂热和思念，如今回味已恍如隔世。我想，你也是有同感的吧。我似乎已感觉到你读信时的冷漠与不屑。假如，能早一点感知你的冷漠，也许，你我的人生就可以避免很多遗憾和不幸。当然现在说这些毫无意义。因为时间早已冲淡一切。

事务所是你离去后的第三年成立的，刚开始做生意没有经验，又想着省钱，一口气聘了两个中国雇员。结果闹得鸡飞狗跳。张君便推荐了一位理财高手。他——说来也巧，竟然是我原来在财院的师兄。他追了我很多年，可惜，当时我心里只有你。是缘分吧，在我最困难的时候，把他引领到我身边。

他在我们财院是出了名的才子。出国后，又成为一名虔诚的基督徒。我们信念一致奋斗目标一致。这几年，事务所多亏他经营有方，生意很好。去年，我们又涉足房地产生意，做得也很不错。这两年，我们打算和张君及其他两个生意人，合伙在T镇投资兴建一座规模较小的中国城。中国城主要以餐饮、理发、小百货为主，虽然无法跟纽约旧金山的中国城相比，但其他中国城有的东西，我们也将都有。可谓"麻雀虽小，五脏俱全"吧。此举已经得到市长的强烈支持。他说，中国城一旦竣工，那条最热闹的主干道，将以我们几个人姓名的开头拼音命名。市长的支持使我们信心百倍。大家干得都很带劲，我也是。

写到这儿，才记起这些都是你最不感兴趣的事情。那……到此打住吧。

另外，奶奶在信中问起我们的婚姻，如果你不想让她老人家烦心，我可以继续配合，帮你完成心愿。需要我做什么，来信告知即可。

遥祝顺利

颜晓慧

读完来信，许游继续坐着出了会神。梦儿竟也热爱文学和写作。这倒有点出乎他意料。总以为，她会是颜晓慧的翻版，看来错了。梦儿不光热爱文学，而且日日夜夜思念着他这个极不称职的父亲。他的眼眶湿润了，低下头，再次在字里行间寻觅。"梦儿"两字被眼泪浸湿，幻作他们父女相处时的点点滴滴。

颜晓慧说得没错：他对她津津乐道的房子、事务所过去没兴趣，现在更毫无兴趣。

至于颜晓慧含蓄提到的师兄，许游读来只有感慨：她终于找到一个志同道合的伙伴。那个师兄和她不光奋斗目标一致，连宗教信仰都一致。他和她的缘分呢？早该尽了。法律上做了十多年夫妻，真正在一起生活不满两年，且时刻处于对峙的、水火不相容的状态。道不同不相为谋啊。快十五年了，人生中最美好最青春的岁月就这样被怨恨和冷漠消耗掉。许游的眉头皱紧，眼里不知何时储满泪水，为这无爱的婚姻，为他和她被禁锢的感情，还有一个最无辜的小生命。

整整一个下午，许游手里捧着信，沉浸在回忆里，前思后想不禁悲从中来，失声痛哭。这压抑了十五年的眼泪，直到这一刻才得以痛痛快快地倾泻。

三天后，许游给颜晓慧回了一封措辞平静的信。信中首先感谢她对奶奶健康的关心，支票收下，只是暂借，今后一定连本带利偿还。接着提到梦儿，他说虽然"感谢"两字十分苍白，但还是要谢谢她，谢谢她这么多年的付出，谢谢她没有因为夫妻间的矛盾而影响到梦儿对父亲的感情，并且让孩子心中依然有爱，活得健康。最后，他主动提出离婚。他说他的身份在美国时就黑掉了，这次回来就是永远。他们的离婚手续可以在国内办。

信寄走后，许游即投入中篇《灵魂似水》的创作。故事大纲回国前已基本酝酿成熟，只是一直缺乏把它快速写出来的激情。颜晓慧的来信使他突然产生冲动。他打开电脑，全身心投入创作。这次创作和以往不同，没有奶奶医药费的压力，也没有试图迎合各类征文题材时的绞尽脑汁，更没有急等稿费的焦虑。他写，似回到纽约那间狭小的地下室，写作成了生命全部，成了灵魂内最充实的东西。

小说通过一个男孩垂死时杂乱的意识，折射出现代家庭的冷漠，以及父母间不可调和的矛盾。阴曹地府的判官已把生死权留给男孩自己。男孩的灵魂却无法安宁，终日在生与死的边缘徘徊，在现实和地府间来回飘荡。生还是死？冷漠的家和冰冷的泥土比起来，到底哪一个更可怕？男孩难以抉择，他的灵魂便无处安身。于是，他去曾生活过的角落寻觅。不仅为寻觅曾经遗失的温暖和爱，更重要的，是寻觅能够让他活下去的充足理由。

这部小说的创作契机是过早夭折的儿子许芜。就像话剧《围棋》的灵感来自弟弟许泳。在一个又一个小时的写作中，许游忘却四周的一切。他的灵魂也仿佛像水一样悠悠地流淌起来，呼吸着书中人物的呼吸，痛苦着书中人物的痛苦。

《灵魂似水》全文六万字，完稿后，接着又写了几个短篇。他不知疲倦地写啊写啊，仿佛要把浪费的时间全部补回来。对老程推荐的笔会，置之不理。时间就这样在他如痴如醉的创作中溜走了。

32.特殊邀请

这已是许游回国的第三个年头。许氏出院后，在阿云的精心照料下，逐渐能摆脱轮椅，拄着拐杖走路。她现在最大的心愿是活着，好好地活着。

被于文民骗走四万块钱的中短篇小说集，已由汪文赞助出版。因是自费，出版社不管销售和广告。这种出书，纯粹为了却作者心愿。许氏接到新书，还以为于文民履行了合同。她戴着老花镜，反复阅读，每读一遍，都拍拍书的封面，把于文民的吹嘘当作真理，对阿云重复：文豪出版社，可是国内最老牌最顶级的出版社。只出名作家或有潜力成为名作家的书。难怪审稿时间那么久。这下好了，我们游子有文豪出版社这张响当当的亮丽名片，今后的文学之路啊，该畅通无阻了。

许氏一味陶醉在幻想中时，许游回国这两年在写作上的奋斗，也不能说满盘皆输。新写的几个短篇，由《青城文学》首发，已引起一些文学爱好者的追捧。接着，中篇小说《灵魂似水》发表，被全国性纯文学双月刊《文章》转载。只是长篇小说的出版越来越困难。继《缘木》后，他又创作了长篇《行走》，两部作品诞生的时间不一致，命运都像被打入了十八层地狱，永无翻身之日。也曾在老程鼓动下，携稿参加《青城文学》笔会，结果并不理想。那些作家编辑当面说得天花乱坠，笔会一散，各奔东西，即不了了之。想公费出版全国发行？还是那两句老话：一要看作者知名度，二得看市场调研结果。

如此经历多了，不再对出版社抱有幻想。无欲则刚，回国前，和钟渝的一席长谈反复回荡耳边：要我像卖狗皮膏药一样推销自己的作品？还不如要我的命。安心写作吧，记住，你是一个作家，一个心灵密码最忠实的记录者，你需要的是自由自在的精神体验。不要对声名抱有任何幻想。只有写作生命才是最应值得珍惜、值得骄傲的财富。

许游的写作心态渐渐恢复平静。生活上，因稿费太低，无法靠其生存，还得找工做。冷志欣不忍心看他把时间消耗在苦力上，自作主张联系了一家大型网络杂志，说是做文学编辑，工作轻松，薪水不薄，何乐不为？许游冲着"文学编辑"头衔而去，新鲜一个星期，问题来了。这家网站的原创文学格调庸俗，文字粗糙，哪配得上"文学"标签？冷志欣赶紧出谋划策：别管文章好坏，你负责修改标题。网络嘛，点击率才是衡量作品好坏的最高标准。怎样吸引读者眼球？标题！标题得耸人听闻，这样才能引起读者的好奇心，这样才会促使他们在众多选择中，点击它，哪怕进去后恶心呕吐，也是他们自作自受。我们要的就是那一点。这个人一点，那个人一点，点击量突破百万，这篇文章就已具备炒作资本。突破千万千千万？吸引的已不是小读者，而是大导演大制片商。懂吗？所以你的任务说白了，就是修改标题。比如这部《豪门错爱》你得改成《豪门乱伦恋之佳期如梦》等等，我改得还太文绉绉，你得拓宽思路，多朝变态离奇方向琢磨。

许游硬着头皮干了一个月。那一个月，心情恶劣，回家打开电脑，也无法进入写作状态。一个月满，不顾冷志欣劝阻，重返装修工地。当然，已用不着像刚回国时那么拼命，许氏身体稳定，没有住院费和医药费的催逼，压力减轻不少。日子又似回到纽约边打工边写作的时光，清贫简单，却能充分享受自由自在的精神体验。

一天，老程兴冲冲过来，报告好消息，说：《青城文学》又要开笔会，这次会议在附近的玉湖镇。我听说啊，文联点名要你参加。一个星期包吃包住，说不定还能碰上个对路的伯乐，把你这匹千里马给相中啰。

玉湖？笔会在玉湖？许游的心奇异地一动。

玉湖镇近十年的变化，像各大中小城市一样，翻天覆地。原以捕鱼为生的居民，现住进宽敞高楼，做起农家乐生意。侬情酒店仍在，已翻新改建，名字也由暧昧的"侬情"改成简洁明了的"农晴"。

酒店名字都变了，那么，原来曾在此短暂逗留的人呢？池茉和刘编辑双双出现在许游面前时，大家一愣，根本没法和记忆中他们的形象对上号。直到主编过来介绍。

池茉一听许游，立刻高兴地伸出手来，招呼：你好啊，我们的天才诗人。她上下打量着他，欣赏道：现在成熟了。像个男子汉的样了。

眼前的池茉，短发，牛仔外套，穿着随便，素面朝天。刘编辑，现在人称刘总，风度依旧，精神依旧，名牌衣物加身，气宇轩昂。和池茉站在一起，外形上已与原来的般配有落差。池茉曾经年轻苗条的身躯，开始堆积脂肪，原本甜美的双颊布满细碎皱纹——它们毫无顾忌地随着她表情的变化而变化。美人迟暮。如果迟暮的美人都能像池茉那样坦然，这个世界上的空气里也许会少掉很多劣质脂粉气吧？她会是和刘总在网络文坛一手遮天的池茉？会是冷志欣嘴里的"茉姐"？

刘总对许游印象淡薄，再见面，也仅敷衍地干笑两声，伸出手来。

握住那只柔软温热并略带潮湿的手，许游的心脏微一痉挛。那曾是舞厅里最不安分的一只手，总在女人腰部蠢蠢欲动，伺机突破。还有它在甘蔗林里翻云覆雨时的癫狂淫荡，撩起池茉裙子时的迫不及待，都曾在梦中反复出现，给正值青春期的他带去某种赤裸裸的肉欲联想。

你们先聊，我去那边看看。刘总飞快瞥他一眼，对池茉说。

那边？池茉伸长脖颈朝刘总手指的方向张望，停顿片刻，话中带话道：现在可没甘蔗。

刘总随即心领神会，朝她一眨眼说：你不跟我去也就罢了，还来败我兴致。看我怎么罚你。

主编傻乎乎地附和池茉道：池总说得对，玉湖那片甘蔗林早被砍光，造农家乐了。刘总要吃甘蔗的话，只能去店里买。

店里的甘蔗？刘总一本正经地对主编说：这你就不懂了，店里的甘蔗哪有野地里刚砍伐的新鲜？那个汁水哟，啧啧，回味无穷，实在是太甜太美，太美太甜了。今后，您老要吃甘蔗啊，刘总说到此忍不住大笑，道：得找一片最原始最茂密的甘蔗林，好好体验，好好陶醉。

池茉听此，愠怒道：去去去，别在这里胡说八道。我和许游还有正事要谈。

刘总笑着离去。主编没话找话道：想不到刘总对吃甘蔗也有研究。

池茉眼睛望着别处，冷笑两声。

主编便拍了拍许游的肩膀，道：小许，好好跟池老师学习。池老师对你可是格外看重的啊。

主编也走了。许游站在原地发愣：池茉，刘编辑，甘蔗林……他还没有完全从突然见面的震惊中回过神。

想什么呢？池茉笑问。

池茉的眼神，哪怕在和刘总调侃，也没离开过他。具有艺术鉴别力的人，都有丰富的感觉以及灵敏的器官。还记得第一次笔会，许游去火车站接她举倒牌子的情景。他不用说一句话，静静站在人群里，就使她眼睛一亮。因为善感的心灵终于找到对应，使她能体悟他心底的所有秘密和苦痛。

当年的男孩，如今身上散发着一股强烈的漂泊气息。他，已历经沧桑。人生逆境大抵有四种：生活之苦；心境之苦，事业受阻，身处绝境，池茉不知道许游这些年的经历，而"观其舞，知其风"，通过小说，她又一次感知到他心底的绝望和无奈。

读了你的《灵魂似水》。池茉直接将话题切入许游的创作：刚开始还以为同名同姓，不敢确定。看来啊，我得更改当初的预言，你不仅仅是为诗歌而生的天才，更是为小说而生的大文豪。

她用略带夸张的语言掩饰某种酸楚。心灵被打动的感觉真是难以形容。她无法解释自己的感情。也许是许游凄凉的身世激发了她的母爱。第一次笔会，前后不过三天，她便生出一种要把关怀都倾注在许游身上的本能。笔会后，音信中断，再无联系。然而，似乎只要大气之中有柔情，她对许游的关心就不会停止。他们是天生有缘的人。

你三年前就回来了，肯定听说过鹊桥仙，为什么不来参加笔会？池茉问，眼里笑意仍在，已带上类似亲人的责备。

许游没料到池茉会这么问，惊讶的同时心底涌上一股暖流。池茉曾以她极具亲和力的笑容和声音，毫无条件地赢得他的信赖。双眸更像是洞悉了他从出生那天起，产生过的所有想法和渴望。还记得笔会上，池茉把他的诗歌从一大沓稿件中抽出来，放在最上面，推荐给项飞编辑。

池编辑——

他们似又回到湖光山色的玉湖镇，回到略带暧昧的侬情酒店。那时的笔会，说实话，文学气氛相当浓厚。作者把文学看得非常神圣。受邀请的编辑，除刘编辑外，大都敬业。大家分几个小组，可以为一部好作品、一个值得探讨的文学话题昼夜畅谈。

池编辑。没想到，真没想到你也在。许游冲动地说。

叫我茉姐吧。池茉目光柔和地望着他说。

茉姐。许游的心咯噔一跳。冷志欣介绍鹊桥仙时口沫横飞的形象，粗暴地横在他和池茉中间。她真是冷志欣嘴里的大姐大？举办鹊桥仙只为钱和男人？

我很喜欢你的《灵魂似水》。池茉似又一眼看穿许游心底的疑问，道：我做编辑至今，对有天赋的作家能够一眼识别，并崇拜之至。鹊桥仙成立的最初目的，正是为挖掘扶持这些年轻人。只要作品中有吸引我的东西，我就会全力打造，参与创作，把闪耀在他们心头的很多朦胧不具体的意象，化作活生生的文字。因为，我最喜欢的作家伍尔夫认为，艺术创造力的本质在于男性头脑和女性头脑的结合。当两者融为一体时，头脑才是最具创造力，并且能够发挥它所有才能。

许游，我们俩应该合作，早在两年前就应该合作。

池茉的语气不容置疑。许游听得懵懵懂懂。艺术创造力难道不是最个体化的活动？什么男性和女性头脑的结合。这个伍尔夫的言论实在不敢苟同，也没兴趣深究。他一厢情愿地以为，池茉扶持青年作家，无非是在编辑上多下点工夫而已。又听她一再强调喜欢他的小说。心里对鹊桥仙的抵触便有些松动。

告诉我，写作这么久，想过以文谋生吗？

这句问话戳到他的痛处，何止想过？

那快行动吧。池茉说到这里，言行举止流露出版商的干练，道：如果你还认为我是一个好的编辑，把所有退稿给我，我会在一个月之内给你答复。

说完，她转身走出两步，又回头道：我下午就走，三点的飞机。

什么？刚来就走？许游惊问。

池茉迟疑片刻，低声道：我这次并非为笔会而来。是为你，专门来跟你约稿的。希望我们有机会合作。

池茉离去时，对他挥了挥手，大声问：你不会希望一辈子做苦力，靠做苦力养文吧？

池茉来去如风，最后那句问话，久久地回荡在许游耳边。

难道他真希望一辈子做苦力，靠做苦力养文？

33.许游加盟"鹊桥仙"

大名鼎鼎的鹊桥仙的池茉，竟然专程为他的稿件而来，被退了这么多年稿的许游，对突如其来的好运难以置信。

如果你还认为我是一个好编辑，把所有退稿给我，我会在一个月内给你答复。

池茉衣着朴素，言语诚恳，跟冷志欣嘴里的形象甚至跟网络上电视上完全两回事。

如果你还认为我是一个好的编辑。这是最触动他心灵的一句话。许游嘴角浮起一缕微笑。当年的池茉是作者公认的好编辑，思维独特、文笔犀利。她曾毫不掩饰对他的欣赏，也曾毫不矫情地自夸：我就是最出色的编辑。

这么多年过去，她对他欣赏依旧，言谈间咄咄逼人的锋芒，却被谦和婉转的语调冲淡。可鹊桥仙呼风唤雨的茉姐会这么低声下气地跟作者约稿吗？

许游左思右想，无法想通，便请教老程。

鹊桥仙这条路和清高、神圣没有任何关系。老程沉吟片刻，说出的第一句话跟冷志欣不谋而合。但是，他又强调：作品需要读者，好的作品尤其如此。

《灵魂似水》是老程这几年来读到的最好的小说，还记得刚读完小说时的冲动，他一口气跑到《青城文学》编辑部，要求主编开作品研讨会，扩大作者知名度。

钱呢？你出吗？主编冷静地盯着他问。

又是钱！钱，钱，你这人类的公娼！

老程走出编辑部时，不知不觉便对自己的能力和信仰产生怀疑。所以，在考虑鹊桥仙这件事上格外慎重。

许游啊，说实话，我对鹊桥仙使用的炒作手段非常陌生，也从来没认为他们捧红的作家能承担一个作家的真正使命。但你和那些急于成名的年轻作家不同，你现在是万事俱备只欠东风。如果……真能凭借鹊桥仙这股东风，让更多的读者知道你，读到你的文章，这——我看未必不是一件坏事。只是，像池茉那类编辑，怎么会喜欢《灵魂似水》呢？

许游说：池茉原来是《流芳》的编辑，挺有能力的。

《流芳》？老程不了解池茉，但一听《流芳》，便肃然起敬：哦，原来是从《流芳》出来的。可惜了。现在的年轻人眼里只有钱。他叹息着，在《流芳》的雅和鹊桥仙的俗之间来回思索。曾任《流芳》编辑的池茉已经华丽转身，蜕变为一个文化商人。商人重利，她提出的合作，对她而言，说穿了是一笔生意。试问，哪个商人会做赔本生意？她又看中《灵魂似水》哪一点呢？这是个中篇，除去文学价值，商业价值并不乐观。出单行本字数不够。改编成影视剧？还得添加很多人物和情节，她又何必找这个累？也许，她看上《灵魂似水》，是那点与生俱来的编辑责任感起了作用？再也许是出于对许游处境的同情？老程百思不得其解，不知池茉葫芦里究竟卖的什么药。

老程和盘托出内心疑问，决定权留给许游。许游想了想说：信任和欣赏都是相互的。她喜欢我的诗，预言我会成为一个大诗人。如今我写小说，她又专程前来约稿，给我最大的鼓励和支持。这份知遇之恩我无以回报，只有加倍努力，写出更多更好的作品。

这么说，你决定加盟？老程问。

许游点了点头。

加盟，签约，听来总有点像卖身。老程仍有顾虑，道：你看娱乐界，跟唱片公司影视公司签约的明星，哪个是善始善终的？你……还是别急着签约。先给她《灵魂似水》，看看效果再说。

不，要给就是全部。许游固执道：投桃报李是人与人之间最正常的交往之道。她对我如此信任，我为何要有所保留和防范？再说，写作这么多年，退稿一大堆，哪个出版社的编辑给过我热情中肯的评价呢？没有。

就这样，许游带着感恩加赌气的心情，与鹊桥仙签订了一份长达五年的合约。随合约寄出的还有他近几年写的所有小说。

池茉很快来信，打算推出中篇《灵魂似水》的单行本。长篇《缘木》也正在修改中。另外几个中短篇，将以精选集的方式，隆重推出。

天才如同一种神迹。池茉在信中感慨万分道：读了你的小说，我再次对尼采这句话有了深切体会。我被这股神秘的力量抓住了。不，"神秘"两字还太空洞，我已把自己全部的思想和灵魂都给了它们。我想我是被符咒迷住了。

静心等待吧，这么多年来文坛欠你的，我会加倍偿还。

信不长，但字字千金，分量重得让许游无法承受。老程看了，说：这个女人财大气粗狂妄得很呢。不过，有人免费为你出书总是好事，耐心等吧。

这一等又是三个月。美国的感恩节临近，许游便借此日子，给池茉发短信，一为感谢，二来也想旁敲侧击一下书稿出版的进展情况。池茉没有回信。对方的沉默让许游心中忐忑，老程隔三差五询问：怎么样？有消息吗？该不会……

老程没说完的话和他的眼神，道出许游心底的疑虑：该不会又变卦了吧？多年来屡战屡败的经验使他如履薄冰，哪怕这是最初并不十分想要的机会。一旦签约，一旦把稿件寄走，希望又死灰复燃。

圣诞节来临，鹊桥仙那边依然毫无动静。平安夜，许游关闭电脑手机，一个人在街上徜徉。原来打工的建筑工地，高楼林立，已成为青城最豪华的居民楼之一。许游站在公寓入口处，一个又一个生命从身边经过。他的眼睛越过闪烁的彩灯越过装饰华丽的圣诞树，呼吸着温润微甜的凉风。在这块土地上，长期的失眠曾使他头昏脑涨。他觉得自己像极了某个童话里的稻草人，没有脑子，没有触觉，却被吊在一根高高的竹竿上，随风飘荡。

走过工地，又来到那家经常光顾的面店。斑驳的墙上张挂着最新连续剧的海报。他在海报前驻足片刻，从一张残破陈旧的画报上，依稀看到"耿潮"两字。耿潮，这个名字正以惊人的速度被遗忘着。很多类似耿潮的编剧应运而生，潮涌潮落，不断给观众带去新的视觉冲击。

池茉许诺，会加倍偿还文坛欠他的。

池茉许下这个诺言时，也许，一颗炮制的新星即将诞生。那些被赶下舞台的耿潮们，虽不情愿，但又能如何？

欠和被欠，这个应该存在于债主和欠债人之间的纠纷，其实早已蔓延到生活的每个角落。而他，曾经拥有最纯洁的信仰和追求，一旦被纳入庸常俗套，必将注定与神圣无缘。

他已预见日后昙花一现的命运，却没勇气拒绝。

和鹊桥仙签约，他即辞去装修工工作。奶奶替他高兴，天天在家烧香念佛。身边的文友也流露羡慕，说他走了狗屎运。

狗屎运。许游苦笑一下，心想：世道真是变了。人们对文学这门艺术正在逐渐失去尊敬。从《流芳》出来的池茉如此，被她吹捧出来的作家们如此，甚至连刚开始做文学梦的青年都是如此。狗屎运。他们把能够被鹊桥仙和类似鹊桥仙签约的运气比作一堆狗屎。女神这回摔惨了。而他，回国几年，和文学之间的关系也发生质的变化。当他为奶奶的医药费尝试各种写作手段，当他答应冷志欣做网络编辑，甚至，当他被池茉的诚心打动，签约鹊桥仙时，他其实已不能被称作一个"心灵密码最忠实的记录者"了。因此，也无法再体验自由自在的精神世界。

许游抬头，深邃的天空中零零落落几颗星星。还记得那晚，从聂老地下室出来时被涤荡的心灵，他一再自问：我会成为高空中那颗最遥不可及的星星吗？

遥不可及。

而今，咀嚼着它的含义，心情平静，真的感觉到"遥不可及"的无力和放弃。

"美丽的诗正在消失，人们再也享受不到沉思的寂静，和牧歌般的幽情了。"许游开始选择叹息。

34.对话池茉

许游一个人在大街小巷寻寻觅觅、长吁短叹之时，青城文联以及文坛上一帮老将新人，已经率先得知许游在网络上爆红。人们奔走相告，找出他十多年前的诗集，反复朗读。

许游再次成为青城文坛的骄傲。

中篇《灵魂似水》由原来的六万字，增加到十万字，单行本出版。书名不叫《灵魂似水》，而叫《我的偷窥生涯》。小男孩垂死的灵魂变成了一个十六岁青春期勃发的少年，他因救一位落水女孩，差点淹死。少年临终时纷乱的意识，以对性的好奇为主。他的灵魂飘飘荡荡，先偷窥父母的私生活，接着，又找到女孩家，偷窥女孩被其继父性侵的全过程。于是少年的灵魂托梦给警察，再次拯救女孩于水深火热之中。

这部言情加性暴力之作，炒作时被冠以"二十一世纪中国版的《少年维特之烦恼》"，接着以"世上最凄美最悲催的少男少女之恋，最新现代版人鬼恋"为广告招牌，在网络杂志上大肆宣传。许游被蒙在鼓里，直到冷志欣打电话祝贺，他才去网上查看。他惊呆了，那还是他的作品吗？

池茉似乎正等着他来论理，一见他压抑愤懑的样子，问：你失望了，对吗？没想到我这么媚俗，我的手段如此低劣？连声招呼都不打，即擅自大篇幅修改。

这在你眼里，远远超出一个编辑的工作范围。池茉边说边点头，站在他的立场上分析道：这已经不是修改，是改编，是僭越。如果我们不是早就认识，如果不是你对我还有那么点信赖，再如果……

说到这里，她停顿一下，微微一笑，以一副洞若观火的神态接着分析：再如果你的口袋不是那么空荡干瘪，恐怕早听从那个老程的怂恿，与我对簿公堂了吧？

提及老程，许游心里一咯噔。脾气爽直眼里容不得半点沙子的老程，的确义愤填膺。当然，他很快意识到胳膊拧不过大腿这一最简单的道理。只能以退一步海阔天空来自我安慰。临行前，两人反复商量，假设种种可能。按照老程的方案：书已出，生米煮成熟饭，这一点再多追究于事无补。现在重要的问题是，许游和鹊桥仙签定了一份长达五年的合同。今后的书应该怎么出？还有编辑修改的范围等等，应该重新拟定一份合约，双方严格遵循办事。

池茉见他不说话，叹口气，道：我捧红过很多作家，他们个个对我感恩戴德。只有你例外。当然，也只有你的小说，能让我全身心投入全身心陶醉。《灵魂似水》是我这么多年来改写得最自信最大胆也最肆无忌惮的一部。跟你说句心里话，这么多年，我一直在期盼着一位年轻的作家，他的创作才能像火山一样喷射出炙热的烈焰，他的语言能像燃烧的星辰从高空射下，把我击中。

池茉说到这里，眼神迷蒙，脸颊泛红，似已被梦幻中的激情抓住。室内气氛蓦然变了，变得有些暧昧和不自然。许游的喉咙一阵发紧，"千面魔女"的外号闯入脑海，好奇心竟被不合时宜地调动起来，眼前的池茉装束性感，粉面含春，和在玉湖时朴素的她判若两人。短短数月不见，她好像脱胎换骨一般，举手投足，尽显成熟女人特有的风韵和魅力。记得莎士比亚的某个剧里，提到过一个叫春梦婆的妖妇，她坐在榛子空壳做的车子里，每夜在天空游荡，只要她一碰到酣睡的人，那人就立即会做起好梦。

春梦婆。如果大部分鹊桥仙作家从她那里得到的是好梦，他许游得到的便是噩梦。许游心潮起伏，脸色晦暗。从池茉的外表联想到春梦婆，想象中的妖妇已和池茉合二为一，趁他酣睡之际，在梦境自由出入，肆意妄为。

知道《灵魂似水》修改后，第一个读者是谁吗？只听池茉悠悠地问：我说了你别皱眉。我知道他不配。可他看完后的第一句问话倒很有趣。池茉说着，突然笑了，盯着许游，毫无顾忌地大笑起来。

许游静静地看着她，不置一词。

池茉笑完，凑近许游，压低嗓子道：是刘总，刘编辑，"留情"。他吃醋了。他问我：你不会是爱上他了吧？

池茉的一口热气，随这句问话直喷许游脸颊。许游脸一热，整个身子绷紧，生怕她会出其不意地扑上来。他那副正襟危坐的模样，又把池茉逗笑了，她朝他眯了眯眼，说：你是男的，怕什么呀？再说，我早对媒体讲过，我不是干柴，我的身体不需要靠你们点燃。我孜孜以求的只是一个能给我惊喜的男性头脑。

说到这里，她眼角眉梢的暧昧一扫而空，同时，生意人的精明和清醒占据上风，连口吻和手势都略带霸道：因为我们每个人都想证明自己的能力，并从这证明中得到乐趣。鹊桥仙创办至今，我这个实验是相当成功的。看看我手下的那些作家客户，还有跟我合作的出版社，得名的得名获利的获利，哪个不是得到了他们想要的东西而欢天喜地呢？而我所求的，不过一点创作快感，一点乐趣而已。其实，在我们的生意账簿上，你们作家才是名利双收的最大赢家。这些名和利，难道不是你们最想要的？你……还有什么不满意？

许游冷笑一声，并不直接回答她咄咄逼人的问话，道：记得1860年，英法联军入侵中国时，法国大作家雨果曾深为愤慨，他说，这些强盗中的一个装满自己的口袋，另一个装满自己的箱子。被雨果谴责的那些强盗，还竭力为自己的盗窃辩护：这可是我从来没见过的无价之宝。人不为己天诛地灭，它近在眼前唾手可得。我若不拿，真有点对不住我对收藏的癖好。对，我这不是偷更不是抢，我这叫收藏，这叫保护。今后，说不定你们还得感激我，感激我舍身护宝的壮举呢。

哈，池茉听此非但不恼，反而笑了，说：真是新鲜得很哪。我们鹊桥仙在你眼里成了强盗?

许游也淡然一笑,道:鹊桥仙的招牌是"为他人作嫁衣裳"的经纪人招牌,当然不是强抢强夺的强盗招牌。可是,他语气一转,直言道:别忘了,每个作家有他自己独特的艺术形式。这也是一个作家最起码的自由。当我跟你签订一份长达五年的合同时,跟书稿一块交出去的,不光有感激,还有一份毫无保留的信赖。信赖。是的,虽然我们不常联系,但你在我心目中的形象没变。我相信,书稿给你,等于给我的儿女找了一个好的归宿。可我没想到,没想到,你——

许游说到这里,脸部的肌肉微微抽搐,声音被哽住。池茉听此,拍了拍他的肩膀,道:相信我,我这么做的目的只有一个,就是为了给你的"儿女们"寻找最好的归宿。

不。许游痛苦地摇头:对其他作家来说,也许是。但我不是。你这招强盗编辑理论对我并不适用。我一点不会因为突然爆红而沾沾自喜。也根本不认为网络里点击过千万的许游是我。相反,你所做的一切,每时每刻都在残酷地提醒我:我失去了一个作家最宝贵的创作自由。池茉编辑。我很后悔把稿子给你。你变了,不是我心目中的池茉编辑。或者是我从没真正地认识过你。你对我而言,不光陌生,而且霸道自私。你为一己之欢,不惜损害他人尊严。什么创作灵感,都是借口。你这么做,其实是滥用手中权力,变相地剥夺作家的创作灵感。你让作家的艺术创作从此变得阴晦不明。你觉得这公平吗?你觉得被贴上这个标签的作家,还有能力有信心正视他未来的创作吗?还有,你把作家称作客户,你把神圣的文学当成一桩生意。你,你这是对文坛,对缪斯女神的亵渎。

许游憋着一口气,将心中的怨言喷薄而出,池茉早料到他会兴师问罪,静等他说完,眼里带一丝嘲笑,问:完了?

许游胸脯起伏,仍沉浸在刚才的思维里。

池茉点点头,皱眉思索片刻,道:帮我想想,普希金是不是说过这么一句话:我不出卖灵感,但可以出卖手稿。

普希金伟大吗？对文学忠诚吗？当然，毋庸置疑。那他为何还要出卖手稿？池茉步步逼问，又不容许游反驳，继续道：因为他很清醒钱的重要。是，灵感的美妙能压倒一切，可这压倒一切的美妙能与残酷的现实相抗衡吗？自然不能。许多大艺术家梦里清醒后，对物质也并非不看重。比如你最崇拜的莎士比亚，一边努力挣钱，一边又写出"金子败坏人心"等警句。还有莫扎特，更是直截了当地告诉世人："请相信我，我唯一的目的是想方设法挣钱，因为人世间，钱是身体健康之外最好的东西。"

听清楚了？池茉进一步点化道：所以，大部分作家，他们尽管在创作时可以抛开金钱问题，但为能有一个良好的创作心态，他们必须靠稳定的经济基础。

池茉这番话，许游听来似曾相识。比他早两年出国的颜晓慧，从机场接他回公寓的当晚，即晓之以理动之以情，要他明白物质的重要性。

物质，物质。她们不断拿一些名人的话断章取义。其实，是她们自己离过去那个纯洁的信仰越来越远了。他早该知道池茉是物质的，鹊桥仙是物质的。他和她们最大的不同在于，她们是身在高处，而他是心在高处。她们之间不可能有共同点。

你刚才责问我把神圣的文学当成一桩生意来做，并说这是对缪斯女神的亵渎。池茉看着他出了会神，道：你呀，虽然现在以一个小说家的身份出现，在我眼里，还是一个具有海涅般激情的诗人，感情奔放，思想自由，并且充满浪漫的理想主义色彩。说到这里，她突然联想到什么，笑道：对了，堂吉诃德认为他的意中人是个美女公主。她的眼睛是太阳，脸颊是玫瑰，嘴唇是珊瑚，牙齿是珍珠。事实上呢，她不过是个笨手笨脚的乡下姑娘，身子粗粗壮壮，胸口还长着毛呢。所以，我说你呀，对文坛对缪斯一厢情愿的美化，在我眼里恰巧犯了和堂吉诃德一样的错误。

许游愕然，没想到她竟用这个比喻。

其实，当今文坛和社会上其他领域一样，在利益的驱动下，正经历着许多挑战，早已不再是一块净土。你心中至高无上的缪斯女神，说不定也早被贿赂腐化。池茉毫不留情道：不然，怎么会允许庸俗、恶劣、跟风、抄袭甚至诈骗在所谓的文学圈肆意泛滥？那个骗走你奶奶四万块钱的于什么民，你总不会忘记吧？他可是明目张胆地欺骗敲诈。试问，如果缪斯女神真的赏罚分明，怎会允许这类罪犯轻轻松松打着文学旗号骗钱？又怎会对那些像你一样真诚付出的信徒视而不见？想想你这十多年国外国内的经历吧，我还是那句话：真打算一辈子靠做苦力养文？苦力也是青春活，等年老力衰，干不动的时候，连自己都养不活，还谈什么文学？

池茉这番话触动了他心底的苦涩。十多年国外国内的经历只有四个字可以形容：不堪回首。一股酸楚涌来，眼眶湿润，模模糊糊中，过去的经历已被切割成碎片。颜晓慧、女儿许梦、儿子许芫、奶奶许氏、纽约的地下室、凌舞、重生后的恍惚惶恐、为奶奶医药费一筹莫展时的愁以及四处投稿无门的苦等等，潮水般扑面而来，使他趔趄的同时又令他心痛窒息。可即便如此，他也从来没想过要怀疑真理，怀疑信仰。

不，你别试图用你的怀疑论来说服我。许游深吸口气，竭力抵制池茉的说服，坚定道：缪斯女神在我心里至高无上，过去是，现在也是。这么多年我绝不在为虚无奋斗。我承认，生活的每个领域都会带有不同程度的欺骗性，假如我们就此以偏概全，否认生活否认理想，我们便真正生活在欺骗中，永远也无法相信生命相信真理了。

没有要你以偏概全。池茉叹道：拿你这个中篇来说，如果你把我的修改稿认真读完，会发觉，其实，整个故事的灵魂还是忠于原著的。我只不过在此基础上，进一步挖掘和进一步夸大处理了人性中的恶、病态或欲望之类的东西。说实话，我做了这么多年的出版人，对读者的兴趣爱好都有第一手的调查数据和分析。他们喜欢什么不喜欢什么，我这里记录得清清楚楚。池茉拍了拍手中的电脑，道：所以，我修改书稿有两个原则：第一从商业角度出发，或多或少迎合大众趣味，不能把东西弄得太曲高和寡；第二，我又不是个单纯的生意人，我与生俱来的文学趣味不允许我完全反其道而行之。所以，许游，我今天跟你说心里话，能经我手推出的作品，必是下里巴人和阳春白雪的混合体。只有这样，才能在竞争中立于不败之地。

池茉将手放在他肩膀上，轻轻压了压，问：你写诗写小说不仅仅是为孤芳自赏吧？

许游张了张嘴巴，一时无言以对。池茉冲他鼓励地一笑，道：既如此，就改变思维，以适应时代变迁。弱肉强食，到哪都一样。相信我，我真的想帮你。我选择的是一条双赢之路。

我不想赢什么。许游说：我只求我的书能顺利出版。

这就是赢啊。池茉笑道：好了，重复的话我不想多说。今天谈话到此为止吧。

35.高处不胜寒

《韩非子》里记载着这样一则成语，大意说南方的土山上有一种鸟，三年不鸣不飞，但一飞便可冲天，一鸣便能惊人。

许游不鸣不飞的等待远远超出三年，他本不想惊人，是鹊桥仙这股春风，一夜之间，吹开千树万树梨花。它们簇拥着，摇曳生姿，对他呈现世上最诱人的媚态。

接下来的日子，许游需履行与鹊桥仙的合同规定，马不停蹄配合公司为新书安排的宣传活动。公司正集中投资，对他这位文坛新人，进行全方位包装推介。新书发布会，研讨会，签名售书，与影视机构商谈改编事宜，与文学爱好者面对面交流等。这些耿潮经历过的好运，一一降临到他头上。很快，他从原来的默默无闻，变成各大报刊网络争相追逐采访的对象。

《我的偷窥生涯》刚听刺耳、不习惯，特别每次签名售书，感觉别扭。池茉又给他打了这样一个比方。她说：你就把他当成一个青春叛逆期的孩子。他要跟随潮流扮酷，由他去，因为他再怎么变，万变不离其宗。眉毛眼睛嘴巴，仔细看还是来自你的基因。骨子里流淌的东西不都你给的吗？池茉这个比方，使他不再那么抵触，便发觉，这突如其来的一切也不是原来想象的洪水猛兽。

当他被人群簇拥着走上讲台，面对一双双崇拜仰慕的目光，大谈文学和缪斯时，又像重新找回写诗成名时的久违之感。是谁说的，诗人的心灵需要观众，哪怕观众是头水牛。许游被一声声恭敬谦卑的"许老师"叫得有点飘飘然了。他大声朗读自己的作品，情绪饱满，双眸熠熠，旁若无人。他针对提问，结合自身经验，再引经据典侃侃而谈。有时谈着谈着，好像回到聂老的地下室，回到和钟渝晒书的日子，便有点恍惚：这是他的声音？是他的声音。压抑这么久，终于听到了自己的声音。虽然书稿横遭窜改，从他嘴里传出去的文学宗旨和追求却是原汁原味一成不变。这也算是补偿，不幸中的万幸吧。所以，人光靠本事没用，得有名，有名了才有传播真知灼见的机会。不然，谁吃饱了撑的，愿意花时间看你口沫横飞？难怪聂老要对耿潮的成名如此妒忌，也难怪钟渝问他能否经得住诱惑。成名后那种"一览众山小"的豪情，那份"天生我材必有用"的自信，还有以前只敢在心里酸溜溜地惆怅着、低吟着的怀才不遇之感，都在同一时间得到最大限度的释放。

许游高高站在人群之上，他曾为之痴痴守候追寻的信仰，就是以这样一种出其不意的方式呈现吗？

约稿信开始像雪片般飞来。长篇小说《缘木》和《行走》早被判了死刑，无人问津。他一夜爆红，出版社又争相约稿。他们预先拟好合同，并附带各种天花乱坠的许诺，主动找上门。这个说抬高版税，首印十万册，评论文章早已雇人写好。另一个也不甘落后，除高版税，还可预支版税的百分之五十，并加一份账目明细表，让他过目。

一个叫冷木的编辑，姓名没有人情味，给作者的退稿信也十分刻薄势利。作者催问审稿意见时，他最常使用的反问句是："我这里稿件太多，很多名家的作品都来不及看，何况是你？"这句不屑的"何况是你"，就此同他名字一起，被冰冷在许游的印象深处。

正是这个冷木，也来了个一百八十度大转弯，主动写信约稿，措辞之谦卑语调之诚惶诚恐，跟以前判若两人。

这封约稿信，捏在手里，突然像是一个极大的嘲讽，使许游浑身打个激灵。

他们都怎么啦？我还是我。《缘木》和《行走》早被打入冷宫，一字未作修改，他们现在又都来抢着出版。当他最需要他们的支持和鼓励的时候，他们在干什么呢？当奶奶躺在医院，等着钱配药的时候，他们如果能预付一部分版税，解他燃眉之急，那该多好啊。

面对约稿，许游兴奋不起来，心情竟和收到退稿信一样，困惑中带着无奈。而一旦意识到自己趟进这不该趟的混水之中，急切抽身的话，反会越陷越深。许游短暂领略过成名的号召力，随之而来的烦恼，竟飞快增加。

曾赞助许游出小说集的汪文，还在生意场上拼杀。最近又新开发一个项目，要许游带几本书去参加饭局，为其捧场。应酬的结果免不了俗套：签名送书，拍照留影，其中穿插廉价奉承，喝酒喧哗直到打饱嗝、呕吐、瘫在椅子上不省人事，这场饭局才叫圆满。

冷志欣呢，一直想跟鹊桥仙签约，几次投稿失败，自叹怀才不遇。许游突然爆红，让他震惊的同时，又对鹊桥仙的运作手腕佩服得五体投地。许游，我俩可谓患难之交，你不能过河拆桥，把我一个人留在岸边捶胸顿足。朋友朋友，你来我往才叫朋友。你要帮我，这次你一定要帮我。他急火攻心，把一大袋退稿递给许游要求推荐时，眼睛充血，双膝哆嗦，似要下跪磕头。许游接过退稿，心情十分复杂，进退两难。冷志欣胸中那点墨水人尽皆知，怎可能被池莱看中？当然，冷志欣在他最困难的时候伸出援助之手，他不能忘恩负义。明知大义举荐的结果是自取其辱，许游还是硬着头皮答应下来。

除汪文、冷志欣这帮往日文友外，还有许氏这边一拨老邻居老同事，也带着各种各样的要求慕名而来。奶奶的精神状态，八十年来，达到前所未有的通畅饱满。她把自己打扮得干干净净，坐在客厅，接受一批批访客。我们游子十岁就会写诗了。他生来是著书立说的命。她不厌其烦地回答着一个又一个提问，小许游的音容笑貌格外清晰。她反复强调许游的天赋时，耳边回荡起稚嫩的问话，大声说出有关青睐和亲吻的对话。缪斯之吻，我说，闪耀在缪斯嘴唇上的光芒芳香四溢，谁若有幸得之，便是一个真正的作家了。游子得到了，他这次是终于得到了。奶奶面对阳光，陶醉地合上眼睑，那瞬间，云镇土窑顶上的白云，洁白美丽，一片片飞来。它们在许氏日渐朦胧的视线里，像极了天使。

许氏在某天接到了一张特殊的请柬，请柬上的名字，她看了半天，无法辨别。

是诗扬。阿云说。

诗——扬——？

对，是叫诗扬，说要用车来接你去大酒店吃饭。阿云读完请柬，问：奶奶，她是谁啊？怎么从来没听你提起过？

许氏冷冷一笑，不置一词，随手把请柬扔进垃圾桶。

《青城文学》积极配合鹊桥仙宣传时，老程告诫道：别忘了，《青城文学》才是你成长的摇篮。《青城文学》的邀请，你再忙再累也得出席。不然人家会说你目中无人。这顶名人帽子啊，不管是不是你自己愿意戴的，既然戴了，把它戴好戴正。现在不比从前，一言一行有成千双眼睛盯着，别让人抓住把柄。到时人言可畏，烦恼无穷。

人言可畏。

小人眼红妒忌的伎俩，永远离不开造谣生事。很快，各大小报纸出现了有关池茉和许游的暧昧猜测。接着挖出他和颜晓慧名存实亡的夫妻关系，又顺藤摸瓜人肉颜晓慧，爆料她在财院和傅青的风流情史。连当年发在校报上那篇《财院里的明星，生活中的罪犯》，也被搜索出来，公布于众。

许氏看到报道，无论如何不愿相信真相。如果这一切都是真的，颜晓慧就是骗子。她那个时代的女人，把贞操看得比天还大。再仔细回想，许游并不喜欢颜晓慧，他们的婚姻由她一手撮合，心里更加悔恨莫及。倒是许游，十分平静。报上的傅青和颜晓慧来信中的傅青合二为一，他想：颜晓慧和这个傅青还真有缘。至于以前的事，是又怎样？不是又怎样？跟他还有什么关系？欺骗？他对她从没付出真情，若说欺骗，这恐怕也是一种欺骗。所以，他和她之间，现在应该算两清了吧。

许游对颜晓慧的过往情史无动于衷，另一则有关白雁曾为他怀孕退学的谣传，气得他喷血。文章报道追溯到上世纪八十年代，就读于光明职高时的他如何追求白雁，他天天带给白雁的红烧狮子头，也被渲染得香艳浓烈。这些细节倒也不完全无中生有。至于怀孕退学，这谣就造得太离谱太可恶。

心目中，白雁的美貌和清纯已经定格。如今，纯洁的爱被人窥探、围猎，并变相招来很多践踏和伤害，许游首先担心的是白雁，只能暗暗祈祷，但愿这些无中生有的声音，在传到她生活的角落已经消亡。

可白雁，他无论如何没料到，失去联系二十多年的白雁，会在谣传最高峰，带着一个九岁的男孩直接找上门。

我是白雁，我真的是光明职高的白雁啊。

许游猛一见白雁，心被一股接近毁灭的恐惧攫住。他难以将眼前这个浓妆艳抹、风尘味十足的中年妇女，和记忆中纯美的少女联系起来。这么多年来，他小心翼翼地守护着一份空幻的美，以为能够将美守护到底。她却突然出现了，毫不在乎地一扬手，让他直面现实，使美化作了丑陋。她为什么要出现？

我真的是白雁。不信你看。白雁从口袋里掏出一条白手绢，把长波浪扎在脑后，边扎边喘着气说：这是你当年最爱的发型，这条手绢也是旧的，你看，你看，我真的是白雁。

她在许游面前摇头晃脑，尽量展示活泼，眼神则紧张急切地注视着许游的一举一动，假如许游再不表态，她可要哭了。

哦。真的是你。许游无力地低语，终于通过她甩马尾的动作，通过她的眉眼，依稀辨别出一点她过去的影子。

是我，是我。白雁舒一口气，高兴地说：就知道你还记得我。你是这个世界上对我最好的男人。可惜，我有眼无珠，错过你看上那个陈世美陈舟。老同学重聚，白雁无暇寒暄同窗或初恋之情，她急切诉苦，声音又快又响，略带沙哑，和记忆中的柔美有天壤之别。

他不是东西。都是他，害得我连一张高中文凭都没拿到。提起陈舟，白雁咬牙切齿。她说陈舟怎么骗她离家出走，到了北京，他考上学校又怎样背信弃义，无情地抛弃她。她在北京举目无亲，最绝望的时候吃过安眠药，后来，在朋友介绍下只身南下做生意。都是陈舟这个骗子，害惨了我，要不是他，我哪用得着吃这么多苦？

是我对不起你。白雁脸上流露出的悔恨是真实的。

她……时隔这么多年，找上门就为说这句话？许游从震惊中回过神，心情复杂，沉默着，不知该如何表态。

许游的沉默对白雁的自信是一个打击，她好像也意识到，如今的他已不再是当年任她差遣任她使性的许游。其实，她早该猜到的。风尘中混了这么多年，什么样的男人没见过？而男人又是什么货色？他们眼里永远只有年轻漂亮的女人。

她也许又犯了一个愚蠢的错误，不该前来自讨没趣。以为许游会念旧情，帮她一把。他和其他男人真的不同吗？

你说这些年都在南方？许游费力地寻找话题。

我……

提起南方，白雁反倒结舌。她支支吾吾，顾左右而言他。许游再问：你说在南方做生意？做哪些生意？

　　白雁的脸上满是尴尬和羞耻，憋了很久不知如何开口。这时，她身边那个苍白瘦弱、被完全忽略的小男孩，怯怯地仰起脸，叫了一声"妈妈"。这一叫，把许游吓一大跳，白雁身体一震，快速将男孩搂进怀里，眼泪刷地流了下来。

　　你说我一个女人能做什么生意？她哭着叫：我一没文凭二没技术，谁会要我？你说我还能做什么生意？

　　许游只觉脑袋嗡的一声响，一股热血涌上脸颊，没想到白雁真已沦落风尘。他怔怔地看着他们母子，眼前出现了莫泊桑那篇著名的小说《衣橱》。小说中的女主人公也是风尘中人，迫于生存，每次接客不得不让儿子躲在衣橱里。

　　我……我是真的走投无路才来找你的，你是名人，肯定有办法救他。白雁把儿子推到许游面前，哭着哀求：他病了，需要一大笔钱，我没办法，我真没办法。你不能见死不救吧？他才九岁，他的生命才刚刚开始。没有钱的话，我只能眼睁睁看着他死在我怀里。没有人能救他，只有钱，只有钱能救他。

　　白雁的哭声和《衣橱》里母亲的哭声，以及《衣橱》里小男孩从凳上摔倒时惊慌的尖叫声混合一起。许游不知道自己是如何打开皮夹子，取出支票和笔，签发了那一张特殊支票，也记不清白雁临走时说了哪些感恩戴德的话。只记得他在变得空旷的屋子里哭了很久很久。

　　白雁走后好几天，许游不言不语，一连十几个小时奋笔疾书，他写啊写啊，只有写作才能使他忘记一切，也只有写作让他感觉到心的悸动。有时，会突然停住，苦闷而怀疑地盯着手中的笔：他能吗？他能仅仅依靠手中的笔，去履行名人的职责，替天下百姓呼唤良知和正义，从而达到用文学拯救人生的目的吗？当年鲁迅弃医从文，让手中的笔变成犀利的剑，直逼敌人喉舌。如今太平盛世，无需刀光剑影，他应该如何使用手中的笔，直面现实，写出底层小人物的痛苦和冲突？

　　从白雁，他想到凌舞。两人都有着似曾相识的美丽，也都经历过生不如死的厄运。为什么凌舞遭受重创后却没有自暴自弃？许游默思冥想，那个奇异的有着玫瑰花香的重生之夜，竟以清晰的细节再现。他的心战栗了，豁然开朗。

因为爱，因为凌舞心中有爱，始终相信爱。爱！一个字，温暖生动，其魅力足以使人起死回生。他不就是被她的爱唤醒后重生的吗？许游决定以白雁和凌舞为原型，创作一部长篇。谁料故事设想、人物构思刚有眉目，便被媒体拿去炒作，炒来炒去，早已失去原有形态。

《灵魂似水》已被池茉修改，只好寄希望于下一部。这下一部刚开了头，即被炒得沸沸扬扬，怎么能静得下心来创作？当然，静不下心也得写，他已今非昔比，是众人仰慕的签约作家。出版社抱以期待，媒体更以极大热情跟踪报道，很多不切实际的溢美之词充斥读者视野。写作也不再是他个人的事，变成集体创作，不时会有一些要他采纳的建议。这本书必须超过上本，情节上还得再多加几个人物。池茉答应不再擅自修改，但自许游开始创作后，她也似进入创作状态，表现得比他更激动也更勤于思考，隔三差五电话沟通，把许游逼得焦头烂额。

这是许游心境最为杂乱的一次创作体验。他觉得自己是在一间四面透明的玻璃房里写作，到处是伺机窥探的眼睛。那种被监视的身不由己，使他灵感顿失。尼采曾针对现代文化内在的贫乏和枯竭，有过这样一段精辟的批判。他说："现代人因为枯竭麻木而寻求刺激，艺术便成了制作人为亢奋的手段。艺术家率领这浩浩荡荡的激情，如同率领着狂吠的狗群，按照现代人的要求放开它们，让它们向现代人扑去。"

池茉和她的鹊桥仙还有无数类似池茉这样的文艺圈人，不正是这样一群成功地"率领这浩浩荡荡的激情"的艺术家？

他怎么也会参与到这一群"狂吠的狗群"里？他是否也像尼采一针见血所批判的那样，已远离人生根本，变得贪得无厌、饥不择食了呢？

许游再也无法回到成名前的创作状态。他焦虑，他无奈。终于，他不堪压力，病倒了。

昏迷中，几乎梦见生命中的所有女性。醒来，病床边全是一张张毫不相干的脸——他们是《我的偷窥生涯》最忠实的读者。

许游面对他们期待的目光，只有苦笑，他知道他们喜欢的，并不是他的东西。他们应该去找池茉。

许老师，你在美国的女儿读了你的书吗？她怎么看？

他在美国的女儿。许游怔怔地瞪着远方，心底的伤口裂开一条缝。对女儿最清晰的记忆还是她的满脸湿疹和她的童真。她追赶冰激凌车时伤心欲绝的哭声：我要吃冰激凌，爸爸，冰激凌……

梦儿，梦儿。许游喃喃呼唤，眼泪顺着脸颊缓缓流淌下来。

36.路上的思念

三个月后，在众多读者的强烈呼吁下，公司替许游安排了新一轮巡回演讲。演讲第一站是距离青城三小时车程的D市。

许游自从病后，身体便不如以前，经常头晕胸闷，很衰竭的感觉。他想以此为理由拒绝演讲，池茉说：许游啊，我不是医生，但我可以肯定你没病。你的病在这里。她指了指他的胸口，道：你是心病。多出去走走，尽快摆脱这种自我压抑。只有在人群中你才能够体会到生命的快乐。再说，那些年轻人喜欢你，不仅仅因为《我的偷窥生涯》，更重要的是，他们读懂了你的诗歌，读懂了你的孤独和寻找。他们才是你的真正读者。他们都是年轻人。池茉强调：年龄和你女儿相仿，你忍心拒绝他们吗？

女儿，又是女儿。许游低下头，眼眶湿润了。

许游坐火车离开青城，随手带的黑色公文包里，除文稿外，全是梦儿的照片和影碟。上次颜晓慧来信不久，梦儿就把自己制作的一张影碟寄给了他，这张影碟浓缩了她没有父亲的成长史。她弹琴、读书、写诗，一对忧郁的眼睛简直是许游的翻版，里面流动着寻觅和渴望之光。整整十年，不知道父亲身在何方，心灵从来没有停止过寻找和呼唤。她相信冥冥中会有启示，告诉她该如何做，才能迎来父女相会的一天。

许游在从青城开往D城的火车上，打开计算机，默默注视着画面上女儿那对忧郁的大眼睛时，心里奇异地一动，好像女儿已近在咫尺，只等他张开双臂。

梦儿。爸爸没有抛弃你，从来没有。许游用手指轻轻地抚摸着女儿的脸颊，很少笑的梦儿，在屏幕里幸福地眯上眼睛：爸爸，我想见你。我们什么时候才能相见？假如我突然站在你面前，你能认出我吗？我现在比妈妈高多了，除读书写作外，最喜欢做的一件事情是变换发型，每变一次，我会长久地盯着镜子，想象你一眼认出我时的甜蜜。我是你的女儿，我的血液里流淌着你的血液。所以无论我怎么变化，我都希望你能够把我从人群中认出。你会吗？假如有一天我真的站在你面前，你会毫不犹豫地走近我，张开你的双臂，轻轻叫我一声"梦儿"吗？

梦儿的声音如泣如诉，许游用手撑住额头，泪水早已溢出眼眶。他将脸埋进臂弯，勉强压抑住喷涌而出的呼唤。心被思念撕成千片。我怎么可能认不出我的梦儿呢？可是，我的梦儿，你什么时候回来？过了这个暑假，你就是一名大学生了，你会在哪所大学读书？会选哪些学科？这些你都没跟我讲。已经好几个月没收到你的消息。你说到时会给我一个惊喜。惊喜？指什么？是你——突然回来？

许游蓦然昂头，这一猜测使他的心剧烈跳动起来。是的，一定是这样的。他眼里的阴翳一扫而空，仿佛梦儿在这列火车上，跟他捉迷藏。他情不自禁起身，离开座位，身边随行的《青城文学》主编看他浑身发抖，问：你怎么啦？哪里不舒服？想喝水的话，我去给你倒。

许游呆在原地，隔很久才回过神。重新落座的他，又从车窗里看到女儿身影，他身子前倾，仔细捕捉，接着，便看到另一个陌生衰老的形象。

这——是他吗？他的眼睛惊疑地瞪大，充满怀疑和不确定。车窗里的中年男子也正瞪着他，胡子拉碴，微张着嘴，一副不知所措的傻样。

他伸出手抚摸下巴，将视线从车窗移开，回到计算机屏幕，对女儿皱了皱眉，无奈地苦笑道：爸爸老成这样，如果我站在你面前，你还能认出我，叫我一声"爸爸"吗？能吗？能吗？

第二个问句一出，心中悱恻，眼泪夺眶而出。主编再次关切询问：许游，你到底怎么啦？

啊……许游发出一阵呻吟，道：我想女儿了。我想回纽约，我想去看我的女儿。我想知道她被哪一所大学录取了。

许游在火车上情绪崩溃，想回美国看女儿的时候，女儿已只身背着简单行李，坐上从纽约直飞上海的航班。

十年一晃而过，当年追着冰激凌车哭喊的小女孩，当年坐在黄色校车上，对即将发生的悲剧似有预感的小姐姐，当年拎一本《艾略特诗歌集》，在母亲和傅青叔叔面前哭喊着要找爸爸的小女儿，终于长大了。

这是许梦第一次一个人坐飞机，也是她十八年来，第一次不辞而别。

不辞而别。

她望着机窗外片片白云，思绪混乱，脑子更是痛得无法思索。眼前不断闪过那可怕的一幕：母亲和傅叔叔如饥似渴的激吻，母亲的呻吟，以及宽衣解带时的急切和混乱。她直勾勾地瞪着他们，嘴巴大张着，浑身发痫疾般颤抖，想喊想叫想骂想摔东西，可过度的震惊和羞耻，使她整个身心瘫痪了，直到母亲色情地裸露出两只丰满乳房，她才像突然挣脱了羁绊，发疯般地尖叫起来。

她尖叫，难以遏制地发出一阵阵尖叫，内心全是绝望和恐惧。她已经不记得骂了什么，只知道在愤怒绝望的同时，还不争气地流下了眼泪。母亲惊慌过后也哭，她急忙穿好衣服，脸煞白着张开双臂，被梦儿凶狠地一把推开：去找你的野男人！我要我的爸爸！我要找我的爸爸！

爸爸，爸爸。许梦皱紧眉头，整个脸贴在玻璃上，泪水汹涌而下，记忆的隧道豁然开朗，从里面透出的缕缕阳光，跳跃着对她发出邀请：来啊，来啊！

她痴痴凝视，眼里的泪被遐想替代，只觉身子轻盈地飞出窗外，穿越蓝天穿越白云，寻觅着童年经历的点点滴滴。她又一次看到那个喜欢听爸爸读书的小女孩，是如何迷恋和依赖自己的父亲。他们徜徉在大自然的怀抱里，读莎士比亚戏剧，听小鸟歌唱。有一天，爸爸用柳树枝编了一个花环，戴在她头上，他看着她哈哈大笑，然后一把抓住她的小手，在草地上大声地唱啊跳啊，天空在旋转，大地在旋转，金色的阳光在旋转。她小小的心灵充满欢乐。假如时光能够就此凝固就此永恒，该多好啊。许梦轻轻地吸了吸鼻子，忽然打个寒战，接着一阵难以遏制的痉挛。你爸爸死了！他死了！母亲的脸愤怒异常。她朝父亲脸上摔手稿时深恶痛绝的恨，烙印在心中。

当年，是她瞒着母亲，悄悄捡起那叠手稿，把撕碎的部分拼凑完整，并且保留至今。有了电脑之后，第一件事是学中文打字，把爸爸写的小说，一字不差地输入电脑。

在这部没来得及完成的手稿中，大篇幅描述了许游对弟弟许泳永无止境的等待。许梦热爱上文学后，也曾试图模仿父亲，在大街小巷游荡。然而，她终究不是父亲，对仅六个月大的弟弟许芜毫无记忆。印象最深的莫过于父亲如遭灭顶之灾的失魂落魄。那时，她妒忌弟弟，甚至希望死去的是她。

爸爸，爸爸。许梦情不自禁地蜷缩起身子，将笔记本电脑紧紧搂在胸口，嘴里喃喃自语。小说中还有大段关于追寻缪斯之吻的感慨和希望。许梦每次读来心潮澎湃。这个即将就读于哥伦比亚大学英文系的女孩，已经做好准备，渴望自己能够像爸爸、像钟渝叔叔一样，成为缪斯之门朝圣者中最虔诚的一员。

许梦仿佛已感到远方天际投射过来的一缕微光。她再次将脸贴在窗玻璃上，对着太阳，陶醉地眯了眯眼睛。

37.许梦终于见到了父亲

许梦独自回中国寻找父亲，这个看似草率的举动，实际上已在心里酝酿很久，并且为这一天的到来做了充分准备，包括熟读中国地理历史、熟悉东方文化礼仪等等。

青城，地球仪上那么一个小黑点，却在父亲的渲染中，成为最令人神往的地方。可惜，风尘仆仆来到青城，才知父亲已去D城。便又根据报纸广告，急匆匆赶往D市某大学礼堂。

演讲已经开始。礼堂座无虚席，过道上全是学生，里三层外三层，水泄不通。许梦在人群中寻找缝隙，一颗心擂鼓般地怦怦乱跳。她努力踮起脚尖，突然，屏住呼吸，心底一股热浪往上涌。

她听到了父亲的声音。越过济济人头，父亲的身影依然像在梦中般，遥不可及。可她终于听到了他的声音。这不是梦，绝不是梦。梦里的声音哪有这般清晰？梦里的声音只会让她更加着急，却不会像现在这么好听，带着诗人与生俱来的音乐质感，熨帖着人的心灵。爸爸。许梦无声地张了张嘴，泪水扑簌簌流了满面。她被人群推来搡去，不知身在何处，只用两只耳朵贪婪地捕捉着那个熟悉的声音。

人群中，距离许梦不远处，还站着另一个女人。她的情绪不比许梦平静。她是凌舞。凌舞决定回国定居，本想彻底斩断思念，谁知，许游早已回国，并且成了名作家。

凌舞最喜欢的《牡丹亭》写的是梦中情。

"情不知所起，一往而深。生者可以死，死可以生。"凌舞反复回味她和许游的那个夜晚。真是"生者可以死，死可以生"啊。

凌舞再次找到的许游，今非昔比。他还需要她，甚至记得她吗？凌舞却步了。她追随着他的行踪，把一次又一次想脱口而出的呼唤，扼杀在喉咙口。就这样远远地凝视着，守候着他吧。她应该满足。

凌舞伸手抹去眼角的泪，将视线投向讲台。几乎在同一时间，许梦也挤出人群，能够看清楚父亲了。她只觉得心在猛烈地往下沉，眼神焦灼充满疑惑：这个一脸病态、肌肉松弛、嘴唇苍白的男人，是父亲吗？是吗？她希望是又希望不是。如果是，那时间这把刀就太残酷太可怕。她从来没想过父亲会衰老成这样啊。

许梦睁大眼，一步步往前走。那时，已有读者围绕《我的偷窥生涯》开始提问。许游感到很疲倦也很吃力。他欲言又止却烦躁莫名。

你们等着我的下一部作品。很快了。许梦清晰地听到那声熟悉的叹息，清晰地看到他眼神里的无奈，以及他烦恼时习惯性的咳嗽动作。

我理想的作品在下一部。许游的眼神轻飘飘掠过许梦，掠过众人头顶，投向一个虚无的空间，说：我理想的作品在下一部。到时，我一定跟你们好好分享。

我们现在就想知道《我的偷窥生涯》是如何诞生的？是什么触动了你的灵感？读者不依不饶，盯着《我的偷窥生涯》不放。

是啊，他们坐在这里，不正是因为对《我的偷窥生涯》感兴趣？下一部作品？谁知道是什么。

许游掏出手帕，掩饰性地虚咳两声。许梦似看见父亲额头上那层细密闪亮的汗珠。她的喉咙也一阵阵发干。几乎在同一时间，她嘴唇发出的音节和父亲合二为一。

这是一个小小的灵魂。

她说。她的父亲也说。他们的目光相遇了，同时看见了那个小小的、安静的灵魂。

爸爸。

许梦用手捂住嘴巴，泪如雨下。

许游怔怔地盯着空中，灵魂出窍般，久久出神。他的神情举止，还有那几个不多的音节，一字字敲进读者心坎，并带着一股奇特的力量，紧紧将人心攫住。每个人像被他催眠。空气凝滞，一种说不清道不明的、远比语言更具感染力的东西，在空中悄悄弥漫。不知不觉，热泪涌上眼眶，接着整个会场响起一阵压抑的啜泣声。

他们为什么流泪？

许游静静地坐着，脸上带一丝木然，看着台下年轻人流泪时各种各样的模样，心里毫无触动。

听说你曾经有个儿子？有人发问。许梦和父亲同时一震。

听说你儿子叫许芜，许芜我想是"虚无"的谐音，为什么给儿子取这样一个名字？后来，当你儿子意外身亡后，是否后悔给他取这么一个不吉利的名字？

提问结束，所有的目光刷地射向他。礼堂鸦雀无声，大家屏息等待。

因为，许游的嘴唇抖了抖，吃力地说：因为生命本是虚无。

许游如此消极厌世的回答，显然无法满足大学生的要求，他们正当青春，浑身有使不完的劲，怎么体会生命虚无的怀疑论？会场出现了交头接耳声。一位短发女孩冲动地站起来，尖声责问：我们知道你还有个女儿，今年十八岁，在美国。我想问的是，假如你女儿就在现场，听到你这番生命虚无论，她会失望吗？

女儿？

许游如死灰般枯竭的脸在听到"女儿"两字，变得滋润。他眼里流转着柔和的光，在人群中缓缓逡巡。他的目光那么细腻那么温柔，似乎把台下坐的女孩都当成了女儿。许梦的心怦怦乱跳，她高高昂起头，闭上眼睛。那一刻，多么渴望爸爸的目光，能够停留在她脸上不再移动；多么渴望爸爸能像在梦里一样，走下讲台，对她伸出双臂。

梦儿。

许梦终于听到了呼唤，心狂跳一下，猛地睁开眼。父亲仍高高坐在台上，他叫声"梦儿"，很快解释这是女儿的小名。他说：先说说我女儿吧，为什么给她取名许梦。前面有同学猜测许芜即"虚无"谐音，不错。同样道理，许梦也即"虚梦"。作为一个父亲，为何会在给儿女取名时如此悲观呢？许游苦笑了笑，歉疚道：因为那时我才二十三岁，我觉得我自己还是一个孩子。真的，一点都没准备好做一个父亲。所以，当梦儿她妈要我给孩子取名时，心情很无奈，随手写了"许梦"两字。不过，这种无奈和被动，在看到女儿之后，便被那种骨肉亲情彻底替代了。

台下的许梦，在父亲的叙述中热泪盈眶。

我女儿如果写诗的话，一定比我写得出色。许游一谈起女儿，像天底下所有爱炫耀的父母一样，喋喋不休地如数家珍起来：刚出国那段时间，我写了很多诗歌。梦儿是那些诗歌最忠实的听众。她才两岁吧。安安静静地坐在婴儿推车里，那对清澈的瞳仁，似乎能迅速领悟我诗歌中转瞬即逝的东西。我当时就从她身上看到某些闪光的东西，这东西你可以称之为诗，也可以叫天赋。

许梦终于亲耳听到对她父亲对她的肯定。她含泪笑了，目光深情地注视着父亲。

许游对于女儿的回忆，大大激发起台下年轻人的好奇心。一时，大家把所有问题都集中在许梦身上。

许梦有哪些业余爱好？平时爱读哪些书？都交些什么朋友？你给她买过哪些生日礼物？他们忘乎所以地发问，不顾许游父女十年的隔阂。许梦十八岁了，这位生在异国的少女，在媒体渲染下，极具魅力又神秘莫测。他们通过各种渠道，对许梦个人资料的掌握，已经远远超出许游的想象。

你刚才说许梦两岁时你就发觉她身上有某些闪光的、属于诗的东西。请问，写作天赋也有遗传吗？在许梦童年时代，你是如何发掘并培养她对写作的兴趣和爱好的呢？

我是如何发掘的？许游想了想，突然问：你们还记得希腊神话里阿喀琉斯的故事吗?

许梦心微微一颤,记忆闸门被打开。她痴痴地凝视着父亲,嘴唇翕动,轻声和着父亲的声音叙说:阿喀琉斯是神话里百战百胜的大英雄,他手里拿的是一根巨大的手杖;而太阳神阿波罗呢,手上捧的则是一把竖琴。你能想象让阿波罗举一根手杖吗?不能。因为手杖不能用来弹唱,它再威武有力,也不适合阿波罗,不是阿波罗需要的东西。所以我说梦儿,等将来长大了,你一定要搞清楚自己要的是手杖还是竖琴,懂吗?

当然,搞清楚自己要的是手杖还是竖琴,还仅仅是第一步。接下来是持之以恒的付出和努力。因为,缪斯女神只把她嘴上的光芒,送给这个世界上最勇敢最坚强的灵魂。如果哪一天,你有幸得到缪斯女神的亲吻,你就是一个真正的诗人了。

缪斯之吻?

人群屏息,仿佛已经感受到女神那天庭般的光辉。

许游也抬起头,望着天花板,悠然神往道:小时候,记得奶奶告诉我天上住着很多仙女,其中有个仙女叫缪斯。她躺在芬芳的月桂树叶上。她的目光温和睿智,能洞悉所有追求者的天性禀赋,以及他们内心的勇敢和胆怯。她的嘴唇呢,芳香四溢,闪动着神秘的光芒。谁若有幸得到她的青睐,便会成为这个世界上最有艺术天赋的人。

许游说到这里,喝了口水,心脏快速跳动,跳得他头昏眼花。他突然感觉很疲惫,很遗憾。他一直想要把奶奶有关缪斯之吻的畅想告诉许梦,却没有机会。

我应该让她知道。如果她真的热爱文学,真的打算追随缪斯,她应该知道。可惜,可惜,我在她最需要我的时候走了。许游喃喃自语,一阵悲怆袭来,遗憾悔恨的同时,又想起如今身不由己的处境。

缪斯,缪斯。他还有什么资格谈论缪斯?他为什么坐在这里?为了什么?

他的生命是否又一次出现衰竭?加州自我放逐三年,是肉体和精神的双重衰竭。如今他肉体健康,难道精神仍然衰竭?不然,何以会坐在人群中,心安理得地接受池茉给自己制作的虚假声名，并且还把这虚假的声名当作支配心灵的力量？钟渝曾说：谁要拯救文学，恢复文学不容亵渎的神圣性，那么他首先必须是一个纯洁的人。

纯洁的人。

这四个普普通通的字压在心头，让他汗颜。他还能骄傲地宣称，自己是一个纯洁的人吗？多年的文学修养，非但没能使他利用中国古老文化的智慧，把自己变得淡定从容。相反，一旦机遇来临，他也急切跳进这个大染缸，把神圣高洁的东西踩在脚下。从这个大染缸里出来的人还会纯洁，还能纯洁吗？

生病前的焦虑和惶恐再次袭来，他的脸色变得十分苍白。这时，又有学生发问：如果你的女儿也在现场，你最想对她说的一句话是什么？

梦儿？

许游身子晃了晃，目光在学生脸上游移。许梦的心怦怦狂跳，她双手交握，压在胸口，身子倾斜，目光紧张热切，充满期待。

做一个纯洁的人。许游终于说话了，眼睛落在许梦身上便有些迟疑地停住，声音则异常响亮而清晰道：做一个纯洁的人！这——是我最想对女儿说的话。

学生为这一句简单却分量十足的话，纷纷鼓掌。

许梦的眼睛再次被泪水濡湿。"爸爸"这梦里叫了无数遍的称呼，终于脱口而出。先是像在梦里般呓语，接着大声呼唤：

爸爸——

这声喊倾尽十年的相思之痛、等待之苦。它声震屋宇，响彻云霄。学生寻声而望，无数道目光刷地将许梦团团包围。

许游猛地从椅子上站起来，浑身一激灵。他眼睛直勾勾地盯着许梦，脸上看不到一点表情。只呆呆地盯着那个神采飞扬的女孩。

爸爸，我是梦儿！我是梦儿啊！许梦甩掉肩膀上的旅行包，张开双臂，哭着冲向讲台。

梦儿？他呻吟着，眼睛已经模糊。这一切发生得太突然。他的心脏本已衰竭，如何能够承受这突如其来的狂喜？他看到了什么？他都看到了什么？

他的胸脯激烈起伏。是梦儿？真的是梦儿来了？他竭力睁大眼：梦儿！梦儿！他试图回应女儿的呼唤。声音只在胸腔内翻滚，徒劳地挣扎着。梦儿的身影又变得飘忽不定。他的心被一阵恐惧攫住。难道这一切都是梦？

爸爸，爸爸——

梦儿的声音越来越近，他却看不清她。他这是怎么啦？他在哪里？那股在梦中袭击过他无数次的可怕的窒息，再次扼住他的喉咙。

梦——

他对讲台下越来越近的女儿，伸出一双颤抖的手，竭尽全力吐出一个"梦"字，便在一片惊叫声中，直直地倒了下去。

他清晰地听到了女儿的哭声和众人的惊叫声，接着是一阵慌乱的脚步声。

他的眼睛瞪着天花板。天花板幻作云镇土窑顶上的蓝天白云。倒地时，四周尘土飞扬，他又一次听到了来自屠格涅夫《门槛》里那一个缓慢、沉重的声音：

"你想跨过这门槛来做什么？你知道这里面有什么东西在等着你？"

"我知道。"

"寒冷、饥饿、嘲笑、轻视、侮辱、疾病、完全的孤独，甚至于死亡。"

"我知道。"

"跟人们疏远，完全的孤独。"

"我知道，我准备好了。我愿意忍受一切的痛苦，一切的打击。"

"就是你的亲戚、你的朋友也都要给你这些痛苦、这些打击？"

"是……就是他们给我这些，我也要忍受。"

许游的嘴唇嚅动着。缪斯女神的美丽面容，如同黎明前初升的太阳，让他在无限的灿烂中感受肃穆和深邃。

38.云在青天

许游因过度疲劳导致短暂休克，被紧急送往急诊室。各大媒体就此事大篇幅报道。青城的许奶奶，自游子成名以来，养成定时收看新闻、阅读早报的习惯。当《青城新闻》的播音员以凝重的口气，报道青城著名作家许游在D城晕倒的消息时，荧屏上出现了许游被抬上救护车时了无生气的面容，出现了许梦紧追救护车时声嘶力竭的尖叫，还出现了无数学生焦灼的身影。

许奶奶如被雷击顶，手脚不停抽动。她嘴巴大张着，脸色青紫，眼神绝望地盯着电视机。阿云看到她这副模样，吓坏了，冲过去刚要安慰。只听"哇——"的一声，许奶奶口吐鲜血，整个人像被电击般跳起来，扑倒在电视机上。

等阿云叫来救护车，许奶奶的心脏已经停止跳动，她的眼睛和嘴巴仍大张着，里面盛满了忧虑和牵挂：游子，你终于成名了，奶奶为你高兴的同时，也被这突如其来的名声冲昏了头脑，忘记了我们老祖宗处事的最高哲学：不作垢业，不立芳名。这八个字是我面对流言蜚语时的幡然醒悟，一直想找机会告诉你，可惜，成名后的你整天为声名所累，我们祖孙竟然难得有时间相处。"不作垢业，不立芳名"，指君子不做亏心事，但也不要去追求美好名声。只是质朴浑然，不露锋芒，摒除所有功名利禄的诱惑，一心做自己喜欢做的事情，才是为人处世的最高境界，才可得到至高无上的缪斯之吻。

许氏晚年对功名利禄的领悟，和许游渴望做一个纯洁人的宣言，不谋而合。他们到底是心有灵犀的。许氏睁开的眼睛，被许游轻轻合拢时，脸上的忧虑一扫而空，变得安详恬静。

许游得知奶奶去世，没流一滴眼泪，也没说一句话。许梦陪伴左右，忧心忡忡。终于能够和父亲在一起。快乐的叫声还没来得及出口，便被曾祖母突然去世的阴影吞噬干净。

爸爸，我是梦儿！你说说话！求求你跟我说说话！

她哀求。许游置若罔闻，只是轻轻地用手摸了摸她的头发，双唇依然紧闭。

颜晓慧万里寻女，从纽约飞回青城。这三个原本是一家的人，如今重聚青城，面对许氏遗像，除默默流泪，任何言谈都成多余。

三天后，许游一行带着奶奶的骨灰回到云镇。他没有立刻去墓地，只是若有所思道：明天吧，明天才是奶奶最喜欢的日子。今晚我们住老屋。

那晚月色温柔，夜风暖和，正以无限爱怜无限欣慰的目光迎接着游子的到来。许游趁颜晓慧母女熟睡之际，带上奶奶的骨灰悄悄去了墓地。

爸爸，妈妈，我来了。我把奶奶给你们送回来了。这么些年，你们都好吗？许游弯下腰，在一块块墓碑间仔细辨认。

弟弟呢？

许游猛然回头，不远处，黑郁郁的一棵树下，"他"闪烁着一团柔和的光泽，忽远忽近，似乎在向他招手。

星星在天上漂移，闪闪烁烁，像在给他指路。他加快脚步，柔和的风鼓起衣裳。霎时，他像挣脱了所有羁绊，身轻似燕。

远方的天庭，隐隐约约出现奶奶高大的身影。她正笑眯眯地俯视着他，在许游惊愕的目光中用手指优雅地梳理着长发。

奶奶，你的头发像风信子的颜色。它在我眼里闪烁着墨蓝色的光芒。

游子，你说话的语调已经像个诗人了。

诗人？什么叫诗人？

知道谁住在天上吗？

仙女。好多仙女。

其中有个仙女啊，她叫缪斯。谁若有幸得到她的青睐，便会成为这个世界上最有艺术天赋的人。

青睐？我能吗？奶奶，你说我能吗？

青睐啊就是亲吻。缪斯女神只把她嘴上的光芒，送给这个世界上最勇敢最坚强的灵魂。如果哪一天，你有幸得到缪斯女神的亲吻，你就是一个真正的诗人。

一个真正的诗人。

在欲望和痉挛之间

　　我不敢妄谈诗歌，却对诗人这顶桂冠有着不可救药的迷恋和仰慕。正由于这份痴迷，才使我在留学期间有勇气尝试以诗歌的形式替代硕士论文。也正是这份痴迷，让我找到了写作《天才歧路》的灵感。

　　小说构思于2008年9月。之前已经写了两个长篇，但它们离我孜孜以求的一种文学上的东西相差甚远。我希望能够在自己生活积累的基础上，选取到某种既具有独特意义又带有普遍性的题材。小说的主人公许游就这样带着几份迷茫又带着几份执着地走进了我的世界。

　　许游生于上世纪六十年代中期，那个特定的年代给了他特定的命运，使他对孤零和绝望拥有切肤之痛的同时，也使他长时间地陷入了对时间和记忆的反思。尼采说：艺术的繁荣不是来自人内心的和谐，而是来自内心的痛苦和冲突。许游三岁失去同胞兄弟，接着是父母的意外身亡，奶奶许氏成了生命中最重要的女人。许氏博学多识，从小培养了他对文学浓厚的兴趣。自此许游的生命除等待外，又增添另一层有关缪斯之吻的遐想和憧憬。

许游与生俱来对诗歌的感悟可以称之为天赋，也可以说是命运使然。然，有天才的诗人似乎注定时乖命蹇，注定得忍受同时代人的冷漠。从东方到西方，许游一次次在现实生活中碰壁，体验着东西方现代文明给他造成的孤独感、隔阂感以及失落感。

同为缪斯追随者的钟渝，可以身居纽约斗室而"甘天下之淡味，安天下之卑位"，他告诫许游不要对声名抱有任何幻想。因为只有写作生命才是最应值得珍惜、值得骄傲的财富。而这笔"骄傲的财富"对许游来说，却不堪现实的轻轻一击。

许游在他的青少年时期，可以做到"饮酒赋诗，只为满足自己的志趣"，婚后则身不由己，一步步卷入世俗洪流的漩涡。当他囊中羞涩无法为女儿买一份冰激凌时，曾发誓要让自己这棵中国的"芦苇"变成英吉利"干草"。当奶奶许氏中风住院，为药费几经挣扎后，他最终妥协签约"鹊桥仙"。

池茉和她喧哗的"鹊桥仙"是这个商业时代的畸形儿。当今的文坛，在某种程度上，已和社会生活的其他领域一样，被利益关系所驱动着，不再是一块净土。中国古老文化的智慧已经不能使写作者变得更加淡定从容，以前那种为一部著作"批阅十载，增删五次"的呕心沥血已纯属自寻烦恼。小说中的闻枫、聂文博等都急切地向这股潮流看齐，把虚假的名声当作支配心灵的力量。

许游一夜成名了，然失去的远远超过得到的。他这才幡然醒悟：谁若想恢复文学不容亵渎的神圣性，得到缪斯女神的青睐，他首先必须做一个纯洁的人。

小说原名《在欲望和痉挛之间》，因为喜欢艾略特，曾反复阅读他的《荒原》：生命是漫长的/ 在欲望/ 与痉挛之间——

这是一部关于一个天才诗人的心灵史和成长史的故事。这还是一部关于救赎和自我救赎的小说。在写作过程，我希望自己有足够的功力表达出这类题材的深刻内涵。同时作为一个写作者，在文学这条朝圣路上，我也渴望能像文中的钟渝那样，成为荷马笔下那些满身战伤、却永不屈服的英雄。

因为缪斯的嘴唇芳香四溢，那上面的光芒只为极少数的追求者闪耀。

图书在版编目（CIP）数据

天才歧路 / 王琰著. -- 南昌：百花洲文艺出版社,2014.5
ISBN 978-7-5500-0964-6

Ⅰ.①天… Ⅱ.①王… Ⅲ.①长篇小说 – 中国 – 当代Ⅳ.①I247.5

中国版本图书馆CIP数据核字(2014)第075109号

天才歧路

王　琰　著

出 版 人	姚雪雪
责任编辑	胡青松
美术编辑	方　方
制　　作	张诗思
出版发行	百花洲文艺出版社
社　　址	南昌市红谷滩世贸路898号博能中心A座9楼
邮　　编	330038
经　　销	全国新华书店
印　　刷	江西千叶彩印有限公司
开　　本	720mm×1000mm1/16　印张14.5
版　　次	2014年8月第1版第1次印刷
字　　数	180千字
书　　号	ISBN 978-7-5500-0964-6
定　　价	24.00元